늑대,
토끼를
유혹하라

김선정　장편소설

늑대, 토끼를 유혹하라

펴낸날 2018년 11월 14일 초판 1쇄
지은이 김선정
책임편집 이현지

펴낸이 차보현
펴낸곳 주식회사 연필
출판등록 제2017-000009호
전화 070-7566-7406
팩스 0303-3444-7406
전자우편 bookhb@bookhb.com
홈페이지 bookhb.com

ISBN 979-11-6276-215-8 03810

늑대,
토끼를
유혹하라

김선정 장편소설

목차

♥

프롤로그. 덫에 걸리다

"이것으로 신랑 김한결 군과 신부 한새벽 양의 결혼식을 모두 마치겠습니다. 바쁘신 와중에도……."

우레와 같은 박수가 쏟아졌다. 사회를 맡은 유명한 개그맨은 뭐가 그리 좋은지 연신 헤죽헤죽 웃음을 그렸다. 새벽의 입술에서 한숨이 절로 새어 나왔다. 좋은 날이라서, 좋아야 하는 날이라서 웃지 않을 수 없어 애써 입꼬리를 말아 올렸다.

연기 중이었다. 세상에서 가장 행복한 신부인 척, 모든 것을 가진 여자인 척. 그 모든 것들을 얼굴로 표현해내느라 죽을 맛이었지만. 버진로드를 걷는 내내 목이 따끔거렸다. 이건 사랑이 없는 결혼식이라 고래고래 소리라도 지르면 좋을 텐데, 차마 그럴 수 없음에 답답함이 목 끝까지 차올랐다.

"새벽아, 축하해!"

"한새벽 진짜 예쁘다!"

사정을 알 리 없는 친구들이 터트리는 축언에 온 몸에 힘이 빠졌다. 축하해, 축하해. 연달아 터져 나오는 기쁜 환호에 새벽은 힘겹

게 미소를 그려 주었다. 그래, 고마워. 한 마디가 입 밖으로 나오지
않았지만.

"누나 예쁘대요."

버진로드를 함께 걷던 한결의 목소리에 새벽이 눈을 흘겼다.

"난 원래 예뻤어."

"예쁜 사람 신부로 얻어서 다행이네요."

"비즈니스야."

"그래도 모르는 사람이랑 하는 것보다 나은 것 같은데요?"

길의 끝에 다다른 두 사람이 서로를 마주 보았다. 새벽의 한쪽 볼
을 살살 쓰다듬던 한결이 한쪽 입술을 말아 올렸다.

애가 이런 표정을 지을 줄도 알았나?

"잘해 봐요, 우리."

어깨를 으쓱거리던 한결이 사진작가의 요청에 따라 그녀의 턱을
들어 올렸다. 입술을 가까이 가져가는 동시에, 새벽이 눈을 질끈 내
리감았다. 여전히 행복하기 그지없는 표정을 유지하고 있었지만,
전혀 행복하지 않았다. 행복할 수 없었다.

두 사람의 입술이 포개어진 순간, 여기저기에서 환호성이 터져
나왔다. 행복하라는 축복의 말조차 듣기 싫었던, 생에 딱 한 번뿐인
결혼식이었다.

*

"신혼여행, 안 가도 괜찮아요?"

서울 한복판에 서 있는 으리으리한 호텔. 그 안에서 으리으리한
야경을 내려다보던 새벽이 고개를 돌렸다. 막 씻고 나온 한결이 수
건으로 머리를 탈탈 털고 있었다. 보송보송한 가운의 사이로 그의

단단한 가슴팍이 엿보였다.

"됐어. 신혼여행은 무슨."

애초에 그럴 사이도 아니었다는 말은 하지 않기로 했다. 고개를 급히 돌린 새벽이 다시금 야경을 내려다보았다. 이상했다. 그의 가슴팍을 마주한 뒤로 어색하지 않은 게 하나도 없다. 앉아 있는 의자도, 잡고 있는 팔걸이도, 심지어 내려다보고 있는 저 아래의 야경까지.

"그렇죠? 하긴. 우리 사이에 무슨 신혼여행이겠어요."

그리고 곧 그 커다란 유리창으로 걸어오는 한결의 모습이 보였다. 야경을 보는 척 눈을 굴리고 있었지만 자꾸 그의 걸음을 좇게 되는 건 어쩔 수 없다. 이제 조금만 더 다가오면 저와 밀착할 것이다.

"누나."

하지만 한결은 더 이상 움직이지 않았다. 제자리에 우뚝 멈추어 선 채, 유리창을 통해 새벽과 눈을 마주하고 있다. 생글생글, 그 웃음은 잃지 않은 채.

"나 보고 있죠?"

"안 보고 있거든?"

"거짓말."

"진짜야."

심통이 잔뜩 담긴 새벽의 목소리에 한결이 킥킥. 웃음을 터트렸다. 그리고 다시 느릿하게 걸음을 옮기며 손을 들어 올렸다. 그녀의 여린 어깨를 쥐러 손을 뻗은 순간이었다.

"씻을 거니까, 먼저 자."

새벽이 자리에서 벌떡 일어났다. 그리고 한결을 지나쳐 욕실로 성큼성큼 걸음을 옮겼다. 하지만 그는 돌아볼 수 없었다. 유리창에 비친 새벽의 뒷모습을 끊임없이 바라볼 뿐. 머리카락 한 올마저 휙 사라지니 가슴 한구석이 아렸다. 한결은 여전히 손을 죽 뻗은 채,

이미 사라지고 없어진 새벽의 뒷모습을 그리고 있었다.

비즈니스를 위한 결혼. 언제고 닥칠 현실이라는 건 알고 있었다. 몇 해 전, 먼저 결혼을 한 형도 그랬고, 현재 혼처가 오가는 여동생 역시 마찬가지였다.

-내 뜻대로 살아 달란 말은 안 한다. 단, ST그룹의 차남으로서 해야 할 일은 있는 법이야. 네 인생에 크게 신경 쓰지 않았으니, 이 정도는 할 수 있겠지.

새벽과의 결혼. 그래, 나쁘지 않다. 사실 정략결혼을 해야 한다면 어릴 적부터 알아온 그녀와의 결혼이 개중에는 제일 낫다 여기고 있었다. 그랬기에 BN그룹과의 정략결혼이라 했을 때, 조금 마음을 놓았는지도 모른다. 물론 이번 결혼은 제 아버지와 저만의 비밀스러운 밀약이 존재했다. 새벽에게는 결코 알리지 못할, 그런 은밀한 이야기가. 목이 꽉 막히는 기분이었다. 이 결혼이 자신이 얻고자 하는 성공에 가까워지는 길이라는 걸 알고 있다면 행복해야 할 텐데. 도저히 그런 기분이 나지 않았다.

왜 그럴까, 곰곰이 생각을 해 보니 결혼식부터 지금까지 새벽의 웃는 모습을 본 적이 없어 그런 것 같았다. 그래, 그게 확실했다. 나름대로 자존심이 상한 것이라는 결론을 내렸다. 오래전, 새벽이 남자친구로 보이는 사람과 걷는 모습을 본 적이 있다. 그녀는 웃고 있었다. 행복해 보였고, 설렘이 가득한 눈빛을 보내고 있었다. 햇살에 반사되어 반짝반짝, 빛을 내는 바람에 제대로 쳐다보지도 못했지. 그러한 나날을 떠올리던 한결이 굳게 닫힌 문을 향해 시선을 돌렸다.

물이 쏟아지는 소리, 찰박이며 몸을 씻는 소리. 하나하나 귓가에 새겨지기 무섭게 발가락이 바짝 당겼다. 손끝이 차갑게 식어가는 느낌에 자기도 모르게 잰걸음을 옮겼다. 흥얼거리는 콧노래소리. 바닥으로 쏟아지는 물줄기 소리. 그 모든 것들이 새어 나오는 문 앞에 우뚝 멈추어 선 한결이 주먹을 꽉 그러쥐었다.

"나 들어가요."

그녀의 대답을 기다릴 새도 없었다. 한결이 거칠게 문을 열었을 때, 깜짝 놀라며 뒤를 도는 새벽의 모습이 보였다. 수증기 사이로 엿보이는 그녀의 호리호리한 여체에 아랫배가 반응했다.

"뭐야, 갑자기. 빨리 나가!"

"싫어요."

문을 쾅, 닫은 한결은 뒷걸음질 치는 새벽에게로 다가갔다. 그리고 그녀의 허리를 꽉 끌어안은 채 자신의 쪽으로 한 번에 끌어당겼다. 위에서 쏟아지는 물줄기 때문에 가운이 젖어들었다. 바짝 말린 머리칼이 물기를 듬뿍 머금었을 때, 한결의 묘한 눈빛이 그녀를 향했다.

"빨리 나가. 이게 뭐 하는 짓이니?"

잔뜩 성을 내고 있었지만 붉게 달아오른 얼굴이 그게 아님을 말해 주고 있었다. 단단한 가슴팍 위로 느껴지는 풍만한 가슴, 그 부드러운 살갗에 목 끝까지 무언가 왈칵 차올랐다.

"부부잖아요."

"나도 알아. 그렇다고 씻는데 불쑥 들어오는 게 어디있어."

"그럼 어떡해."

"뭘 어떡해?"

"내 건 내 거라고 도장 찍어야겠는데."

한결과 눈을 마주했을 때, 새벽은 숨조차 쉴 수 없었다. 언제부터 남자의 눈을 하고 있었을까. 해맑게 웃던, 어릴 적부터 알던 한결의 눈빛이 아닌 듯했다. 이토록 이글이글 타오르고 있었던가? 넘실거리는 욕망이 한결의 눈에서 적나라하게 드러났다.

차고 넘치는 남자의 본능이 물줄기와 함께 바닥으로 툭, 툭 흘러내렸다.

"일단 나가자. 우리 나가서⋯⋯."

새벽이 한결의 가슴팍을 슬쩍 밀어내 보지만, 그는 꼼짝도 않았다. 오히려 그녀의 뒷목을 꽉 붙잡은 채, 눈을 길게 늘어트렸다.

"한결아."

"못 참아."

곧 한결의 입술이 새벽의 입술에 포개어졌다. 벽으로 밀치면서도 혹 그녀가 다칠까 머리를 감싸주는 것도 잊지 않았다. 쏟아지는 물줄기 아래에서, 새벽은 이 상황을 이해하고 또 이해하려 애써야 했다. 그의 저돌적인 행동에 머리가 하얗게 굳었다. 지금 저를 밀어붙이는 이 사람이 한결이 맞는 것인가 싶을 정도였다.

입술 사이로 밀고 들어오는 그의 몰캉한 혓바닥에 자기도 모르게 손에 힘이 들어갔다. 가운을 꽉 붙잡아 보지만, 아득해지는 머리가 나아질 조짐이 보이지 않았다. 입안을 헤집는 그의 온기에 다리가 후들거렸다. 곧 가슴으로 올라오는 단단한 손바닥에 발가락에 힘을 주어 바짝 세웠다. 이런 강압적인 상황에서도 한결의 키스는 달콤했다. 달콤하다 느껴질 정도로 그녀의 입안을 마음대로 가지고 놀았다. 숨이 막힐 것처럼 파고들더니, 이젠 살랑살랑 입안을 쓰다듬는다. 뜨거운 그의 숨결이 온기가 온 머리에 가득해질 때쯤 한결이 입술을 뗐다. 붉게 상기된 얼굴이 수증기 때문인지, 열기 때문인지 도저히 알 수 없는 노릇이었다.

"한결⋯⋯."

새벽이 또 입을 뗀 순간, 한결이 그녀의 입술에 제 입술을 포개었다. 깊게 파고드는 그의 혓바닥에 다시 한 번 머리가 아득해졌다. 한참이나 입안을 헤집던 그가 슬쩍 고개를 들어 올렸다.

"조잘거리지 마."

두피가 당기는 느낌이었다. 한결의 손이 제 머리를 세게 쥔 탓이었다. 아아, 짧막한 탄식에 한결의 숨결이 거칠어지는 게 느껴졌다. 그는 꽤 오랜 시간 새벽과 눈을 마주했다. 그리고 제 행동에 미안함을 이야기라도 하는 듯, 짧막한 입맞춤을 남겼다. 한 번, 그리고 두 번. 입술 주변으로 세 번. 곧 눈을 마주하고 희미하게 미소를 그렸다.

"내가 너한테 끼워준 반지. 무슨 의미인지 알아?"

약지를 살살 어루만지던 한결의 손길이 왜 이리도 야릇하게 느껴지는지 알 수 없었다. 아무런 말이 나오지 않는 것도, 그 이상야릇한 촉감에 정신이 쏙 빠질 것 같았기 때문이겠지. 수증기가 잔뜩 서린 욕실에 감사하고 있었다.

"결혼반지."

새벽의 대답에 한결이 고개를 살살 가로 저었다. 그리고 그녀의 얼굴 가까이 제 얼굴을 들이대곤 눈을 길게 휘며 웃음을 그렸다. 여전히 새벽의 약지를 살살 쓸어내리는 중이었다.

"내가 네 마음을 받아주겠다는 의미. 그리고 이건."

한결의 손가락이 새벽의 반지를 톡톡 두드렸다.

"너 역시 내 마음을 받아주겠다는 의미."

심장이 저 아래로 쿵 떨어졌다. 잔뜩 젖은 머리 아래로 보이는 눈동자 때문일까. 그게 아니라면 가운 사이로 엿보이는 단단한 가슴팍 때문일까. 아니, 무엇이 어떻고 간에 눈길을 둘 곳이 마땅치 않다는 것은 확실했다. 새벽의 머리를 쥐고 있던 한결의 손이 스르르 내려왔다. 뽀얀 볼을 어루만지던 그가 싱긋 미소를 그렸다. 만족하고 있는 듯했다.

"눈 감아."

절대 말을 따르지 않겠다 결심했건만, 자기도 모르게 스르르 눈을 감아 버리고 말았다. 좋아. 작게 속삭이는 한결의 목소리에 온몸의 털이 바짝 곤두섰다. 뒤이어 그의 입술이 새벽의 입술 위로 아주 조심스레 포개어졌다. 처음 욕실에 들어왔을 때 밀어붙일 때와 확연한 차이를 보였다. 소중하게 감싸주는 그의 뜨거운 입술에 짤막한 탄식이 터져 나왔다. 부드럽게 밀고 들어오는 그의 온기에 온몸이 붕 떠오른다. 욕실에 가득 찬 수증기와 입안으로 전해지는 온기가 하나가 되어 머리를 혼란스럽게 만들었다.

자기도 모르게 그의 목을 둘러 안았다. 버틸 곳이 필요했다. 다리에 힘이 풀릴 것 같았고, 머리가 당장에라도 이상해져 휙 쓰러져버릴 것 같았으니까. 그의 입맞춤에 장단을 맞추어 갈 때쯤. 슬쩍 입술을 뗀 한결이 숨을 크게 들이마셨다. 살짝 눈이 풀린 새벽을 지그시 처다보다 볼을 살살 어루만져 주었다. 길게 늘어진 눈에 웃음이 만연했다.

"씻고 나와."

붉게 달아오른 볼에 쪽, 입술을 맞댄 그가 능글맞게 입술을 말아올렸다.

"오늘 밤은 재울 생각 없으니까."

어쩐지 어마어마한 덫에 걸린 것 같았다. 것도 빠져나올 수 없는, 꽤 지독한 덫에 말이다.

토끼, 늑대 소굴로 들어가다

　새벽이 찾아오면 눈부신 햇살이 조각이 되어 쏟아지고, 밤이 찾아오면 반짝이는 별들이 하늘을 수놓는 곳. 서울의 외곽에 위치한 멋들어진 이 층짜리 전원주택은 한결이 직접 오가며 체크한 말 그대로 새벽을 위해 직접 지어 준 곳이었다.

　그것만이 아니었다. 서울에 있는 공방을 뒤뜰로 옮겨 주어, 그녀가 원할 때마다 작업할 수 있도록 배려해 주었다. 물론 그에는 조건이 따랐다.

　그 첫 번째, 한결이 퇴근하기 전에는 공방의 일을 끝낼 것.

　그리고 두 번째. 다툰다 해서 공방을 피난처로 삼지 않을 것.

　마지막 세 번째. 무조건 저와 한결의 결혼사진으로 공방을 가득 채울 것.

　[야, 그래서 신혼 생활은 좋아?]

　그 덕분에 어마어마한 액자 속에 담긴 결혼사진을 보며 친구인 유미와 통화를 하는 거겠지. 의자에 몸을 깊숙이 파묻은 새벽이 짙은 한숨을 푹 내쉬었다.

"신혼? 정략결혼도 신혼이라는 게 있나 봐?"

[나는 정략결혼이라도 한결이 같은 남자라면 얼씨구나, 하고 춤 추겠다.]

고개를 도리도리 저어 대던 새벽이 한쪽 손으로 이마를 꽉 짚었다. 어쩌다 인생이 이렇게 된 걸까. 어디서부터 잘못됐고, 어디에서부터 이리도 꼬이고 꼬인 걸까. 물론 이 모든 건 제 잘못이 아닐 것이다.

[어쩌겠니. 너희 BN그룹과 김한결 씨의 ST그룹이 리조트 사업 파트너인 걸 원망해야지.]

그 기업이니 사업이니 하는 것들 때문이다. 이래서 그 리조트 사업에 아버지가 참여하지 않았으면 했다. 사실 그 사업은 ST그룹이 단독으로 진행하려고 했던 프로젝트였다. 초기 투자비용도 만만치 않았던 데다가 해외로 나간다는 것이 위험부담이 조금 큰 것이 아니었다. 여러 가지 이유로 그 어느 기업도 넘보지 못했다. 그저 먼 발치에서 혹시라도 파트너가 필요하지 않을까 호시탐탐 기회를 넘봤을 것이다.

한데, 저와 한결의 결혼으로 ST그룹과 BN그룹이 손을 잡은 것이다. 글로벌 리조트, 세계로 뻗어 나가는 기업 파트너. 그 우스운 단어들이 조합된 결과가 이거였다. 정략결혼. 절로 끙, 앓는 소리가 터져 나왔다.

"그것보다 연하인 게 더 싫어."

[그래. 너한테는 정략결혼보다 그게 더 문제겠지.]

"아니, 정략결혼도 싫어. 모르는 사람이랑 하는 것 보다 얘랑 하는 게 나을 거 같아서 그냥 한 거지."

[그래도 당장 이혼하고 싶다 뭐다 말 안 하는 거 보면 맘에 드는 게 있나 봐?]

"있겠니? 너 같으면, 지금 이 결혼 생활이 행복하겠어? 신혼 같지도 않은 신혼이? 그래, 뭐 밤에는 좀 신혼 같다만."

[왜, 밤에 끝내줘?]

"그래 밤에 끝내……. 야! 오유미!"

자기도 모르게 자리에서 벌떡 일어난 새벽의 얼굴이 불그스름하게 달아올랐다. 약 한 달간의 잠자리가 떠올라, 온몸이 후끈거렸다. 그렇다. 유미의 말대로 한결은 어마어마했다. 물론 경험이 한 번밖에 없어 비교대상이 없는 것일지도 모르지만. 그에게 안기는 밤이 지나면 다음 날 맨정신으로 일어나는 게 힘들었다. 달걀 프라이 하나 만들어 주는 게 힘들 정도니까.

[어머. 진짜야? 어떻게 하는데?]

유미의 채근에 밤의 열기가 불현듯 머리를 스친다. 온몸이 으스러질 정도의 악력, 녹아내릴 정도의 체온. 그러면서도 그의 손은 다정하다. 강하게 안으로 밀고 들어올 때면 허리를 다치기라도 할까 받쳐 준다. 제 힘이 제어가 되지 않을까 침대의 머리를 항상 꽉 잡는다. 그 힘을 조절하지 못해 혹 아프기라도 할까 봐. 구태여 저를 배려하는 거냐 물어본 것은 아니었다. 그저 그 눈빛과 손길, 그리고 행동에서 저를 매우 아끼고 있다는 것을 알아챘을 뿐.

"몰라. 뭘 그런 걸 물어?"

[지지배. 좋으면서. 야, 됐어. 연하 데리고 사는 여자가 어디 흔한 줄 알아?]

"넌 내가 연하 싫어하는 거 알면서도 그러니?"

[야 솔직히 걔가 진짜 영 아니었던 거지. 내가 봤을 때 한결이는 괜찮아.]

절로 한숨이 새어 나왔다. 머리를 쓸어 올리던 그녀가 시계를 슬쩍 쳐다보았다. 곧 한결이 올 시간이다. 어서 정리를 하고 나가야 하는데, 유미는 전화를 끊을 생각이 없어 보였다. 그럴 만도 하지. 그나마 마음이 맞는 친구가 저뿐인데-물론 그건 새벽도 마찬가지지만- 결혼한 뒤엔 제대로 만나 회포를 풀지 못했으니까.

"뭐가 괜찮아, 뭐가. 똑같이 연하지."

[뭐가 똑같니? 걔보다 훨씬 낫지.]

"됐어. 누가 알아? 지보다 어린 여자 만나서 눈 돌아갈지, 누가 아니고. 너 장담할 수 있어?"

[야 솔직히 김한결이 지보다 어린 애 만날 거였으면 진작 만났지. 안 그래?]

유미의 말에 새벽은 아무런 말도 할 수 없었다. 그러고 싶었다면, 자신이 이 자리에 있지도 않았겠지. 그건 인정하기로 했다. 작업복인 앞치마를 집어 던지고, 바지를 벗어 내리면서도 입은 꾹 다문 채였다. 팔 토시를 벗어 던지고 나니, 박시한 흰 티셔츠만이 덩그러니 남았다. 하얀 다리가 늘씬하게 뻗어 있었다.

집으로 들어가는 길에 푹신한 잔디를 깔아 주어, 맨발로 걸어도 무리가 없었다. 그것마저도 한결의 배려였다. 알고 있다. 그래, 저를 위해서라면 하늘의 달도 따다 줄 것이다. 위성이라도 쏘아 달라면 당장 그쪽으로 투자라도 하겠지. 유미가 아는 그리고 새벽이 아는 한결이라면 그러고도 남았다. 하지만 입에 밴 말은 쉽게 사라지지 않는 법.

"그래도, 몰라. 난 연하 싫어."

-솔직히, 누나 돈 많은 거 빼곤……. 뭐가 있어?

그렇게 물었던 구 남친의 목소리를 떠올리다 눈을 질끈 내리감았다. 알고 있다. 한결과 그는 다르다. 마음가짐, 기본적인 인성부터 시작해 살아온 과정. 모든 것이 반듯하고 바른 한결과 비교를 하면 안 된다.

다만 똑같은 세 살 연하라는 사실이 문득 그녀를 힘들게 만든다. 마음이 열릴 만하면 자꾸 그날의 기억이 밀려왔다. 문고리를 돌리던 새벽이 고개를 도리도리 저어 댔다. 몰라, 몰라. 중얼거리던 입술에서 말이 툭 터져 나왔다.

"아무튼, 몰라. 난 신혼이고 뭐고……."

문을 활짝 여는 것과 동시에 온몸이 빳빳하게 굳어졌다. 찰랑거리던 긴 머리칼 역시도 더 이상 흔들리지 않았다. 머리를 한 대 얻어맞은 것 같았다.

[뭐? 무슨 말이야?]

수화기 너머로는 유미의 목소리가.

"그러게. 무슨 말일까요."

그녀의 앞에서는 잔뜩 가라앉은 한결의 목소리가 들렸다. 싸늘하게 식어 버린 눈동자가 그녀를 내려다보고 있었다. 한 번도 보지 못한, 한결의 정적인 표정이었다.

"유미야, 나중에……."

결국 말을 채 잇지 못하고 전화를 툭 끊어 버렸다. 평소 같았다면 무슨 소리냐 딱 잡아뗄 텐데. 그래도 결혼을 한 부부라고 그가 걱정됐다. 혹 제 말에 상처를 받은 건 아닐까. 그 말에 충격을 받은 건 아닐까.

아니, 화가 난 걸까.

"언제 왔어?"

"정략결혼도 신혼이 있나 봐?"

새벽의 말투를 따라 하던 한결이 문에 비스듬히 몸을 기댔다. 길게 늘어진 눈꼬리가 얼마나 기분이 좋지 않은지를 알려 주고 있었다.

"한결아."

"됐어요. 예상 못 한 건 아니었으니까."

"잠깐만, 내 이야기 좀."

"우리 사이에 그런 해명도 필요 없는 거 알죠? 어차피 비즈니스인데, 신경 쓰지 마요."

몸을 일으킨 한결이 굳어진 표정으로 새벽을 바라보았다. 이상했다. 별거 아닌 듯, 헛소리였다 넘어가면 될 텐데 어쩐지 입이 열리지 않았다. 이렇게 상처를 줄 생각은 없었다. 첫날 밤, 어슴푸레 잠이 드는 저에게 속삭이던 그의 목소리가 떠올랐다.

-잘할게요, 정략결혼이더라도. 행복해져요, 우리.

"나 역시도 비즈니스 그 이상도, 이하도 아니니까."

확연히 느껴지는 온도의 차이. 그에 새벽이 주먹을 꽉 움켜쥐었다. 잡아야 하는데, 아니라고 그게 아니었다고 해명이라도 해야 하는데. 망할 입술이 열리지 않았다. 담담하게 저를 쳐다보는 한결과 시선을 마주하고 있을 뿐. 곧 돌아서는 그의 뒷모습을 바라보던 새벽이 숨을 크게 들이마셨다. 한 걸음 또 한 걸음을 내디디며 멀어지는 한결을 보다 이내 입술을 달싹였다.

"미안해."

하지만 너무 작은 목소리였기에, 불어오는 바람에 사르르 녹아내릴 뿐. 집으로 들어가는 한결에게 닿지 않았다.

쾅. 문이 닫히는 소리와 함께 새벽이 눈을 질끈 내리감았다. 아휴, 엷은 한숨이 파르르 떨리고 있었다.

＊

저녁 식사에도 한결은 나오지 않았다. 커다란 식탁 위에 홀로 앉아있는 느낌이 그다지 좋지 않았다. 앞에 놓이는 메뉴들은 모두 그녀가 좋아하는 것뿐이었다.

나물류와 생선류. 육류를 좋아하지 않는 그녀에게 있어 최고의 식단일 테지. 단, 한결은 달랐다. 육류만을 고집하는 그에게 있어선 최악의 식단인 것이다.

"제가 좋아하는 것뿐이네요."

"사장님께서 지시하신 걸요."

웃으며 대답하는 집사의 목소리에 목 끝이 따끔거렸다. 매일 집에만 있는 그녀가 불편하기라도 할까, 남자 집사가 아닌 여자 집사를 붙여 준 것도 한결의 배려였다.

"그이는……."

"입맛이 없다고 하시던데요? 일찍 쉬시겠다고 서재에도 들어가지 않으셨습니다."

"그래요?"

힘없이 고개를 끄덕이던 새벽이 반찬들을 물끄러미 쳐다보았다. 무엇 하나 그의 배려가 녹아들지 않은 게 없다. 음식, 생활, 하물며 집 뒤뜰에 자리 잡은 공방까지. 어쩌면 아직 어린아이 같은 건 한결 쪽이 아닌, 제 자신일지도 모른단 생각을 했다. 밥을 먹으면서도 내리 한결의 생각이 머리에서 떠나지 않았다. 미안하다고 사과해야 했다. 비록 자신이 했던 말을 주워담을 수 없더라도, 변명은 하지 말자고. 그런 생각으로 머리가 가득 찼다.

식사시간이 끝난 뒤, 일찍이 샤워를 마친 새벽이 문 앞에 우뚝 멈추었다. 따끈따끈하게 올라오는 몸의 열기가 단번에 식어 버리는 기분이다. 어떻게 말을 꺼내고, 사과를 해야 할지 머리가 백지장이었다. 생각을 하고 들어가야 하는데 손은 머리를 따르지 않는다. 작게 주먹을 말아 쥔 그녀가 문을 똑똑 두드렸다.

"자고 있니?"

대답은 없었다. 웅장한 오케스트라의 음악만이 희미하게 들려오고 있을 뿐.

"나 들어가."

같이 쓰는 방인데도 왜 눈치를 봐야 하는 건지 모르겠다. 한숨을 푹 내쉬던 새벽이 문고리를 돌렸다. 굳게 닫힌 문을 슬쩍 열었을 때, 침대에 기대어있는 한결의 모습이 보였다.

"아직도…… 화났어?"

조심스러운 그녀의 목소리에 한결이 한쪽 눈을 떴다. 하얀 슬립을 걸친 새벽의 모습에 잠시 눈동자가 요동치는가 싶었지만, 곧 눈꺼풀을 내리감았다.

"화났으면 어쩌려고요."

"뭘 어째 어쩌긴. 사과해야지."

당연한 게 아닌가 싶었다. 미안한 게 있으면 미안하다 사과를 하는 게 맞지 않을까.

"사과 필요 없어요."

하지만 한결은 완강했다. 처음 보는 그의 냉정함이었다. 오케스트라의 웅장함으로 방안의 열기가 더해질 때, 한결이 굳게 닫힌 눈꺼풀을 들어올렸다. 그리고 그녀를 향해 한쪽 손을 뻗었다.

"이리 와요."

그 음색으로 알 수 있었다. 화가 났다거나, 토라졌다거나 하는 감정이 아니라는 것을. 홀로 곱씹고 있던 그 모든 감정이, 화가 치밀어 오른 게 아니라는 걸. 단번에 알아챌 수 있었다. 방 안을 잔잔하게 비춰주던 스탠드가 흔들리는 기분이었다. 그의 음색에, 눈빛에. 새벽의 눈앞으로 펼쳐진 모든 것이 잔잔하게 흔들리고 있었다.

"그렇게 미안하면. 와서, 달래 줘요."

새벽은 한결의 말이 어이가 없었지만, 지금은 그의 부탁을 거절하고 싶지 않았다. 달래는 거야 그리 어려운 게 아니니. 문을 닫았던 새벽이 잰걸음으로 그에게 향했다. 침대에 슬쩍 걸터앉아 그를 빤히 쳐다보았다. 그리고 두 팔을 벌려 제 품으로 끌어안았다. 아주 어릴 적, 그가 토라질 때마다 달래주던 방법이었다. 머리를 쓰다듬어주던 그 순간, 한결이 그녀를 슬쩍 밀쳐냈다.

"이게 달래 주는 거예요?"

"옛날엔 이렇게 해 줬잖아."

새벽의 대답에 한결이 코웃음을 쳤다.

"그땐 어렸고."

"그럼 어떻게 해 줘?"

"해 달라는 대로 다 해 줄 거예요?"

잠시 머뭇거리는가 싶었지만, 새벽은 고개를 끄덕였다. 지금으로선 한결의 마음을 풀어주고 싶다는 마음이 더욱 강했으니까.

"여기 올라와요."

한결이 배 위를 툭툭 두드렸다. 당연하게 올라오라는 그의 목소리에 새벽의 눈이 휘둥그레졌다.

"네 위를 말하는 거야?"

"싫어요?"

이걸 싫다고 해야 할지, 너무 뜬금없다고 해야 할지.

"싫음 말고."

다시 고개를 휙 돌린 한결이 두 눈을 감았다. 잔잔해지는 오케스트라의 노랫소리가 두 사람의 적막을 감싸 안아 주었다. 잠시 고민을 하는가 싶던 새벽이 그의 배 위로 올라탔다.

"애도 아니고. 이거 해 달라, 저거 해 달라."

그녀의 행동에, 이어지는 볼멘소리에 한결이 피식 웃음을 터트렸다.

"이제 됐어?"

조금 높아진 새벽의 목소리가 잔뜩 낮아진 오케스트라의 음악과는 이질적으로 느껴졌다. 한결의 눈꺼풀이 움찔거렸다. 잠시 새벽을 쳐다보던 한결이 고개를 갸우뚱 기울였다.

"내 기분이 그렇게 중요해요?"

생각지 못한 질문이었다. 사실 스스로에게도 몇 번 물어보기도 했지만, 딱히 답이 필요하지 않았다. 부부니까, 함께 살아가야 할 공동 운명체니까. 서로 불편하게 지내는 것보다 낫겠다고 생각했을 뿐이다.

"너도 내 기분 중요하게 생각해 주니까."

"그런데 왜 그런 말을 했어요?"

다시 원점으로 돌아온 기분이다. 숨을 크게 들이마시던 새벽이 미안하다는 말을 하기 위해 입술을 열었던 그때였다. 한결이 손을 들어 그녀의 입술을 엄지로 막아 버렸다. 그리고 살살 문지르며 고개를 가로저었다.

"아니, 말로 하지 마요."

곧 희미한 미소가 그려졌다. 하지만 그것은 평소에 보던 환하고, 해사한 것이 아니었다. 뜨거운 햇살이 아닌, 검은 먹구름이 잔뜩 끼어 있는 미적지근한 그런 햇살.

"두 번 듣고 싶을 만큼 좋은 이야기는 아니니까."

가슴이 따끔거렸다. 눈동자가 흔들렸다는 건 스스로도 너무나 잘 알고 있다. 동요했다. 그의 말에, 목소리에, 그리고 이미 상처 받아버렸다는 것을 증명하는 눈빛에.

"그래서 사과 한다잖아."

"말로 하는 사과 말고요."

"그럼 어떤 걸로?"

잠시 고민을 이어가던 한결이 그녀의 뒷목을 부여잡았다. 그리고 제 쪽으로 끌어당겨 코끝에 살짝 입술을 맞댔다.

"키스해 줘요."

"키스?"

"한 번도 먼저 해 준 적 없잖아요. 해 줘요, 키스."

"키스 하면 풀리는 거야?"

한결은 대답을 하지 않았다. 오히려 두 눈을 천천히 감을 뿐. 손끝이 짜릿해졌다.

그의 말이 틀린 건 없다. 단 한 번도 없었다. 먼저 손을 잡지도 않았고, 안기거나 안아 주지도 않았다. 결혼을 앞둔 사이에서도, 부부가 되어서도 먼저 그에게 손을 내민 적이 없었다. 그럴 마음조차 들지 않았고.

"빨리."

채근하는 그 목소리에 새벽이 침을 꿀꺽 삼켰다.

그래, 어려운 것도 아니지. 어차피 부부가 되어 그렇고 그런 밤도 몇 번이나 넘기지 않았던가. 오히려 익숙해져야겠지. 연하니 뭐니하는 옛 기억에 매달려 상처를 준 건 자신이니, 그 마음을 풀어 주기도 해야 할 테고 말이다.

에라 모르겠다 싶던 새벽이 그를 향해 얼굴을 내렸다. 도톰한 입술이 하나로 포개어지고, 두 사람의 숨결이 한데로 맞닿았다. 한결의 입술을 살짝 빨아들인 새벽이 그의 안으로 제 혀를 밀어 넣었다.

어색하게 그의 입안을 헤집었다. 입천장을 살살 쓰다듬는 것도, 서로의 혀를 엉키는 것도. 모든 것이 어색했다. 처음 해 보는 것도 아니면서, 왜 이렇게 떨리는지 모르겠다. 서투른 입맞춤이 감질났던 걸까. 그게 아니라면 제 위에서 뜨거운 숨결을 내뱉는 그녀 때문에 안달이 난 걸까. 결국 그녀의 뒷목을 잡던 한결의 손에 힘이 들어갔다. 그리고 순식간에 자세를 뒤집어 버렸다. 새벽을 제 아래에

둔 채, 다시금 그녀의 입안을 거칠게 탐했다. 옷깃을 잡는 새벽의 악력이 느껴졌지만, 멈출 수 없었다. 어눌함이, 서툰 듯 서툴지 않은 움직임이 그의 마음에 불을 붙인 모양이었다.

"잠깐……."

갑작스러운 그의 행동에 놀란 새벽이 그의 가슴팍을 밀어냈다. 거친 숨소리에 한결의 눈동자가 흔들렸다. 흐름을 끊는 새벽에게 조금 짜증이 난 듯싶었지만 금세 표정이 온화해졌다. 아니, 온화한 것보단 달아오른 감정을 애써 억누르는 걸 테지.

"왜요?"

"가, 갑자기 그렇게 밀어붙이면 어떡해."

"달래준다면서요."

"그건 맞는데."

"내 기분이 빨리 나아졌으면 좋겠어요?"

"어. 나 이런 어색한 공기 싫어."

새벽의 대답에 결국 못 이기겠다는 듯, 그의 입가에 환한 미소가 번졌다. 겉보기에는 벌써 기분이 나아지고도 남은 것 같다만, 그 속은 아직 멀었나 보다.

"그렇담, 진짜 확실한 방법이 하나 있어요."

"뭔데?"

그녀의 질문이 터지는 동시에 슬립의 어깨끈을 슬쩍 내렸다. 적당히 부풀어 오른 한쪽 가슴을 훤히 드러내곤 검지로 중앙을 살살 간질였다.

"자, 잠깐!"

"기분. 풀어 준다고 했잖아요."

가끔 한결은 장난감을 사 달라 바닥에 누워 실컷 떼를 쓰는 아이처럼 떼를 쓰곤 했다. 하지만 그 순간조차 정적일 때가 많다. 이처

럼 잔뜩 달아오른 모습을 보는 게 그리 쉬운 일은 아니었다. 무엇이
그리 좋은 건지, 길게 찢어진 눈매가 싱글벙글, 난리가 났다.

"오늘은 거칠게 안 할게요."

"웃겨. 평소에도 그다지 거친 편은 아니었거든?"

또 쓸데없는 자존심이 발동하고 말았다. 제 나름대로는 힘들어
죽을 것 같았는데, 연하인 주제에 배려한답시고 말하니 그에 지고
싶진 않은 것이다.

잔뜩 힘을 준 새벽의 눈매를 보던 한결이 킥킥, 웃음을 터트렸다.
그래요? 조그맣게 묻는 목소리가 들떠 있는 듯했다.

"그럼, 오늘은 평소보다 조금 더 거칠게 해도 되나?"

"참나. 거칠게 하면 얼마나 거칠게 한다고."

그러한 장난을 주고받는 동안, 한결은 착실히 그녀의 슬립을 위
로 올리고 있었다. 어깨끈을 내리려 했지만, 새벽이 영 도와주지 않
는 탓이었다. 실크 소재의 원단을 살살 말아 올리던 한결이 눈을 가
늘게 떴다. 씨익 웃는 모습이 새벽에게 묘한 불안감을 몰고 왔다는
걸, 그는 아마 모를 것이다.

"후회 안 하죠?"

"무슨 후회를 해? 후회할 것도 많다."

"진짜?"

순간 한결의 눈빛이 바뀌는 것이 적나라하게 드러났다. 번뜩이
는 그 눈빛에 새벽이 숨을 탁 멈추었다. 그제야 알아챘다. 제 슬립
이 위로 잔뜩 말려 올라가 있다는 것도, 가슴을 살살 간질이는 것이
한결의 기다란 손가락이라는 것도.

"자, 잠깐 갑자기!"

"상관없잖아요."

"아니…… 아…… 아웅."

마음의 준비라도 하고 싶었다는 말 대신, 신음 소리가 툭 터져 나오고 말았다. 언제나 느끼는 거지만, 가장 자극적인 순간은 한결의 입술이 제 가슴을 머금는 순간이었다.

사랑, 애정. 없던 감정들도 절로 생기게 만들 것 같은 움직임이었다. 말캉한 감촉에 가슴이 녹아내릴 것 같았다. 살갗이 부드럽다는 것을 알게 된 것도 한결이 주는 자극 때문이었다. 어떻게 해야 자신이 흥분하는지, 또 어떤 움직임에 저가 반응하는지. 한결은 너무 잘 알고 있었다. 아니, 것보다 더 자세히 알고 싶다는 듯 파고들었다.

"너, 너······."

"그렇게 부르는 거 싫어."

가슴을 살살 간질이던 입술이 아래로 천천히 내려왔다. 소프트 아이스크림을 먹듯, 새벽을 부드럽게 훑던 그의 입술이 뜨겁게 달아 있었다. 그가 지나가는 순간마다 새벽의 몸이 바르르 떨렸다. 움찔거림조차도 한결에게는 픽 커다란 자극이 되었다.

"다른 호칭으로 불러 줘요."

이상했다. 평소라면 조금 강압적인 말투로, 혹은 반말을 하며 저와 맞먹으려 했는데. 오늘은 묘하게 다정하다. 물론 말투만.

"나, 이제 옆집 동생 아니에요."

한결이 금세 몸을 일으켜 새벽과 눈을 마주했다. 그 사이로 오가던 수많은 감정들이, 혹은 뜨거운 온기들이 그들의 마음을 전해 주고 있었다. 어쩌면 '연하'의 벽을 극복할 수 있을지도 모른다. 다른 사람은 안 되겠지만, 한결이라면 그 벽을 부술 수 있을 것 같았다. 저에게 사랑이라는 감정을 다시금 살려 줄 수 있는 남자일 수도 있지.

"아는 동생도 아니고."

곧 그의 한쪽 손이 새벽의 허벅지를 쓰다듬었다. 부드러운 촉감에 온 몸으로 힘이 들어갔다. 뻣뻣하게 굳어지는 허리가 아플 지경이었다.

"당신 남편이에요."

"나도 알아."

"그럼 불러 줘요."

예전에는 알 수 없었다. 동생에서 남자로 변하는 그 과정에 이토록 벅찬 설렘이 들어 있을 줄은. 마냥 밝고 해사했던 그 눈빛이 짙은 욕망으로 넘실거리는 남자의 눈으로 변하는 속도가 이토록 빠를 줄은. 절대 알 수 없는 일이었다.

"자기도 좋고, 한결 씨도 좋아."

어둠이 밀려왔다. 저 바깥에서부터 밀려온 검은 비단의 물결이 금세 두 사람의 방을 가득 채웠다. 넘실거리는 그 어둠 속에서, 근근이 비추는 노란 불빛 속에서 보이던 것은 무엇이었을까.

"우리 결혼했어요. 알죠?"

"갑자기 그런다고 호칭이 한 번에 입에 붙니?"

그 말에 서운해 할 것이라 생각했다. 금세 울상이 되어 저를 내려다볼 것이라고. 하지만 생각과는 다르게 한결은 웃고 있었다. 희미한 미소를 그리며 그녀를 흐뭇하게 쳐다보았다.

"그럼 내가 계속 불러 주지 뭐."

곧 그의 손이 새벽의 가장 은밀한 곳으로 슬금슬금 내려갔다.

"누나가 좋아요, 이름으로 불러 주는 게 좋아요?"

꽤 긴 밤이 될 것 같았다. 어쩌면 잠을 못 잔다 해도 이상할 게 없을 것이다. 아아, 집사 아주머니는 퇴근하셨을까. 괜한 걱정이 잔뜩 밀려오는 순간이었다.

"오늘 밤 내내, 귀에 박히도록 불러줄게요. 말만 해요."

어디서 이런 걸 배워왔을까. 눈웃음이나 살살 치며 끼를 부리는 모습이라니. 하지만 지금 새벽에게 여유란 없다.

"누나."

달콤한 목소리가 귓가를 넘실거렸다. 눈을 질끈 감으며 그의 옷깃을 꽉 부여잡았다.

"새벽아."

심장이 꽉 조이는 기분이었다. 싫은 건 아니다. 그가 불러 주는 제 이름이, 그리고 그러한 이 상황이 절대 싫은 게 아니었다. 다만 이 모든 것들이 너무 어색할 뿐이다. 결혼을 했다는 사실도, 어릴 때부터 보아온 꼬맹이의 아내가 되었다는 사실도. 한결도, 새벽도 서로가 서로에게 주는 자극으로 머리가 아득해지는 건 마찬가지였다.

잇새에서 터져 나오는 거친 숨소리가 낯 부끄럽다. 제 아래에 누워 얼굴을 붉힌 새벽의 모습 때문에. 온몸을 비틀어가며 흥분을 토해 내는 그녀를 내려다보던 한결이 숨을 크게 들이마셨다.

"이름 불러줘요."

결국 안달이 난 한결의 목소리가 들렸다. 질척이는 소리, 새벽의 신음 소리가 뒤엉켜 방 안이 뜨겁게 달아올랐다. 그만하라 말을 하고 싶은데, 목을 타고 넘어가는 건 잔뜩 달아오른 신음 소리뿐.

힘겹게 눈을 떠 그를 바라보았다. 저와 마주하고 있는 눈동자가 예쁘게 빛을 내고 있었다. 파마가 다 풀려버린 머리칼은 엉성하게 구불거렸다. 아침과는 다르게 흐트러져있다. 그 사실 하나만으로도 달라 보였다.

"싫어요?"

아아, 절로 탄식이 새어나왔다. 길어지는 눈매가 꼭 강아지를 연상시켰다. 그래, 사실 강아지상이긴 하지.

"듣고 싶은데."

이런 건 어릴 때와 변하지 않았다. 칭얼거림이라든가, 사람을 약하게 만드는 눈빛이라든가. 숨을 크게 들이마시며 마음을 진정시

컸다. 하지만 그 다짐은 그리 오래가지 않았다.

"한……."

저를 올곧게 향하는 그 눈빛에 이길 자신이 없었다. 대답하지 않으려 입을 꾹 다문 순간, 한결의 손길에 힘이 탁 풀리고 말았다.

"제대로 말 해 줘요. 안 들려."

들숨조차도 거칠어진 순간이라 제대로 말이 나오지 않았다. 결국 두 팔을 뻗어 그를 와락 끌어안았다. 조금 몸을 밀착하면 움직이기 어려울 것이란 생각으로. 하지만 그것은 새벽 혼자만의 착각이었다. 그녀가 발버둥 치면 칠수록 그는 더욱 깊게 파고들었다. 기다리기라도 했다는 듯, 안쪽으로 향하는 그의 움직임이 더욱 거칠게 변했다. 그의 움직임으로 인해 온몸이 나른해졌다. 사르르 퍼지는 열기가 그녀의 머리를 아찔하게 만들었다.

"한결."

자신이 안고 있던 어깨가 움찔거리고 있음을 단번에 알 수 있었다. 한결은 더 이상 움직이지 않았다. 마치 다음 이야기를 기다리듯, 어쩌면 한 번 더 이름을 불러주길 기다리듯.

"한결아."

또 한 번, 정적이 흐르는가 싶었다. 하지만 그는 더 이상 참을 수 없다는 듯 그녀를 침대에 냅다 눕혀 버렸다.

"아……."

간드러지는 탄식이 새어 나왔다. 그런 새벽을 내려다보던 한결은 기다리기라도 했다는 듯, 옷가지를 벗어 던졌다.

"난 말했어요."

그의 손이 새벽의 얼굴을 살살 쓰다듬었다. 목소리와 손길만큼은 다정한데, 그 눈빛은 전혀 다정하지 않았다. 금방이라도 모든 걸 태워버릴 듯한 불꽃으로 이글이글 타오르고 있다.

"오늘은 거칠게 할 거라고."

평소 같았다면 말대답이라도 했을 텐데, 온몸에 퍼진 열기 때문에 아무런 말도 할 수 없었다. 반쯤 풀린 눈으로 그를 올려다보니 희미한 미소가 내려왔다.

"그러니까 울지 않는 걸로."

그 말을 끝으로 한결과 새벽이 하나로 겹쳐졌다. 하나가 되는 내내 한결의 잇새에서 가느다란 바람이 새어 나왔다. 곧 새벽이 손가락에 힘을 꽉 주었다. 꼭 평소의 한결과 다른 사람 같았다. 온몸이 저릿해지는 이유도 아마 그 때문일 테다.

"누나."

애타는 부름과 함께 한결이 움직이기 시작했다. 거친 움직임에 새벽의 숨소리 역시 가빠졌다. 눈을 제대로 뜰 수조차 없었다. 한결이 전해주는 열기에 허리가 뻐근해졌다. 한결의 애처로운 부름은 그 이후로도 몇 번인가 반복되었다. 그에 맞춰 온몸이 나른해졌다.

꼭 그에게 홀린 기분이었다. 새벽이 두 팔을 뻗어 한결의 목을 끌어안았다. 두 눈을 마주하기 무섭게 그의 움직임에 힘이 보태졌다. 방 안으로 달뜬 소리가 넘실거렸다. 이제 그녀의 머릿속엔 한결, 그 이름 두 글자만이 가득할 뿐이었다. 곧 새벽과 한결의 위치가 바뀌었다. 간신히 자리에서 일어난 새벽이 억지로 그를 눕혔기 때문이었다. 그녀의 얼굴은 상당히 붉게 물들어 있었다. 묘한 표정마저도 한결에게는 크나큰 자극이 되었다. 노르스름한 스탠드 불빛에 비친 새벽이 퍽 아름답게 느껴졌다.

"우리 이제, 아무 말도 하지 말자."

혹시라도 자신이 화답하지 못하는 말이 툭 터져 나올까 두려웠다. 한 편으로는 그러지 못하는 자신이 너무 밉고, 모자라 보였다. 누군가의 사랑을 제대로 이해할 수 없는 사람만큼 불쌍하고, 안쓰러운 사람이 또 있을까.

"나, 지금은 네 말대로 네 여자야."

손가락을 곧게 세운 새벽이 가슴팍을 사르르 쓸어내렸다. 단단한 근육이 손끝으로 느껴짐에 온몸이 저릿했다. 주변에서 한결의 몸이 좋다며 호들갑을 떠는 이유를 이제 알 것 같았다.

그의 아내로서, 그와 함께 밤을 보내는 게 한두 번도 아니건만. 새삼 그의 자잘한 가슴근육에 감탄을 내지르고 만다.

"천천히. 조금…… 조금만 천천히 표현할게."

응? 다시 한 번 되묻던 새벽의 모습에 한결이 숨을 크게 들이마셨다. 그리고 곧 미소를 그려주었다. 다시 한 번, 한결은 새벽을 꽉 끌어안았다. 동시에 터져 나오는 그녀의 달뜬 숨소리에 한결의 목에서 그르렁, 우는 소리가 들렸다.

새벽도, 한결도 아무런 말을 나누지 않았다. 그저 본능에 이끌린 채 서로를 탐하고, 쾌락을 나누고 있을 뿐. 한참이나 제 위에서 춤을 추는 그녀를 바라보던 한결이 두 눈을 질끈 감았다.

"한결, 한결아."

조르듯 말하던 그녀의 목소리가 제법 촉촉이 젖어 있었다. 흐느끼듯 들리는 건, 아마 그만큼 흥분에 취해 있는 탓이겠지. 입술을 꽉 억누르던 그가 몸을 일으켰다. 그녀의 허리를 꽉 끌어안은 채, 뒤로 비스듬히 몸을 눕혔다.

"한새벽."

그리고 그녀의 뒷목을 꽉 붙잡은 그가 숨을 크게 들이마셨다.

"도망가지 마."

뒤이어 흘러나오는 소리의 조각들이 하나 둘 모여 한결과 새벽을 방 안에 새겨 주었다. 그가 달려들면 달려들수록 새벽은 온몸이 바짝 당기는 걸 느꼈다. 발가락으로 느껴지는 저릿함에 눈을 꽉 감았다. 한결은 그런 새벽의 반응이 좋았다. 조금씩 저와 하나가 되어 가는 그녀의 모습에 가슴이 벅차올랐다.

어쩔 줄 몰라 하며 저에게 매달리는 그 모습조차 가슴이 간질거렸다. 조금 더 제 것이라 새기고 싶었다. 김한결의 한새벽. 한새벽의 김한결. 부부이기에 가능한 방법으로 그녀가 제 것이라 확신을 갖고 싶었다. 바람이 확신으로 변하는 순간, 한결의 템포가 빨라졌다. 그에 맞춰 새벽 역시 거친 숨을 토해 냈다. 이윽고 길게 뻗은 한결의 등줄기에 바짝 힘이 들어갔다. 곧게 펴진 허리로 땀 한 방울이 또르르 흘러내렸다. 동시에 새벽은 눈앞이 아득해짐을 느꼈다.

입술로 터져 나오는 숨소리가 제법 진득했다. 온몸에 힘이 바짝 들어가다 서서히 풀리는 게 느껴졌다. 몸을 부르르 떨던 새벽의 모습에 한결이 입술을 길게 말아 올렸다. 곧 저를 향해 축 늘어지던 그녀를 꽉 안아 들고 하얀 어깨에 입술을 맞댔다.

"봐요, 제일 확실한 방법이라니까."

새벽은 아무런 말을 하지 않았다. 그저 그의 어깨에 기댄 채, 거친 숨을 들이마시고 내뱉을 뿐. 겨우겨우 한쪽 손을 들어 한결의 한쪽 볼을 툭 쳤다.

"까불지 마."

"쓰러지지 마요. 아직 남았어."

"뭐?"

깜짝 놀라 고개를 들어 올린 새벽의 모습에 한결이 어깨를 으쓱거렸다. 뭘 그리 놀라고 그러냐 묻는 표정이었다.

"말했잖아요. 나 오늘 누나 재울 생각 없어. 그러니까 지치지 마요. 한참 멀었어요."

곧 새벽의 이마에 짧은 입맞춤을 남긴 한결이 야릇한 미소를 그렸다. 어쩐지 오늘 밤은 쉽게 잠들 수 없는 게 확실해진 것 같았다.

*

　"누나, 나 다녀올게요."

　활기가 넘치는 한결의 목소리에 새벽이 부스스 눈을 떴다. 제 볼에 입맞춤을 남기는 한결의 모습이 놀라울 따름이었다. 분명 어제 세 시가 넘어서야 같이 잠이 들었는데, 언제 일어나서 출근 준비를 다 했담. 슬쩍 협탁 위 시계를 바라보았다.

　일곱 시 반. 이러다 수면부족으로 쓰러지면 어쩌나, 은근한 걱정이 밀려왔다.

　"좀 더 자요."

　머리를 쓰다듬는 손길이 부드러웠다. 조금만 긴장을 풀었다면 그대로 잠들었다 해도 이상할 게 하나 없다.

　"아냐, 배웅은 해야지."

　"새벽아."

　새벽의 어깨를 부여잡은 한결의 손이 부드러웠다. 그 촉감에 놀란 그녀가 고개를 들어올렸다. 입술을 동그랗게 말아 올린 채 웃음을 그리고 있는 한결이 그녀를 내려다보고 있었다. 아침의 한결은 밤의 모습과는 현저히 다르다. 단정하게 올린 머리라든가, 말끔한 수트 차림이 퍽 잘 어울린다거나 하는 것들. 더더욱 다른 사람이라 생각하게 만드는 건, 빈틈이 보이는 눈빛 같은 걸 보이지 않는단 사실이었다.

　"괜찮으니 그냥 자요."

　"그래도."

　"어제 꽤 무리했는데, 쉬어야 공방에 또 나가 보죠."

　순간 어젯밤의 열기가 떠올라 온몸이 후끈거렸다. 아직도 아래쪽이 뻐근하게 느껴졌다. 허리가 지끈거리는 것 같은 느낌에 보이지 않는 손으로 시트를 꽉 움켜쥐었다.

"더 자요. 다녀올게요."

곧 한결의 입술이 새벽의 이마에 닿았다 떨어졌다. 긴 머리를 상냥하게 쓸어내려 주다 이내 그녀에게서 등을 돌렸다. 문을 열고 나가려던 찰나, 뒤를 돌아본 한결이 해사한 미소를 그렸다.

"밥 거르지 마요."

"한결이 너도."

새벽의 대답에 한결이 잠시 놀란 표정을 지었다. 그럴 만도 하다. 사실 그를 이름으로 부른 적이 거의 없었다. 야, 혹은 너. 가끔은 호칭을 써도 되지 않게 노력한 적도 있으니. 잠시 눈을 동그랗게 뜨고 그녀를 쳐다보던 한결이 고개를 끄덕였다. 행복한 미소였다. 온 얼굴에서 티가 나는 그 행복에 새벽 역시도 덩달아 미소를 그렸다.

문이 닫히고, 그가 나가기 무섭게 침대에 벌러덩 몸을 눕혔다. 온몸이 끊어질 것 같다는 이야기를 이럴 때 쓰는 거구나 싶었다. 목부터 허리까지 배기지 않는 곳이 없었다. 그리고 곧 뜨거웠던 어제의 밤을 떠올리다 자기도 모르게 거칠게 숨을 내쉬었다. 가면 갈수록 한결은 이성을 잃은 사람처럼 저를 밀어붙였다. 쾌감으로 온몸이 녹아내릴 것 같았다. 그런 생각을 하는 머릿속 회로조차 하얗게 굳어져 갈 때 즈음에야 끝을 낼 수 있었다.

-왜 밤에 끝내줘?

잔뜩 달아올라 있던 유미의 목소리를 떠올리다 후후, 엷은 웃음을 터트렸다. 푹신한 이불에 몸을 눕히곤 베개에 얼굴을 파묻었다. 만약 유미가 앞에 있었다면 어제의 일을 신나게 이야기했겠지.

"나쁘진 않은 거 같아."

앞에 없는 유미에게 말을 툭, 내뱉은 새벽이 작게 웃음을 터트렸다. 이불을 미리끝까지 끌어올리곤 가슴에 피어오르는 묘한 감정을 한데로 모았다. 그리고 그것이 무엇이라 딱 정의를 내리기도 전에 곯아떨어져 버리고 말았다. 커다란 창으로 빛이 새어 들어오는 아침이었지만, 이상하게도 잠이 쏟아졌다.

귓가에 아른거리는 한결의 목소리를 몇 번이고 되새기며 깊은 잠에 빠지고 있었다.

*

새벽이 눈을 뜬 것은 그로부터 서너 시간이 지난 뒤였다. 눈을 뜨고 나서도 그녀는 쉽게 정신을 차릴 수 없었다. 아침의 일이 비몽사몽 한 상태에서 벌어졌던 일이었기에 더더욱. 멍하니 침대에 앉아 있던 새벽이 깊은 한숨을 내쉬었다. 나쁘지 않았다는 말이 제 혼잣말이었음을 기억한 안도의 한숨이었다.

눈을 세게 감았다 뜨며 협탁 위 핸드폰을 집어 들었다. 열한 시가 조금 넘어간 시간을 보다 아아, 낮은 탄식을 흘려보냈다.

-도망가지 마.

그렇게 애원하던 목소리가 떠올랐다. 단 침을 꿀꺽 삼키며 눈을 질끈 내리감았다. 그는 알고 있었던 것이다. 자신이 도망가고 싶어 한다는 사실을. 이 현실에서 등을 돌린 채, 다른 빛으로 뛰어가고 싶어 한다는 사실까지도. 잠시 생각을 이어가던 새벽이 주먹을 꽉 그러쥐었다. 목 끝까지 치닫는 탄식을 애써 삼켜낸 뒤 숨을 들이마셨다.

"일해야지."

마음을 찌르는 생각은 저 바깥에 던져버리기로 했다. 하얀 이불을 벗어던진 새벽이 침대에서 내려왔다. 그리고 천천히 몸을 움직이기 시작했다. 공방으로 가는 데까지는 그리 오랜 시간이 걸리지 않았다. 뒷문을 열고 나가는 새벽의 입에는 구운 빵 한 조각이 물려 있었다. 하얀 우유가 담긴 머그컵을 든 채, 폭신한 잔디를 지르밟았다.

"날씨도 좋네."

빵을 우걱우걱 씹어 먹던 새벽이 자리에 우뚝 멈추어 숨을 크게 들이마셨다. 맑은 공기가 폐부로 깊숙이 들어왔다. 저 앞으로 보이는 하얀 공방의 벽이 왜 이리도 반가운 걸까. 결혼을 할 때 즈음, 한결의 요구로 서울에 있는 공방을 처분했었다. 사실 그녀의 의지도 있었다. 제 뜻대로 되는 게 하나도 없으니, 자신의 뜻으로 차린 그곳을 계속 두고 싶은 마음이 사라졌던 것이다.

-조금 더 편하게 작업하라고 만들었어요.

그리고 새로 생긴 곳이 이 전원주택의 넓은 부지를 활용한, 그녀만의 작업실이었다.

-불편하게 나갈 필요 없잖아요.

웃으며 말을 했지만, 그녀는 한결의 뜻을 단박에 알아챌 수 있었다. 이제껏 새장 안에 가두고 싶었던 것이다. 그토록 갖고 싶어 했던 그녀를 가지게 되었으니, 빠져나가지 못하도록 자신의 새장으로 밀어 넣은 거겠지. 알면서도 새장으로 들어왔다. 사실 어떻게 되든 별 상관이 없었는지도 모른다. 그녀의 아버지가 이끌어가는 BN그룹이 휘청거리던 그즈음부터. 새벽은 더 이상 새벽의 삶을 살아갈 수 없을 거라 생각했다.

이미 알고 있는 결과였다.

"이번 달 스케줄이……."

그 결과에 순응하고 나니, 오히려 한결의 새장이 더 나을 것 같다는 생각이 들었을 뿐이다. 빵을 뜯으며 문 앞에 붙어있는 스케줄 표를 확인했다. 자주 덤벙거리는 탓에 들어가기 전에라도 확인을 하자는 취지였다. 사실 이렇게 하지 않으면 엉망이 될 것이라는 것을 너무나 잘 알고 있었다.

"한결이네 회사에 줄 건 이미 다 끝냈고."

흐응, 비음을 내며 스케줄 표를 훑던 그녀가 씁쓸한 웃음을 그렸다. 막상 서울의 공방을 처분하고 나니, 일이 들어오지 않아 표가 텅텅 비어 버렸다. 아주 조금 그리고 처음으로 서글퍼졌다.

"좋지 뭐. 덕분에 못 본 책은 실컷 보겠네."

하지만 그러한 서글픔을 잔뜩 그러안은 채, 작업실로 들어갔다. 문을 열기 무섭게 온갖 향료 냄새가 코를 찔렀다. 싫지 않았다. 자신이 하고 싶은 것을 위해 이 공방을 시작했다. 취미로 시작했던 일이 어느새 직업이 되고 말았다.

자리에 털썩 주저앉은 새벽이 우유를 벌컥벌컥 들이마셨다. 남은 빵마저도 입안으로 모두 쑤셔 넣은 채, 의자에 몸을 깊게 파묻었다. 그리고 핸드폰을 집어 들어 자판을 톡톡 두드리기 시작했다.

[주문해 준 석고 방향제 30개. 다 끝났어. 어제 확인하고 나갔으면 오늘 아침에 주는 거였는데, 내일 가져갈래?]

다시 한 번 죽 훑고 한결에게 전송했다. 입안의 빵을 모두 씹어 넘기고 입가심을 위해 우유를 머금었다. 꽉 차있던 입안을 모두 집어삼켰던 그 순간, 핸드폰이 커다란 진동을 일으켰다. 한결이었다.

"여보세요."

─너무 딱딱하게 받는 거 아니에요?

그만의 부드러운 목소리가 들렸다. 짤막한 웃음소리에 왠지 모르게 가슴이 쿵 주저앉았다. 어젯밤 자신을 부르던 목소리가 생각난 탓이겠지.

"안 바빠?"

─바빠도 누나한테 전화할 시간은 있다고 몇 번 말한 것 같은데.

벌써 까먹었어요?

　속삭이듯 웃는 소리가 들렸다. 어릴 때부터 지금까지 변하지 않는 목소리다. 물론 자신이 알고 있는 어릴 때라고 해봤자 중학생 즈음이겠지만.

　-밥은 먹었어요?

　"빵이랑 우유 먹었어."

　-그거라도 먹었으니 잘했다고 해야 하나.

　"그렇게 말해줘."

　한결과의 통화는 어딘가 모르게 불편하지만 또 어딘가 모르게 마음이 차분해진다. 무언가를 거북하게 요구하지도, 심하게 이야기가 끊이지도 않는다. 적당한 거리와 적당한 온도를 유지해 제 마음을 편하게 만들어 준다. 아주 가끔 얼굴을 맞대고 이야기하는 것보다, 전화가 더 편할 정도로.

　"방향제는 미리 포장해 놓을까?"

　-힘들지 않겠어요?

　"괜찮아. 뭐 한두 번 하나."

　일도 없는데. 그 말은 뱉지 않기로 했다. 목으로 꿀꺽 삼키며 애써 손가락에 힘을 주었다. 일이 없다는 말을 하고 나면, 서울의 공방을 처분한 게 그 이유라 말을 할 것 같았다. 명백한 심술이었다. 그러니 애써 참기로 했다. 그 말과 마음을.

　-그럼 한 가지 부탁만 더 들어 줄래요?

　"부탁?"

　-어려운 거 아니에요. 뭐 조금…… 사심이 섞이기도 했지만. 들어 줄 거죠?

　한결의 말을 곱씹던 새벽이 손톱을 톡, 깨물었다. 어쩐지 조금 불안하긴 했지만 그럼에도 거절을 하겠다는 생각은 없었다. 한결을 믿기 때문인지, 그런 부탁은 들어주지 않을 테니. 라는 전제가 깔려 있기 때문인지.

"그래. 말해 봐."

고개를 끄덕이던 새벽이 우유 잔을 테이블 위에 올려놓았다. 어제 만들다 말았던 방향제를 뚫어져라 쳐다보았다. 뭘 만들려고 했더라.

-그 방향제 들고 우리 회사로 와 줄 수 있어요?

"방향제를?"

-네.

단호한 그의 대답에 새벽의 눈이 휘둥그레졌다. 잠시 핸드폰을 꼭 쥐다 숨을 크게 들이마셨다. 천천히 내뱉으며 그것들을 힐끗 쳐다보았다.

"급해?"

-아니요. 급한 건 아닌데.

"급한 건 아닌데?"

-내가 꼭 말로 해야 알아요?

떼를 쓰는 걸까. 조금 칭얼거리는 것처럼 들리는 한결의 목소리에 새벽이 웃음을 그렸다.

"말을 안 하면 모르잖아."

-어휴, 둔해.

곧이어 전화 너머로 킥킥, 웃음소리가 들려왔다. 속삭이던 웃음과는 전혀 다른, 소년과 같은 맑은 웃음이었다. 그에 절로 미소가 그려졌다.

"둔한 거 알아. 그러니까 말로 해줘."

두 눈을 지그시 내리감은 새벽이 두 다리를 쭉 폈다. 창가를 투과해 넘실거리는 햇살도, 공방 안을 부드럽게 감싸는 바람도. 모든 것이 만족스러운 순간이었다. 코를 찌르는 향료의 냄새마저도 포근하게 느껴졌다.

-끝날 때쯤 오면, 나랑 데이트할 수 있잖아요.

그 순간, 눈이 번쩍 뜨였다. 자기도 모르게 상체를 벌떡 일으키곤 어버버. 입술을 떨었다.

"뭘 해?"

-데이트요. 결혼하기 전에 데이트 한 번 못 해 봤잖아요. 우리.

순간 가슴 속 멈추었던 무언가 쿵쾅쿵쾅 뛰기 시작했음을 느꼈다. 제발 조용히 있어 달라 외치지만 그들은 결코 멈추지 않을 것 같았다. 머리와 마음이 너무나 소란스러웠다.

-회사로 와요. 나랑 데이트해요, 누나.

새벽은 한결과 전화를 끊은 뒤, 한참이나 멍하니 공방에 머물러 있었다. 핸드폰을 잡고 있는 손이 바짝 당겼다. 손끝이 얼얼했다. 부끄러움에 달아오른 열기가 모두 손끝에 담겨있는 것처럼.

공방에서 몸을 일으키는 데까지 걸린 시간은 약 30분. 그 시간 동안 새벽은 자신이 무슨 생각을 했는지 전혀 알 수 없었다. 그저 나갈 준비를 해야겠다는 생각으로 공방을 나섰을 뿐. 집으로 들어가기 무섭게 옷장을 열어젖혔다. 어떤 옷이 좋을지, 또 어떤 색이 어울릴지 머리를 회전시킴과 동시에 눈을 굴렸다.

쿵. 심장의 미미한 떨림이 일었을 때, 그제야 새벽은 정신을 차렸다는 듯 눈을 동그랗게 떴다.

"한새벽, 너 지금 설렌 거니?"

당혹스러웠다. 한결과의 데이트를 내심 기대하는 제 자신에게, 그리고 기대하는 상대가 '한결'이라는 사실에. 여러모로 황당해 웃음만이 새어 나왔다.

"데이트 한두 번 해 봐?"

맙소사. 두 손을 어깨춤까지 들었다 내린 새벽이 고개를 좌우로 저어댔다. 말도 안 된다. 천하의 한새벽이, 고작 그런 데이트 하나 때문에 설레고 있다니.

침대에 풀썩 주저앉은 새벽이 줄지어 늘어진 옷가지를 빤히 바라보았다. 생각해 보니, 저 안을 가득 채운 옷가지들도 모두 한결이 사다 준 것이었다. 그녀가 갖고 있는 옷은 너무 칙칙하다며, 혹은 지나가다 새벽이 생각났다며. 때로는 직접 데려가 별 어쭙잖은 핑계를 대며 한 벌씩 사 주었던.

-누나는 하늘색이 잘 어울려요.

그렇게 말하며 웃던 한결의 모습을 떠올리기 무섭게 입꼬리가 슬쩍 말려 올라갔다.

어쩌면 사랑이라는 감정은 무색무취의 액체일지도 모른다. 어떤 이는 빠진다는 표현을, 또 어떤 이는 젖어든다는 표현을 하곤 하니 액체임이 틀림없다. 새벽은 그 무수한 표현들 중 물들어 간다는 말을 가장 좋아했다. 빠지는 것도, 젖어드는 것도 너무 순식간에 일어나는 일이나 다름없으니까. 어쩌면 한결과 저의 이야기일지도 모른다. 눈에 띄게 달라진 건 없지만, 그에게 물들어 가고 있는 건 확실했다. 서로가 서로에게 물들어 가고 있었다.

그렇기에 그와의 관계가 좋은 것이다. 너무 빠르지도, 성급하지도 않다. 그에게 천천히 물들어 가고 있음을 깨닫는 이 시간조차도, 그녀에게는 또 다른 설렘이니까. 물론 한결은 그 사실을 모르고 있었다. 새벽이 단 한 번도 제 마음을 바깥으로 꺼내어 놓은 적이 없었으니. 알 턱이 없다. 결국 자기도 모르게 흥얼거리며 옷을 고르기 시작했다. 하늘색, 분홍색 옷가지를 지나며 싱긋 웃음을 그렸다.

내리쬐는 햇발이 유독 따사로운 어느 오후의 일이었다.

새벽과 전화를 끊은 한결은 일을 하는 내내 시계에서 눈을 떼지 못했다. 새로운 본부장이 발령된 탓에 눈코 뜰 새 없이 바빴지만, 그는 또 다른 이유로 초조함을 느껴야 했다. 새벽이 온다. 것도 회사로, 다른 이유도 아닌 저와 데이트를 하기 위해. 그 사실 하나만으로도 진정할 수 없는 이유가 수만 가지로 늘어나는 것이다. 오늘 옷을 잘 고른 걸까, 머리는 잘 매만졌나. 어딜 먼저 갈까, 저녁은 뭘 먹고 카페는 어디로 갈까. 야경이 멋진 카페가 어디였더라. 사실 이런 생각을 하는 제 자신이 조금, 아주 조금은 어색했지만.

"한결 씨."

그런 생각으로 멍하니 앉아있던 그때, 누군가 다가와 그의 팔을 툭 건드렸다.

"어디가 좋을까요?"

반사적으로 튀어나온 대답에 한결도, 그에게 말을 걸었던 여사원도 놀라 서로를 마주 보았다. 아주 짧은 정적이 흘렀다. 놀란 나머지 눈이 동그랗게 변한 여사원의 표정에 얼굴이 붉게 달아오르고 말았다.

"우리 어디 가기로 했어요? 그랬나?"

"아, 아니에요. 죄송해요. 딴생각 좀 하느라."

멋쩍게 웃으며 머리를 긁던 한결의 모습에 여사원이 미소를 그렸다. 앙다문 입술 사이에서 바람이 빠지는 소리가 들렸다.

"뭐야. 난 또…… 기대했네."

성예나라는 이름 세 글자가 박힌 사원증이 반짝였다. 언젠가부터 저에게 노골적으로 들이대는 동기 중 하나였다. 소문에는 아버지 역시 동종업계의 사업을 한다는 말도 있었지만. 사실 그렇다 하더라도 한결은 관심이 없었다. 그래서 더더욱 한결에게 들이대는 것일지도 모른다.

"기대는 아직 결혼 안 한 총각들한테 하셔야죠."

하지만 그는 늘 그랬듯 자연스럽게 그녀의 치근덕거림을 받아쳤다. 자연스럽게 어깨에 자리 잡은 손을 치우는 것 역시 잊지 않았다.

"그나저나 무슨 일이에요?"

"누가 찾아와서요."

"누가요?"

곧 예나의 손가락이 복도에 서 있는 누군가를 향해 곧게 뻗었다. 함께 시선을 돌리던 한결의 눈동자가 거세게 흔들렸다. 두 뺨이 불그스름하게 변해, 곁에 서 있던 예나 역시도 놀라 눈이 휘둥그레졌다. 바깥에 서 있는 건, 퇴근 즈음에 만나기로 했던 새벽이었다. 것도 자신이 골라 준, 물색의 스커트와 하얀 블라우스를 입고 있다. 특별한 날 꼭 입어 달라 부탁했던 제 말이 떠올랐다.

"한결 씨 아내분, 맞죠?"

예나의 물음과 동시에 새벽이 뒤를 돌았다. 어색하게 웃으며 손을 흔드는 그녀의 모습에 그만 울음을 터트릴 뻔했다. 너무 사랑스럽다. 곧게 편 다섯 손가락도, 다소곳이 서 있는 가느다란 다리도. 무엇보다 더욱 사랑스러운 건 어색해 미칠 것 같다는 그 눈빛이었다.

"외출은 안 돼요. 곧 퇴근시간인데 지금 외출하면."

"잠시면 돼요."

예나의 말은 들을 필요도 없다는 듯, 한결이 잽싸게 걸음을 옮겼다. 그녀를 슬쩍 밀치는 것 역시 잊지 않았다.

"한결 씨!"

저를 부르는 목소리가 들렸지만, 아랑곳 않은 채 걸음을 옮겼다. 투명한 유리를 통해 어색하게 웃는 새벽을 뚫어져라 쳐다보았다.

사원증을 찍고 문을 여는 그 순간까지도 그의 눈동자는 새벽을 향해 있었다.

"누나!"

반가움에 잰걸음을 옮기는 한결의 모습에 새벽이 주위를 힐끗거렸다.

"밖에서는 그렇게 부르지 마."

"왜요?"

"……싫어."

"네?"

입을 길게 늘어트린 채, 숨을 가다듬던 새벽이 부러 그의 눈길을 피했다. 그리고 손에 쥔 쇼핑백을 꽉 붙잡았다.

"부부잖아. 우리."

그 순간, 한결의 얼굴이 환하게 밝아졌다. 두 볼에 자리 잡은 홍조로 그가 얼마나 기뻐하고 있는지 단박에 알 수 있었다.

"그럼 뭐라고 불러요?"

하지만 그 장난기는 어딜 가지 않는 법. 잔뜩 달아오른 목소리에 새벽이 화들짝 놀랐다. 다시 한 번, 쇼핑백을 꽉 움켜쥐곤 숨을 크게 들이마셨다.

"알아서 불러. 뭘 그런 거까지 나한테 묻고 그래?"

"듣고 싶은 호칭 불러 주고 싶으니까요."

심술쟁이. 중얼거리던 새벽이 눈을 힐끗거리며 한결을 쳐다보았다. 목을 흠흠, 두어 번 가다듬고 그에게 쇼핑백을 건넸다. 잔소리 말고 이거나 받아가, 라는 것처럼. 동시에 한결의 얼굴이 시무룩해졌다. 핑크빛의 무언가를 기대했던 그의 눈이 잔뜩 아래로 내려앉았다.

"1층에 카페 가 있을게. 한, 한결 씨."

"네?"

"빠, 빨리 받아."

부끄러운 듯, 한결의 손에 쇼핑백을 쥐여 준 새벽은 여전히 고개를 들지 못하고 있었다. 얼굴뿐만이 아니라, 귀까지 붉게 달아올라 당장에라도 펑 터질 것만 같았다. 물론 한결은 그런 새벽의 모습조차 사랑스러워 어쩔 줄 모르고 있었지만.

"알았어요. 카페에서 기다려요. 새벽 씨."

마지막 그의 한 마디에 새벽이 고개를 냅다 들어 올렸다. 붉어진 얼굴이 그녀가 얼마나 민망해하고 있는지 알려주고 있었다. 입을 일자로 꾹 다물고 있던 새벽이 고개를 끄덕인 뒤 잽싸게 뒤를 돌았다. 그리곤 잰걸음으로 복도를 걸었다. 한결은 그런 새벽을 한참이나 쳐다보고 있었다. 엘리베이터를 타기 위해 왼쪽으로 사라지는 그녀의 모습과 그 그림자까지도. 꽤 긴 시간, 눈을 떼지 못했다.

도망치듯 1층의 카페로 내려온 새벽은 뜨겁게 달아오른 얼굴을 식히는 데에 여념이 없었다. 몇 번이고 숨을 들이마시고 내쉬며 차가운 얼음 잔을 뺨에 가져다 댔다.

-새벽 씨.

그 말 때문에 이렇게 부끄러운 것만은 아니었다. 곁들여진 미소라든가, 들떠 있음이 분명한 음색이 그녀의 마음을 두드린 것이다. 연애를 처음 해 보는 것도 아니고, 그 한 마디에 설렐 리가 있나.

"그래. 처음이니까 그런 거야."

그럼, 그렇고말고. 고개를 끄덕이던 새벽이 주문한 음료수를 쪽쪽 빨아먹기 시작했다. 아직도 그 흥분이 가라앉지 않은 것 같았다. 온몸에서 심장이 뛰고 있었다.

-부부잖아. 우리.

"미쳤어. 그 말을 어떻게 했지?"

고개를 도리도리 저어대다 번쩍 얼굴을 들어 올린 새벽이 입술을 꽉 눌렀다. 질투였다. 아무렇지 않게 한결의 어깨를 어루만지고, 자연스럽게 대화를 나누는 예나에 대한 질투심. 그래서 한결에게 나름대로의 어필을 한 것일지도 모른다. 너에겐 와이프가 있으니 눈 똑바로 뜨고 정신을 차리라는 어필.

-야 솔직히 한결이가 아쉬울 거 하나 없다? 어리지, 잘생겼지, 능력 좋고 배경 좋지. 심지어 10년 이상 짝사랑에 해바라기. 도대체 뭐가 그렇게 부족해서 싫다고 해?

맨 처음 한결과의 결혼이 결정 나고, 유일무이하게 자신의 속마음을 털어 놓았던 유미에게서 들었던 이야기였다. 평소엔 그다지 와 닿는 이야기가 아니었는데, 이상하게 오늘 그 말이 확실히 와 닿았다. 한결 정도라면 굳이 저가 아니더라도 더 괜찮고 예쁜 여자를 만날 수 있을지도 모른다. 덤으로 일방적인 마음이 아닌 양방향으로 통하는 마음을 가진 채 살아갈 수 있겠지. 알고 있다. 모르는 게 아니었다. 그저 이 정도의 속도를 유지하고 싶은 것이다. 한결과, 저와의 관계가 더욱 빨라지는 건 스스로도 원하는 일이 아니었다.

"한새벽…… 머리 좀 비워, 머리 좀……."

너무 많은 생각 탓일까. 머리가 복잡해져 고개를 푹 숙였다. 두 손으로 머리를 꾹 누르다 고개를 들어 올린 순간이었다.

"저기 죄송한데…… 혹시……."

누군가 그녀에게 다가왔다. 것도 아주 훤칠하게 생긴 미남이 말이다. 베이지색 트렌치코트가 퍽 잘 어울리는 남자였다.

"저 이 동네 안 살아서 길 몰라요. 죄송해요."

"아니, 그게 아니고."

"여기 어디에서 근무하는 것도 아니니까."

"혹시 세명대 나오지 않았어요?"

"그러니까…… 네?"

놀란 듯, 새벽의 눈이 휘둥그레졌다. 두 손으로 잡고 있던 잔의 얼음이 달그락, 자잘한 비명을 내질렀다.

"그…… 공예학과 한새벽……."

"누구세요?"

놀라운 것보다 무서울 정도였다. 모르는 사람이 자신을 알고 있는 것처럼 무서운 게 어디 있을까. 저절로 동공이 확대됐다. 그리고 자기도 모르게 잔을 더욱 세게 쥐었다. 여차하면 머리라도 내리쳐야지.

"와, 이런 게 인연인가?"

곧 기쁘다는 듯, 남자가 웃음을 그렸다. 부드럽게 말려 올라가는 입꼬리가 어쩐지 어색하지 않았다. 어디에선가 많이 본 듯한, 그런 웃음이었다.

"나 기억 안 나?"

남자는 반갑다는 듯, 새벽의 맞은편에 착석했다. 여전히 얼굴에는 웃음꽃이 만개해 있었다.

"누구신지……."

"이래도. 이래도 기억 안 나?"

곧 남자가 앞머리를 올렸다. 잔뜩 달아오른 목소리로 이마의 흉터를 가리켰다.

"아…… 아!"

곧 새벽이 알 것 같다는 듯, 두 손을 마주했다. 짝! 경쾌한 소리가 카페의 음악을 가로질렀다.

"호재 선배!"

반갑다는 듯, 해사하게 웃음을 그리던 새벽이 두 손으로 입을 가렸다. 웬일이야! 감탄사가 절로 새어 나오는 순간이었다.

"새벽이 맞지? 와, 어떻게 여기서 만나지. 그동안 잘 지냈어?"

*

마지막 회의가 끝나길 얼마나 기다리고, 또 기다렸던가. 본부장을 대신해 팀을 이끌던 팀장이 마지막 말을 뱉기 무섭게 한결은 자리에서 몸을 일으켰다.

"한결 씨! 오늘 저녁 어때?"

잔뜩 달아오른 팀장의 외침에 사원들의 시선이 한데로 몰렸다. 초롱초롱한 눈빛이 어서 승낙하라는 말을 하고 있었다. 딱 한 사람, 예나를 제외하곤 말이다.

"가겠죠. 이 프로젝트 팀, 한결 씨 때문에 생긴 거 다 아는 사실인데. 설마 안 가겠어요?"

비아냥거리는 예나의 목소리에 팀장을 비롯한 많은 사원들이 놀란 듯 한결을 쳐다보았다.

프로젝트 팀. 한결을 위한 팀이라는 건 맞았다. 이번 프로젝트의 성공 여부에 따라 한결의 미래도 결정이 되는 것이나 다름없었다. 또 다른 계열사를 책임지는 차남이 될 것이냐, 그저 아버지의 회사에서 평생 월급을 받는 월급쟁이로 끝날 것이냐.

"아아, 맞아."

볼펜을 톡톡 두드리던 예나가 턱을 괸 채, 그를 바라보았다. 묘한 웃음이 그려졌지만 한결은 어쩐지 웃음으로 화답할 수 없었다. 늘 느끼는 거지만, 그녀의 웃음은 어쩐지 기분이 나쁘다. 이유를 알 수 없이, 그다지 기분 좋은 미소가 아니었다.

"이건 우리 둘만 아는 비밀이었나?"

회의실이 술렁거렸다. 한결에게로 비슷한 시선이 꽂히기 시작했다. 사실 이러한 반응이 올 거라 예상했기에, 구태여 밝히지 않았었다. 콩고물이라도 떨어질까 기대하는 사람들이 생겨 혹 자신의 계획에 차질이 생길지도 모른단 불안감도 있었고.

"흠흠, 자자! 이상한 말은 그만하고. 예나 씨도 어디서 헛소문 듣고 그러는 거 아니야!"

물론 그 분위기는 팀장의 큰 목소리에 한결 풀어질 수 있었다. 하지만 한결이 ST그룹의 차남이라는 걸 모르는 사람이 없으니, 그 소문은 곧 진실이 되고 말겠지.

"한결 씨 시간 안 돼?"

다시 한 번 묻는 팀장의 물음에 한결이 애써 웃음을 그렸다. 파일을 꼭 쥐고 있는 손이 미세하게 떨리고 있었다.

"죄송합니다. 와이프가 1층에 와 있어서요."

오오, 모두의 감탄사가 한데 쏟아져 나왔다.

"대신 내일 거하게 쏘겠습니다. 내일은 어떠세요?"

동시에 사원들이 환호성을 내질렀다. 우레와 같은 박수 소리가 들렸고, 팀장 역시도 이제 살았다는 듯 고개를 끄덕였다. 그렇게 다음날을 기약하고 나서야 한결은 회의실을 빠져나올 수 있었다. 하지만 문을 열고 닫는 그 순간까지 예나의 눈빛은 한결에게서 떨어지지 않았다.

[내일 봐, 한결 씨.]

곧 핸드폰에 문자 한 통이 떴다. 문 너머로 요염하게 저를 바라보고 있는, 예나의 메시지였다. 하지만 그는 답장은커녕 그대로 핸드폰을 주머니에 쑤셔 넣어 버렸다. 그리고 잰걸음으로 뒤를 돌았다. 팀장을 제외한 그 누구도 프로젝트 팀이라는 사실을 알지 못했다.

그렇담 그녀는 어떻게 알고 있는 걸까. 팀장이 알린 걸까. 그게 아니라면 또 다른 이유가 있는 걸까. 수많은 고민과 가설이 머리를 떠돌았다. 그리고 그것은 1층에서 저를 기다리고 있는 새벽의 모습과 하나로 합쳐져 깊은 한숨으로 변질되고 말았다.

*

　재빠르게 준비를 끝마친 한결은 엘리베이터가 내려가는 내내 달뜬 마음을 숨기느라 여념이 없었다. 밑으로 내려가는 엘리베이터의 숫자를 볼 때마다 입꼬리가 말려 올라갔다. 5층. 4층. 3층. 2층. 그리고 1층에 다다랐을 때, 그는 누구보다 빠르게 앞으로 달려나갔다. 재빠르게 엘리베이터를 빠져나가 로비의 왼쪽에 마련된 카페로 잰걸음을 옮겼다.

　"누나. 아냐, 이 호칭은 하지 말랬어."

　카페의 문이 점점 가까워지고 있었다. 저 문을 열면 새벽이 보일 것이란 생각에 가슴이 뛰어왔다.

　"새벽 씨. 아, 그런데 이건 좀 거리감이 있어서."

　혼잣말을 이어가며 머리를 긁적이던 한결이 히죽 웃음을 그렸다.

　"자기야? 아, 아니다. 아직 빨라."

　한 자리에 우뚝 멈추어 선 한결이 고개를 가로 저었다. 괜히 얼굴을 딱딱하게 굳혀 보지만, 입가에 절로 그려진 미소는 어쩔 수 없나 싶다. 새벽이 직접 자신을 찾아 왔다는 사실 하나만으로 기분이 잔뜩 들떠버렸다. 그런 모습이 매우 우스꽝스럽지만, 그럼에도 좋은 건 어쩔 수 없으니까.

　곧 결심을 굳힌 한결이 카페의 문고리를 꽉 움켜쥐었다. 그리고 힘을 주어 문을 열었던 순간, 그녀를 부르려던 입이 단단히 굳어지고 말았다. 저 앞으로 보이는 새벽은 혼자가 아니었다. 심지어 앉아있는 건 남자였고, 저와 말할 때와는 전혀 다른 표정을 그리고 있었다.

아주 해사한 웃음. 불그스름하게 달아오른 두 볼. 그래, 어느 때인가 저 멀리에서 바라본 모습과 매우 닮아 있었다. 그 이유로 화가 치밀어 올랐다. 결국 화를 이기지 못한 채 성큼성큼 걸음을 옮겼다.

"기억나요. 그때, 선배가……."

재잘거리는 새벽의 목소리가 조금 높아져 있음을 깨닫기 무섭게 부아가 치밀었다. 걸음을 더욱 빠르게 재촉해 새벽의 앞에 다다랐다.

"한새벽."

결국 고민에 고민을 이어가던 호칭은 '한새벽'이라는 이름 세 글자로 딱딱하게 결정되고 말았다. 깜짝 놀라 고개를 돌린 새벽의 눈이 휘둥그레졌다.

"한결 씨."

불그스름해지는 두 볼에 자기도 모르게 웃음을 그릴 뻔했다. 익숙하지도 않으면서 바깥이라고 격식을 차리는 모습이 사랑스럽다.

"한결 씨?"

하지만 뒤이어 들려오는 호재의 목소리에 그 모든 감정은 거품으로 돌아가고 말았다. 잔뜩 미간을 좁힌 채, 고개를 돌렸다. 새벽과 마주앉아 있던 호재를 빤히 쳐다보곤 주먹을 꽉 그러쥐었다.

짙은 눈썹과 눈매가 한눈에 들어왔다. 저 역시도 눈매는 어디에도 지지 않는다 생각했는데, 그에게는 미치지 못할 것 같았다. 괜히 그런 생각이 들었다.

"그게……."

"한새벽 씨와 결혼한, 김한결이라고 합니다. 반갑습니다."

운을 떼려던 새벽의 말을 가로막은 건, 잔뜩 힘이 들어가 있는 한결의 목소리였다. 악수를 위해 내민 손이 붉게 달아올라 있는 걸 보아하니, 퍽 열을 내고 있는 듯했다.

"아⋯⋯. 네. 결혼⋯⋯. 반갑습니다. 같은 대학에 다녔던 윤호재라고 합니다."

새벽은 두 남자가 손을 맞잡고 악수를 하는 그 순간이 어쩐지 불편하기 짝이 없었다. 더욱 이상했던 건, 한결이 신경 쓰인단 점이었다. 호재와의 사이를 오해하면 어쩌지, 하는 사소한 고민으로 말이다.

"이 회사에 다니시나 봐요?"

호재의 눈동자가 한결의 목에 걸린 사원증을 향했다. 그에 한결 역시도 자신의 사원증을 힐끗 내려다보다 고개를 끄덕였다.

"예, 여기 다닙니다."

"그렇군요."

희미하게 웃음을 그리던 호재가 한결을 대하던 표정과는 확연히 다른 웃음으로 새벽을 바라보았다.

"미안. 밥이라도 한 끼 해야 하는데, 내가 중요한 일이 있어서. 이만 가 봐야겠네."

"아니에요. 괜찮아요. 저도 오늘 한결 씨랑 저녁 약속 있었어요."

자기도 모르게, 아니 어쩌면 의식했기에. 새벽이 한결의 손을 꽉 마주했다. 놀라 저를 쳐다보는 한결이 느껴졌지만, 어쩐지 고개를 돌릴 수 없었다.

민망해서, 부끄러워서. 혹은 이 상황이 미안해서.

"그래. 그렇담 어쩔 수 없지. 오빠 이만 갈게. 다음에 기회되면⋯⋯."

"기회가 되더라도 남의 여자 막 만나시면 안 됩니다."

채 끝을 잇지 못한 호재의 말에 한결이 맞받아쳤다. 곧 두 남자의 서늘한 눈빛이 한 곳으로 모아졌다. 날카롭게 튀는 무언가에 새벽이 입술을 꽉 눌렀다. 이 오묘한 신경전을 눈치채지 못한 것 역시 새벽 한 사람뿐이겠지만.

"제가 남자친구가 아닌, 남편이라서. 이해하시겠죠? 새벽이보다 오빠시면……. 뭐 어린 나이도 아니실 테니."

"네, 그러네요. 남편 있는 여자 함부로 만나면 안 되죠. 제가 경솔했습니다."

"알고 계시다니 다행이네요. 그럼 저희 먼저 일어나겠습니다."

가자. 한결의 짤막한 목소리에 새벽이 몸을 일으켰다. 그리고 호재를 한 번 힐끗 쳐다보곤 고개를 꾸벅 숙였다.

"오늘 반가웠어요, 선배. 저 이만 가 볼게요."

"아, 응. 그래. 잘 가."

더 이상 기다리지 못하겠다는 듯, 한결이 새벽의 팔을 잡아끌었다. 곧 그를 따라가는 새벽의 구두 굽 소리가 들렸다. 호재를 지나 카운터로, 카운터를 지나 문을 열고 나가는 그 순간까지. 호재는 새벽의 구두 굽 소리를 귀담아듣고 있었다. 비로소 두 사람이 카페를 빠져나갔을 때, 창밖의 한결을 힐끗 쳐다보고는 묘한 웃음을 그렸다.

"우린 또 만나겠지만요. 김한결 씨."

*

또각. 또각. 엇박자로 들리는 구두굽 소리가 꽤 급박하게 들렸다. 회사의 건물을 벗어나, 길을 걷는 그 순간까지도 한결은 새벽을 잡아끌고 있었다.

"하, 한결아! 잠깐만, 잠깐만!"

격앙된 새벽의 외침을 듣고서야 자리에 우뚝 멈추어 섰다. 그리고 뒤를 돌아 그녀를 바라보았다. 서늘하게 식어 버린 그 시선에 새벽이 어깨를 흠칫 떨었다.

"친했어요?"

"뭐가?"

"저 선배란 사람이랑, 친했냐고요."

"뭐 그냥……."

"아니면 짝사랑했어요?"

순간 새벽의 눈이 휘둥그레졌다. 고개를 도리도리 저어대는 그녀의 얼굴에 당혹스러움이 묻어 있었다.

"아니? 미쳤니, 짝사랑을 하게?"

곧 안심했다는 듯, 한결의 표정이 한결 편해졌다. 하지만 여전히 굳어진 얼굴은 변하지 않았다. 입을 꾹 다문 채, 새벽을 쳐다보는 그의 눈이 길게 늘어졌다.

"그럼 나랑 약속해요."

"설마 너 유치하게 남자랑 말하지 마! 라거나, 그런 거 아니지?"

"더 유치한 거예요."

"더 유치한 거?"

새벽의 반문에 한결이 고개를 끄덕였다. 곧 그녀의 손목을 잡고 있던 손아귀에 힘이 잔뜩 들어갔다. 곧 평소의 한결의 목소리와는 다른 음색이 터져 나왔다. 끓어오르는 질투심을 꾹꾹 억누르고 있었음을 새벽은 절대 알지 못했겠지만.

"나 말고 다른 남자 앞에서 웃지 마요. 나랑 대화할 때 이외에 그렇게 행복하게…… 그렇게 웃지 마요. 절대로."

지나가던 사람들이 두 사람을 쳐다보았다. 그러한 시선을 한몸에 받기란 견디기 쉬운 일은 아니었을 것이다. 꼿꼿이 서 있던 새벽이 곧 얼굴을 푹 숙였다. 붉게 달아오른 귓바퀴가 눈에 들어오기 무섭게 한결 역시도 고개를 휙 돌리고 말았다. 진지하게 뱉긴 했지만, 부끄러운 건 마찬가지인 듯했다.

"가요."

하지만 그 순간에도 새벽에게 남자이고 싶었기에. 부끄러움을 잔뜩 눌러 담은 뒤, 그녀의 손을 잡아끌었다. 덤덤한 척 길을 걷고 있지만 발가락이 간질거려 미칠 것 같았다. 당장에라도 몸이 붕 떠올라도 이상할 게 없을 것이다.

　길을 걷는 내내 두 사람은 아무런 말을 하지 않았다. 하지만 조금 달라진 게 있었다면 구두를 신은 새벽의 발걸음에 한결이 맞춰 주고 있다는 점. 그리고 두 사람이 어느새 자연스레 손을 꽉 붙잡고 있다는 점이었다.

　"지금 어디 가?"

　부끄러움이 조금 가신 건지, 새벽이 한결에게 물었다.

　"목적지는 없어요."

　"어? 목적지가 없어?"

　곧 새벽이 자리에 우뚝 멈추어 섰다. 어딘가 들어가고 싶은 참이었다. 너무 오랜만에 구두를 신어 발이 아프기도 했고, 슬슬 배가 고파 오던 찰나였는데.

　"지금 그냥 막 걷는 거야?"

　조금 짜증이 밀려왔다. 이럴 거면 호재를 먼저 보내고 어딜 갈지 상의를 했어도 좋았을 것이라는 생각마저 들었다.

　"아니요. 그렇다 해서 막 걷는 것도 아닌데?"

　"김한결. 너 지금 누나랑 말장난 하니?"

　"회사 나왔다고 이제 김한결이에요?"

　한결의 목소리가 부루퉁해져 있었다. 하지만 목소리와는 다르게 그의 손은 여전히 뜨겁다. 닿아 있는 자신의 손바닥이 당장에라도 녹아버릴 것처럼.

　"지금 어디 가는지 말이라도 해 주면 안 돼?"

　여전히 한결은 대답이 없었다. 그저 새벽을 데리고 터덜터덜 길을 걸어갈 뿐. 그런 그의 뒤를 좇는 내내, 그녀는 눈동자를 굴리기에 여념이 없었다. 이상했다. 신기하리만치 익숙한 곳이었다. 눈에 들어오는 건물들이 모두 낯이 익었다. 하다못해 커다란 가로수까지도 익숙하게 느껴질 정도이니.

"한결아."

"저 카페."

새벽의 부름과 동시에 한결이 걸음을 멈추었다. 그의 말에 새벽 역시도 고개를 돌려 카페를 바라보았다. 그리고 이내 짧은 탄식을 내뱉었다. 익숙한 곳이었다. 대학 시절 내내, 그곳을 주야장천 다녔었다. 커피가 맛있어서, 분위기가 좋아서. 그리고 당시에 좋아하던 남자 동기가 그곳에서 아르바이트를 해서.

"누나가 매일 앉아 있었어요."

그러한 옛 생각을 이어가던 순간 터진 한결의 말에 깜짝 놀라고 말았다. 눈을 휘둥그레 뜬 채, 한결을 향해 시선을 돌렸다.

"어?"

"매일매일. 하루도 빠지지 않고, 같은 시간에. 시선은 항상 카운터로 향해 있었고."

조금 씁쓸하게 들렸다. 짧은 한숨을 토하는 그의 옆모습이 조금씩 저물고 있는 오후의 하늘과 너무 잘 맞물렸다. 그래서일까, 마음 한구석이 아릿해졌다. 자기도 모르게 한결의 손을 꼭 잡아 주었다.

"항상 혼자 걸었던 이 길에 다시 추억을 덧입히고 싶었어요."

"덧입혀?"

"지금처럼 누나랑 손 꼭 잡고 걸어가는 추억."

순간 가슴이 소란스럽게 들썩이는 게 느껴졌다. 가슴 깊은 곳이 부르르 떨렸다. 눈앞으로 펼쳐진 길에 울긋불긋한 꽃이 피고 있는 착각마저 일었다.

"싫어요?"

그렇게 물으며 돌아보는 한결의 모습에 새벽이 아랫입술을 꾹 눌렀다. 크게 요동치는 마음을 꽉 붙잡은 채, 고개를 좌우로 저어 댔다. 싫을 리가 없다. 싫을 이유도 없고.

"다행이다."

길게 늘어지는 그의 눈매에 새벽 역시도 해사하게 웃음을 그려 주었다. 낮게 내려앉는 붉은 노을과 퍽 잘 어울리는 미소였다.

두 사람은 그렇게 말없이 거리를 걸었다. 슬금슬금 다가온 어둠 이 거리에 낮게 깔리고 나서야 그들은 식당으로 발걸음을 향했다. 식당 역시도 한결이 미리 예약을 해 놓은 곳이었다. 단란한 파스타 집이었다. 2층으로 이루어져 있지만, 그 규모가 그리 크지 않은. 다 락방처럼 꾸며진 그곳의 창가에는 대학가의 거리가 그림처럼 펼쳐 져 있었다.

"아, 여기 기억난다."

그리움이 잔뜩 묻어 있는 새벽의 목소리가 들렸다. 곧 한결의 눈 꼬리가 살짝 휘어지며 웃음을 그렸다. 그녀의 맞은편에 앉는 순간 까지도 시선은 떨어질 생각을 하지 않았다. 심지어 새벽이 메뉴판 을 펼치는 그 순간에도, 그의 정신은 온통 새벽에게 향해 있었다. 눈을 뗄 수 없게 되니, 온 신경이 그녀에게로 집중된다.

"여기 크림 파스타가 맛있는데. 한결이 너……."

잔뜩 들떠 있던 새벽이 고개를 돌려 한결과 눈을 마주했다. 하지 만 더 이상 말을 이어 갈 수 없었다. 초롱초롱 빛나는 눈동자가 오 롯이 저만을 향해 있었다. 맨 처음, 결혼을 할 때에는 전혀 상상할 수 없던, 그의 시선이었다. 입이 열리지 않았다. 평소 같았다면 부 담이 된다며 밀쳐 냈을 텐데, 어쩐지 오늘만큼은 부담이 아닌 또 다 른 감정들로 다가왔다. 이를테면, 당장 콧물이 죽 흘러나올 정도로 코가 근질거린다던가.

"꼭 누나랑 오고 싶었어요. 왠지 알아요?"

손끝으로 느껴지는 긴장감이 저릿한 전율로 변해 온몸을 타고 흐른다던가.

"누나의 추억에 물들고 싶었거든요."

숨이 막혀 아무런 말도 할 수 없고, 아무런 생각도 못 하게 되어 버린다든가 하는 것들.

"내가 있을 수 없던 누나의 추억, 그 시절에 나도 함께 있고 싶었어요. 동생이 아니라, 이렇게 건실한 남자로."

오묘하기만 했던 수많은 감정들로 머리가 혼란스러웠다. 하지만 그 와중에도 눈치 없는 심장은 큼지막한 소리를 내며 뛰고 있었다. 당장 바깥으로 그 소리가 들릴 만큼, 아주 크게.

곧 한결이 손을 뻗어 새벽의 손을 마주 잡았다. 그와 손을 맞잡는다거나, 그가 자신의 손을 잡는 게 그다지 어색한 일도 아닐 텐데. 오늘만큼은 감각이 남달랐다. 유독 뜨거운 온기를 가진, 단단한 남자의 손이었다. 그 언제였던가, 까마득히 오래전이라 여겨지는 때에 느껴 보았던 그런 체온과 촉감.

"그 소원, 이뤘네요."

그 온기에 온몸이 녹아내릴 것 같았다. 오롯이 저만을 향한 그 애정의 크기에 가슴 한구석이 따끔거렸다. 한결의 두 발자국은 자신에게 있어 한 발자국도 채 되지 못한다. 그가 다가오면 저는 절로 한 발자국 뒤로 물러나게 된다. 그게 저와 그의 차이였다. 그리고 그것이 저와 한결 사이에 존재하는 거리이기도 했다.

"그러게. 소원 성취했네."

하지만 오늘은 그러한 거리를 내비치고 싶지 않았다. 그것이 조금씩 물들어 가는 과정이라고 한다면, 받아들일 것이다. 그렇게 마음먹었다. 한 번에 빠진다거나, 한순간에 그에게 젖어드는 것보단 조금씩 물들어 가는 게 더욱 좋은 방법일지도 모른다.

순식간에 빠지는 사랑이라는 건, 애초에 저에게 없는 단어였으니. 이따금 옛 트라우마의 괴롭힘이 조금 걱정이 되긴 했지만, 금세 괜찮다며 스스로를 다독였다. 그와 한결은 다르니까. 아주 많이 다른 사람이니까. 유미의 말대로 말이다.

"그래도 아까 약속은 유효해요."

"무슨 약속?"

"나 외에 다른 남자 앞에서 그렇게 웃지 말라는 말."

싱글싱글 웃고 있던 얼굴이 금세 딱딱하게 굳어졌다. 그에 비해 새벽의 눈은 올망졸망 또렷해졌다. 하지만 그것도 아주 잠시일 뿐. 곧 한결을 향해 미간을 좁히며 눈을 흘겼다. 볼멘소리를 낼 부루퉁한 입술도 준비를 마쳤다.

"그건 너도 마찬가지일 것 같은데?"

"뭐가요?"

"유부남이 외간 여자한테 어깨를 막 내주지 않나, 눈웃음 살살 친다고 같이 웃어 주지를 않나."

두 사람의 사이에 정적이 흘렀다. 직원이 올라와 두 사람의 메뉴를 묻고 내려갈 때까지 그들은 서로에게서 눈을 떼지 않았다. 오만 가지 감정이 교차함이 분명했다.

"그거 질투예요?"

"웬 질투? 아니거든?"

정적을 깬 한결의 물음에 새벽이 화들짝 놀라고 말았다. 눈에 띄게 어깨가 흠칫거리는 탓에 한결이 히죽 웃음을 그렸다.

"맞네. 질투."

아니라는 말도 할 수 없었고, 맞다는 말도 할 수 없었다. 그저 목 끝까지 차오르는 부끄러움을 간신히 참아내며 한결을 쳐다볼 뿐.

눈을 마주할 수도 없었다. 그 시선이 모든 걸 꿰뚫어 버릴 것 같았다. 지금 새벽의 마음을, 감정을, 머릿속을. 모두 드러낸 벌거숭이로 만들어 버릴지도 모른다.

"몰라."

그래서 결국 고개를 획 돌리고 말았다. 시선을 마주하면 안 될 것 같다는 생각이 강하게 들었으니까. 마른 침을 몇 번이나 목으로 넘기고, 그의 손에서 벗어나려 몇 번이나 힘을 주었지만 모두 소용없는 일이었다.

"나는 질투인데."

한결의 손가락이 새벽의 손등을 살살 문질렀다. 그 느낌이 왜 야릇하다고 느껴진 걸까. 자기도 모르게 눈을 질끈 내리감고 말았다.

"내가 없는 추억을 그 남자랑 이야기하며 웃고, 떠들던 거. 진짜 질투 나서 미칠 것 같았어요."

곧 식당 안에 울려 퍼지던 음악이 절정을 달해 가고 있었다. 바이올린의 선율이 더욱 격정적이게 변하고, 피아노 역시도 점점 빠르기를 더해 갔다. 숨을 쉬는 것조차도 힘들게 느껴지는 순간이었다. 한결의 목소리와 현악기의 선율이 한데 뒤엉켜 그녀를 붙잡는다. 옴짝달싹도 할 수 없도록, 아무런 생각도 못 하도록.

"더 화가 나는 건, 나와 둘이 이야기를 할 때보다 더 예쁘게 웃고 있었다는 거예요."

"예쁘게 웃다니. 나 그런 거 할 줄 몰라. 그냥 웃은 거지. 일부러 예쁘게 웃는 법도 있다니?"

얼굴을 붉히는 새벽의 모습에 한결이 피식 엷은 웃음을 흘렸다. 작은 것에도 반응을 하는 그녀가 귀엽다. 그러다 또 방금 전의 웃음이 떠올라 목 끝이 따끔거렸다. 화가 난다고 해야 하나, 심통을 부리고 싶다고 해야 하나. 둘 다 해당되는 감정이겠지만.

"어쨌든 난 화났어요."

"치사하다. 이제까지는 잘 웃고 떠들었으면서."

앞자리가 다른 사람이 맞는 걸까 싶을 정도로 사랑스러운 모습이다. 자신이 이제껏 지켜보고 품었던 그 마음을 당연하게 만들어주는 그런 여자. 흐뭇하게 미소를 그리던 한결이 손을 뻗어 새벽의 턱을 잡았다. 그리고 곧 제 쪽으로 끌어당기며 입술을 달싹였다.

"그러니까 다신 그러지 마요."

맞닿는 숨이 거칠어진 건가 싶었다. 마주하는 눈빛이 무엇을 이야기하는지, 또 어떤 생각을 하고 있는지 어쩜 이렇게 속속들이 읽히는 걸까.

"이기적이라 욕해도 좋아요. 내 앞에서만 웃어요. 나만 보고, 나만 생각해요. 이게 사랑이 없는 결혼일지라도 난 누나 머릿속에 내 생각으로 가득 차길 바라니까."

점점 어두워지는 하늘로 노오란 가로등 빛이 하나 둘 떠오르고 있었다. 둘밖에 없던 다락방으로 그 빛줄기가 새어 들어와 그들을 포근하게 감싸주었다.

*

두 사람의 데이트는 꽤 평범하게 끝을 냈다. 파스타 집에서 나와 카페에 들렀고, 커피 한 잔을 들고 거리를 구경했다. 새벽은 어느덧 한결의 추억 속 새벽의 모습으로 돌아가 있었고, 한결은 자신이 원하던 건실한 남자의 모습으로 그녀의 옆에 서 있었다. 그토록 바라고 원하던, 그녀의 남자라는 이름으로 말이다.

상쾌한 밤공기를 마주하며 길을 걸었다. 두 사람은 처음으로 평범한 커플처럼 이야기를 나누었다. 소소한 이야기부터 시작해 오래전 추억을 나누며 시간을 보냈다. 비록 집으로 돌아올 때에는 한결이 차를 불러 또 다른 이질감을 낳았지만, 그럼에도 두 사람은 행복했다. 어쩌면 없을 거라 생각했던 빛의 응집이 그들의 곁에도 머무를 수 있단 사실에, 행복하기 그지없었다.

집에 도착해 샤워를 하는 그 순간까지도, 그들의 마음에는 설렘이 잔뜩 남아 있었다. 언제 지워질지, 또 언제 사라질지 알 수 없었지만 적어도 지금은 차고 넘칠 정도로 가득했다.

"안 발라도 예쁜데."

샤워를 끝마치고 나온 한결이 화장대에 앉은 새벽을 바라보며 툭 던진 말이었다. 거울을 보며 얼굴을 톡톡 두드리던 새벽이 입술을 삐죽 내밀었다. 피, 슬쩍 볼을 부풀리는 것도 잊지 않았다.

"건조해서 관리 해야해. 안 그러면 피부 다 뒤집어진단 말이야."

"그럼 다 할 때까지 기다려야겠네."

거울 너머로 보이는 한결은 웃고 있었다. 슬그머니 올라간 양쪽 입꼬리가 능글맞게 느껴졌다. 두 사람의 사이에 정적이 가득했다. 그 틈을 깨는 소리라 해 봤자, 새벽이 크림을 바르느라 얼굴을 두드리는 소리. 뚜껑을 닫는 소리. 고작 그 정도의 소음뿐.

"다 했어요?"

여전히 새벽은 거울 너머의 한결을 보고 있었다. 어쩐지 몸을 돌려 그를 마주할 용기가 나지 않았다. 마음이 저 아래로 뚝 떨어질까, 혹은 설렘에 가슴이 녹아내릴까 하는 걱정이었다.

"응. 다 했어."

"그럼 이리 와요."

고개를 끄덕이는 새벽을 향해 한결이 손을 뻗었다. 한쪽 손으로는 자신의 무릎을 툭툭 두드리며 웃음을 그렸다. 부드럽게 휘어지는 그 눈꼬리에 새벽이 입술을 꾹 눌렀다. 하지만 그녀는 그의 말에 따르지 않았다. 몸을 돌려 한결과 눈을 마주했다.

"나 하나만 물어봐도 돼?"

갑작스러운 질문이었다. 한결에게는 갑작스럽기 그지없는 일이었겠지만, 사실 새벽에게는 줄곧 생각하고 고민하던 이야기였다. 오늘처럼 분위기가 풀어졌을 때 물어보는 게 좋겠다 생각을 했을 뿐.

"얼마든지요."

"나랑 결혼한 거…… 후회한 적 없어?"

뒤이은 질문에 웃음이 그려져 있던 눈이 다시금 제자리로 돌아왔다. 딱딱한 시선이 새벽에게로 향했다. 그녀를 빤히 쳐다보던 한결이 짤막한 한숨을 내쉬며 수건을 꽉 붙들었다.

"후회를 할 이유가 있어요?"

"그냥……. 그냥 그렇잖아."

지독하다. 지독하리만치 자존감이 낮은 여자다. 그게 자신의 모습이라는 걸 깨닫기 무섭게 비참해졌다. 괜한 질문을 한 것 같아 입술이 바들바들 떨렸다. 하지만 그러한 감정을 느끼는 와중에도 입술은 계속해서 달싹이고 있었다. 그만하라는 머리의 외침에도 불구하고 목소리는 연달아 터져 나왔다.

"나는 너보다 세 살이나 많아. 물론, 더한 연상연하 커플도 있겠지만. 그리고 네가 마음만 먹으면 나보다 더 예쁘고, 어린 여자애도 충분히 만날 수 있고……."

바닥을 내려다보며 이야기를 이어가던 새벽이 천천히 고개를 들어 올렸다. 자신을 쳐다보던 한결과 눈을 마주한 순간, 온몸이 빳빳하게 굳어졌다. 평소에 잘 볼 수 없던 표정으로 자신을 쳐다보고 있었다. 아주 조금 울상을 짓고 있다거나, 시무룩해져 있다거나 하는 그런 표정. 역시 괜한 말을 한 걸까.

"누나."

새벽을 부르던 한결이 몸을 일으켰다. 그리고 그녀의 앞에 무릎을 꿇고 앉아 손을 부드럽게 마주 잡아 주었다. 손등으로 느껴지는 온기에 자기도 모르게 마음이 가라앉는다. 언제부터 이 온기에 안심을 하고, 마음을 놓게 되었을까. 알다가도 모를 일이다.

"누나 말대로, 마음만 먹으면 얼마든지 그럴 수 있어요. 나도 알아. 모르는 거 아니고, 그럴 줄 몰라서 당신이랑 결혼한 거 아니야. 물론 대외적으로 우리는 비즈니스 부부예요. 장인어른, 그리고 우리 아빠의 사업으로 인해 이어진 부부. 그건 확실해. 하지만 누나."

한결의 손에 힘이 들어갔다. 너무 걱정하지 말라는 듯, 천천히 손등을 토닥여주며 제 온기를 전해주었다. 안심하라, 너무 불안해하지 마라. 그러한 마음을 잔뜩 담아서.

"나는 당신과 딱딱한 관계가 되고 싶지 않아요. 사업상으로 맺어진 부부라 하더라도, 평범한 부부로서 살아가고 싶어요. 애정 없이 살아가는 모습을 보는 건, 우리 부모님으로 족해. 그리고 나, 누나 싫어하지 않아요. 아무 감정 없는 거 아니야."

그의 말을 모두 이해할 수 없었지만, 미안한 건 매한가지였다. 그와 결혼을 마음먹은 건, 사실 그룹의 미래를 위함이 더욱 컸으니까. 그와의 결혼생활을 행복하게 유지하고 싶다는 생각도 해 본 적이 없다. 그러니 더더욱 기대조차 하지 않았다. 그의 이러한 다정함도, 따스함도. 하지만 그 모든 것들을 입 밖으로 내뱉을 수 없었다. 이 모든 것에 감사해야 한다는 것, 고마워해야 한다는 건 스스로도 잘 알고 있는 일이었다. 누군가에게 사랑을 받는 것. 그리고 그 사랑 속에 자신이 평온해지는 것. 돈을 주고도 얻지 못하는 것 중 하나이지 않던가.

"언제부터, 어떤 이유로. 또 왜. 이 수많은 이야기는 좀 더 후에 해줄게요. 누나와 내가, 서로의 옆자리에 조금 더 큰 의미로 남았을 때. 더 꼿꼿이 설 수 있을 때."

약속이라도 한 듯, 두 사람은 눈을 마주했다. 싱긋 웃음을 그려 주는 한결의 모습에 새벽은 고개를 끄덕일 수밖에 없었다. 그래. 여기에서 그 마음을 보여 달라, 어떠한 이유인지 알려 달라 말을 하는 것도 그다지 좋은 일은 방법은 아닐 테다. 그의 말대로 제 마음이 조금 더 한결에게로 기울어지면, 그때 듣겠다 마음을 먹었다. 그게 맞는 것 같았다.

"그래, 그렇게 하자."

"그러니까 이제 그런 거 묻지 마요."

곧 새벽의 무릎 위로 한결의 얼굴이 올라왔다. 그녀의 가느다란 다리를 베고 있던 한결이 스르르 눈을 감았다.

"사실 우리 사이에 필요한 질문은 아니잖아요."

마음이 따끔거렸다. 알고 있었다. 그건 구태여 말하지 않아도 너무 잘 알고 있는 이야기였다.

"부족하면 부족하다 말해요."

"부족한 게 뭐가 있겠어."

새벽에게로 다가오는 한결의 손은 곧게 뻗어있는 턱선을 어루만졌다. 자연스럽게 그녀의 얼굴을 제 쪽으로 끌어당긴 뒤, 예쁜 눈을 잔뜩 휘었다.

"부족한 건 채워 줄 수 있어요. 그 정도 능력은 되니까."

볼을 살살 쓰다듬던 그가 얼굴을 가까이 가져갔다. 그리고 곧 두 사람의 입술이 하나로 포개어졌다. 평소 같았다면 새벽은 다가오는 그를 받아주기만 했을 테지만, 오늘은 달랐다.

두 팔을 뻗어 한결의 목을 끌어안았다. 입을 살짝 벌려 그의 안으로 혀를 슬쩍 밀어 넣었다. 한데 얽히는 헛바닥으로 뜨거운 열기가 전해졌다. 평소보다 적극적인 새벽의 움직임에 한결 역시도 자극을 받은 모양이었다. 한쪽 손으로 허리를 휘감은 채, 그녀의 입안을 헤집었다. 두 사람은 마음껏 서로를 헤집었다. 누가 먼저랄 것도 없이 혀를 엉겼고 입술을 머금었다. 미세하게 떨리는 것이 누구의 마음일지는 알 수 없었지만, 그들의 밤은 그렇게 무르익었다. 붉게, 붉게 피어날 꽃봉오리를 마음에 한껏 머금은 채 밤이 깊어가고 있었다.

*

다음 날, 자리에서 먼저 일어난 한결은 곤히 잠든 새벽을 내려다보았다. 어젯밤엔 아무런 일도 없었지만 오히려 어떠한 일이 있었던 날보다 더 행복했다. 새벽이 먼저 키스를 하는 경우는 그다지 흔한 일이 아니었으니 더더욱 그랬다. 회사에 가는 준비를 하는 동안에도 그의 시선은 새벽에게서 떨어지지 않았다.

"새벽 씨. 나 다녀올게요."

작게 속삭이는 그의 목소리에 몸을 뒤척이는 모습까지도 사랑스럽다. 그 무엇 하나도 사랑스럽지 않은 구석이 없어 당장이라도 그녀에게 제 것이라 낙인을 새기고 싶었다. 간혹 새벽이 어디론가 떠나 버리는 건 아닐까, 하는 두려움에 사로잡혔기에. 물론 그건 채 터놓지 못한 마음이었다. 그 누구에게도 밝히지 못한 아주 비밀스러운 자신의 이야기.

새벽을 빤히 내려다보던 그가 조심스레 방을 나섰다. 혹 새벽이 깨기라도 하면 어쩌지 하는 작은 걱정을 가득 안은 채. 조용히 문을 닫은 뒤, 재빠르게 집을 나섰다. 주차장으로 나서면서도 입가에는 싱글벙글 미소가 가시지 않았다. 새벽이 자신의 삶에 녹아든 이후로 행복하지 않은 날이 없었다. 아침에 눈을 뜨는 것도, 저녁에 눈을 감는 순간에도 행복했다. 말로 표현할 수 없을 정도로. 물론 더욱 행복한 순간은 그녀를 파고드는 어두운 밤일 테지만. 차에 올라타기 무섭게 새벽의 웃는 사진이 눈에 들어왔다.

-뭘 이런 걸 달고 다녀.

수줍다며 어서 떼라 볼멘소리를 하던 그녀가 떠올랐다. 당연히 갖고 다녀야 한다는 그의 말에 새벽은 웃음을 터트렸다. 닭살이라는 그 말이 가슴을 간지럽혔다. 작은 액자에 담긴 그녀의 사진을 뚫어져라 쳐다보던 그 순간, 주머니 속 핸드폰이 강렬하게 진동을 일으켰다. 어쩐지 느낌이 좋지 않았다. 하지만 새벽의 연락일지도 몰라, 어쩔 수 없이 핸드폰을 꺼내 들었다. 아니, 새벽이길 바라는 마음이었다.

[한결 씨, 어디?]

하지만 바람은 늘 바람으로 끝날 뿐이었다. 연락이 온 건, 새벽이 아닌 예나였다. 동시에 행복했던 기분이 와장창 깨지고 말았다. 무시해야겠다 싶어 시동을 걸었을 때, 또다시 핸드폰이 울렸다. 이번 엔 새벽일 거라는 기대를 가지지도 않았건만, 기분은 더욱 처참하게 일그러졌다.

[새로 오신 본부장님께 이제까지 업무보고 해야 하잖아. 1층 카페에서 회의 좀 하고 들어갈까요? 한결 씨 혼자 하는 것보단, 같이 하는 게 더 나을 것 같아서. 이 프로젝트, 엄청 중요하잖아요?]

됐습니다. 네 글자를 적는 순간 또다시 진동이 울렸다. 짜증이 목 끝까지 차올랐다. 하루라도 빨리 모든 걸 끝마치고 싶었다. 프로젝트 부서이니만큼, 모든 게 끝나면 팀원들은 각자 알아서 흩어질 테니까. 물론 하루라도 빨리 예나와 찢어지고 싶은 것이지만 말이다.

[회사 주차장에서 기다리고 있으니까 늦지 않게 와요, 한결 씨.]

늑대의 적은 늑대

도로를 달리는 내내 무슨 생각을 했는지 스스로도 알 수 없었다. 그냥 짜증이 차올랐다. 아버지에게 말을 해 예나를 다른 부서로 보내 버릴까 생각도 했지만, 그녀 성격에 가만있을 것 같진 않았다. 이런저런 생각에 머리가 터질 것 같았다.

이 프로젝트가 저만을 위한 프로젝트라는 걸 예나가 어떻게 알고 있는 걸까. 사실 그녀의 말이 틀린 건 아니었다. 이번 프로젝트는 리조트 사업의 후계자가 한결이라는 것을 공표하기 전, 이슈를 위한 과정이나 마찬가지였다.

이번 동남아시아건만 잘 체결된다면, 한결은 아버지에게 더 큰 신뢰를 얻을 수 있을 터였다. 심지어 새벽과 정략결혼을 한 이유도, 이 리조트 사업에 그녀의 회사인 BM그룹이 필요했기 때문이었다.

도로를 달려 회사의 근처까지 도착한 한결이 한숨을 푹 내쉬었다. 성예나. 원하는 게 무얼지, 도대체 그 일은 어떻게 알고 있는 건지. 머리가 복잡해졌다. 겨우겨우 회사의 주차장으로 들어왔을 때, 저 멀리에 서 있는 예나가 보였다. 이대로 휙 지나쳐갈까 했던 순간, 재빠르게 달려온 예나가 그의 조수석에 올라탔다.

"뭐 하는 겁니까?"

"이렇게라도 안 하면, 몰래 올라갈 것 같았거든."

생긋 웃는 모습에 짜증이 치솟았다. 목을 긁는 한숨 소리가 절로
터져 나왔다.

"전 그쪽이랑 단둘이 회의하고 싶다는 말 한 적 없습니다."

"어머, 섭섭하다. 난 한결 씨랑 회의하려고 자료도 다 가져왔는데."

두 손에 들고 있던 종이뭉치를 들어 올린 예나가 입술을 비스듬
히 말아 올렸다. 짤막하게 자른 단발머리를 귀 뒤로 넘기며 한결을
빤히 응시했다.

"안 갈 거예요?"

"내리세요."

"일단 주차해요. 어차피 카페 가려면 내려야 하는데."

"성예나 씨."

한결의 단호한 목소리에 예나의 표정이 굳어졌다. 하지만 굴하
지 않은 채, 고개를 도리도리 저어 댔다.

"몰라, 맘대로 해요. 안 가면 이대로 자지 뭐."

그리곤 냅다 조수석을 눕혀 버리는 것이 아닌가. 그를 지켜보던
한결이 어이가 없어 코웃음을 쳤다. 도대체 이 여자, 정체가 뭘까.
안 되겠다 싶던 그가 일단 차를 움직였다. 들어오는 차들의 클랙슨
소리가 주차장 안을 꽉 채우고 있었기 때문이었다. 주차를 끝마친
한결이 차에서 내려 조수석으로 다가갔다.

"내려요."

"카페 가려고요?"

"내리세요."

"갈 거냐고 물어봤잖아요."

"안 갑니다. 제가 왜 성예나 씨와 카페를 가야 합니까? 회의는 회의실에서 하면 됩니다."

"그럼 안 내릴래요."

흥, 코웃음을 치던 예나가 문을 잠가버렸다. 짜증이 난 한결이 키로 문을 열면 다시 문을 잠근다. 열면 잠그고, 또 열면 잠그기를 몇 번.

"그럼 여기서 푹 주무시면 되겠네요. 전 올라갑니다."

이대로 가도 무관하겠다는 생각이 들었다. 인상을 잔뜩 쓴 한결이 뒤를 돌았다. 빨리 사무실로 돌아가고 싶었다. 그래도 사람이 좀 있는 곳에선 자신에게 조심하는 편이니까. 사람들의 이목을 끌고 싶지 않은 거겠지. 기혼자 주변을 어슬렁거리는 사람에게 소문은 관대하지 않다는 걸 한결 역시도 너무나 잘 알고 있었다.

"무슨 사람이."

어휴, 고개를 도리도리 저어댔던 그때, 뒤쪽에서 쾅! 문이 닫히는 소리가 들렸다. 나왔구나 싶어 잽싸게 잠금 버튼을 눌렀다.

"같이 가요!"

앙칼진 목소리가 들렸지만 그는 걸음을 멈추지도, 돌아보지도 않았다. 그저 잰걸음을 유지한 채 엘리베이터로 걸어갈 뿐. 그녀 역시도 잽싸게 그를 따라오고 있는 건지, 구두 굽 소리가 꽤 빠르게 들렸다.

"김한결 씨! 같이 가자니까!"

또각또각. 그 소리가 꽤 거슬렸다. 새벽에게는 없는 소리다. 이름 그대로 새벽의 공기를 쏙 빼닮아 있는 그녀에게는 결코 있을 수 없는 인위적인 소리. 그래서 더더욱 적응이 되지도 않았고, 적응하고 싶지도 않았다.

"같이 가자고 몇 번을 말해요?"

어느새 한결의 곁으로 다가온 예나가 얼굴을 붉히며 소리를 높였다. 바들바들 떨리는 어깨가 꽤 애처로워 보였다. 하지만 한결은 눈 하나 깜짝하지 않았다. 모두 자기가 그러고 싶어 그런 걸 불쌍하다고 생각할 필요는 없다. 용 썼다. 그 말도 던져주고 싶지 않았다.

"몇 번을 말해도 같이 안 갑니다."

"아니, 동료끼리 커피 마시면서 회의하는 게 그렇게 힘들어요?"

"네. 힘듭니다."

"하! 내가 한결 씨한테 커피를 타 달라고 했어요, 사 달라고 했어요?"

"괜한 오해 만들고 싶지 않습니다."

단호한 한결의 모습에 예나의 얼굴이 붉으락푸르락 난리가 났다. 씩씩거리는 그녀의 모습에 한결은 코웃음을 칠뿐이었다. 그러든가, 말든가. 고개를 도리도리 저어 댔다.

"지금 김한결씨 상황에 오해 할 것도 없지 않아요?"

그때, 들려오는 예나의 목소리가 한결의 귀를 자극했다. 그녀를 향해 천천히 고개를 돌린 순간, 그의 얼굴이 돌처럼 굳어지고 말았다. 예나의 말도 말이었지만, 제 바로 옆에서 쳐다보는 한 남자 때문이기도 했다. 익숙했다. 쳐다보는 눈동자도, 생김새도. 어디서 많이 본 것 같은데.

"무슨 말입니까?"

"아닌 척 잡아떼도 소용없어요. 난 다 알고 있거든요."

입꼬리를 비죽 말아 올리는 예나의 모습에 한결의 한쪽 눈썹이 일그러졌다. 도대체 이 여자의 정체가 뭘까.

"뭘 알고 있는지 모르겠지만."

"혼인신고. 1년 미루기로 했다면서요?"

한결의 눈동자가 크게 흔들렸다. 애써 괜찮다 스스로를 다독이며 마음을 다잡고 있었지만, 그녀의 말에 크게 동요하는 건 어쩔 수 없는 듯했다. 들고 있던 가방의 손잡이를 꽉 쥐었다. 바들바들 떨리는 게 두 눈으로 확연히 느껴졌다.

"성예나 씨, 이상한 말씀을 하시네요."

제 앞에서 생글생글 웃는 예나도 신경이 쓰였지만, 더욱 온 신경을 곤두서게 하는 건 따로 있었다. 그녀의 바로 뒤에 서 있는 새벽의 대학 선배라던 그 남자. 저와 예나를 묘한 눈빛으로 쳐다보는 호재 때문인지 또다시 온 신경이 곤두섰다.

"그리고 혼인신고를 미룰 수밖에 없는 이유, 난 알고 있죠."

날카로운 기계음이 들렸다. 엘리베이터가 바로 위층에 도착했단 소리였다. 그게 더욱 그를 거슬리게 만들었다.

"당신이 이 프로젝트를 성사시켜야 하는 이유까지도. 모두."

그녀가 입꼬리를 말아 올리던 순간, 기계음이 선명하게 울렸다. 엘리베이터가 도착했다는 안내와 동시에 굳게 닫혀 있던 문이 스르르 열렸다. 하지만 세 사람은 움직이지 않았다. 호재와 예나는 한결을, 한결은 예나를 쳐다보며 묵묵히 그 정적을 견딜 뿐.

"어떻게 알았는지, 내가 어떤 사람인지 궁금하겠지? 궁금할 거야."

까르르, 그녀의 웃음조차 듣기 싫었다. 귀에 담는 것조차 썩 달갑지 않아 절로 미간이 찌푸려졌다.

무엇이 그리 즐거운 건지, 손뼉을 처가며 웃는 그녀의 모습에 헛구역질이 밀려왔다. 이런 여자를 처음 본 건 아니었다. 얼토당토않은 말로 저를 협박하려 한다거나, 대수롭지 않은 이야기를 크게 부풀린다거나 하는 사람들. 대부분 자신의 배경을 보고 다가오던 사람들의 방식이었다.

"성예나 씨."

하지만 그가 더더욱 견딜 수 없었던 건, 자신을 쳐다보는 호재의 눈빛이 묘하게 일그러졌다는 사실이었다. 새벽에 대한 제 마음도 알지 못하며 저를 힐난하고 비난하는 것 같아 속이 울렁거렸다.

이 여자와의 관계를 이상하게 볼까 그것이 가장 두려웠다. 어찌 되었든, 그날 새벽을 쳐다보는 눈빛이 마음에 들지 않았던 건 사실이었으니까.

"김한결씨가 이름으로 불러주니까 좋네요."

"당신이 뭘 알고 어떻게 아는지 궁금하지 않습니다. 어디서 헛소문 듣고 와서 어떻게 수작 한 번 부리려는 것 같은데, 최소한 내가 결혼을 한 상대에게 어떤 마음인지는 알아보고 와야 하는 것 아닙니까?"

예나는 일련의 표정 변화도 없이 한결을 응시하고 있었다. 마치 그것도 모르겠냐는 듯한 눈빛으로 그를 말없이 제 두 눈으로 담았다. 이어 한결이 목을 긁는 소리를 냈다. 생각 같아선 욕설이라도 내뱉고 싶지만, 적어도 예의는 지켜야 한다고 생각했다. 호재가 쳐다보고 있는 이 상황에서 더 이상 제 이미지를 버리는 일은 하고 싶지 않았다.

"미안하지만 그런 유치하고 싸구려 장난에 휘둘릴 남자는 아닙니다. 사내 연애가 그토록 하고 싶으면, 다른 사람 알아보세요. 팀내에 솔로인 남자 많으니까."

예나를 무섭게 노려보던 한결이 그녀를 지나쳤다. 그리고 조용히 엘리베이터의 앞에 섰다. 호재와 그다지 멀지도, 가깝지도 않은 애매한 거리였다.

곧 엘리베이터가 도착했다. 호재와 한결은 그 안에 올라탔지만, 예나는 여전히 그 자리에 서 있을 뿐이었다. 그리고 엘리베이터의 문이 닫히려던 순간, 예나가 고개를 돌려 묘한 웃음을 그렸다. 그 뜻이 무언지 말로 설명하기엔 매우 애매한, 그런 묘한 웃음. 그 웃음은 엘리베이터의 문이 닫힐 때까지 지속되었다. 그 틈으로 보이는 미소가 묘하게 신경을 건드렸다. 하지만 개의치 않기로 했다.

정확히 말했으니, 더 이상 귀찮게 하지는 않겠지. 적어도 자존심이 있는 여자라면 말이다. 11층을 누른 한결이 호재를 힐끗 쳐다보았다. 이 회사에 다녔던가 싶었다.

"내가 왜 여기 있는지 궁금합니까?"

그의 눈빛을 알아챈 호재가 툭, 질문을 던졌다. 여전히 시선은 앞을 향해 있었다. 눈썹이 짙어 움찔거리는 그 작은 움직임조차도 선명하게 엿보였다.

"아아, 다른 일이 너무 많아서 궁금해할 틈도 없겠군요."

흥얼거리며 비아냥대는 것도 마음에 들지 않았다. 방금 전 보았던 일들을 비웃고 있는 게 분명했다. 꼭 발가벗겨져 그의 앞에 드러나 있는 것 같았다.

8층. 9층.

엘리베이터가 위를 향하면 향할수록 타는 사람도 늘어났고, 내리는 사람도 늘어났다. 그렇게 사람들이 하나 둘 오가기를 몇 번. 10층에 다다르고, 마지막 사람마저 그곳에서 내렸을 때 호재가 고개를 돌려 한결을 쳐다보았다. 문이 닫히는 동시에 그가 한쪽 입꼬리를 동그랗게 말아 올렸다.

"뭐 하자는 겁니까?"

그의 손이 숨겨져 있던 사원증을 꺼낸 순간, 한결은 얼굴이 흙빛이 되었음을 숨길 수 없었다. 이럴 때, 그룹의 차남이라는 그 권력을 남용하면 안 되는 걸까, 작은 의문이 들 정도였다.

"앞으로 잘해 보자는 겁니다. 인기 많은 김한결 씨."

*

한결은 기분이 좋지 않았다. 적어도 회사에 출근해, 사무실에 들어오는 순간만큼은 항상 미소를 지을 수 있었는데 오늘은 절대 그럴 수 없었다.

"반갑습니다. 오늘부터 여러분들과 함께 험난한 하루, 하루를 보낼 윤호재라고 합니다."

멋들어지게 인사를 한 뒤, 또 더 멋들어지게 미소를 그리는 남자. 호재 때문이었다. 새벽과 1층의 카페에서 그리 말하며 웃던 때와는 또 다른 모습이다. 남자와 여자의 앞, 그 차이일까. 사석과 공석의 차이일까.

"아실 분들이 계실는지 모르겠지만, ST그룹이 리조트사업을 본격적으로 시작할 때부터 실전으로 뛰며 배웠습니다. 본바탕이 빵빵하진 않지만 여기 머릿속에 들어 있는 건 그 누구보다 빵빵할 겁니다. 직접 발로 뛰며 배운 거니까요."

머리를 톡톡 두드리던 호재가 싱긋 미소를 지었다. 반대로 한결은 그 모습에 미간을 찌푸렸다. 모든 게 마음에 들지 않았다. 저 남자가 이 부서로 발령 난 것도, 매일같이 얼굴을 마주해야 한다는 것도.

"그래서 전, 여러분들이 하려는 프로젝트에 최대한으로 큰 도움이 되고 싶습니다. 여러분들이 원하는 만큼, 저 역시도 이 프로젝트의 성사를 원하는 사람이거든요."

이윽고 호재를 쳐다보던 직원들의 시선이 반짝반짝 빛을 냈다. 스스럼없이 말을 뱉는 남자에게 호감을 가지지 않을 수 없었기 때문일까.

"좋은 사람은 아니지만, 최선을 다하는 본부장이 되도록 하겠습니다. 제 모토는 하나입니다. 일은 즐겁게, 결과는 후회 없이. 여러분들과 즐겁게 일을 해서, 후회 없는 결과. 만들어 가고 싶습니다. 앞으로 잘 부탁드리겠습니다."

연설처럼 긴 소개가 끝이 났지만, 직원들은 그 누구도 호재의 말이 길어 짜증을 낸다거나 싫은 티를 내지 않았다. 마치 그의 말에 이끌려가듯, 홀리듯 멍하니 이야기를 이어 듣다 박수를 짝짝 칠 뿐이었다. 하지만 단 한 사람, 한결만이 아무런 미동도 없이 그를 노려보고 있었다. 앞으로 잘 부탁드린다는 직원들의 말에 호재가 미소를 지었다. 몇과 악수를 하다, 저 뒤쪽에서 저를 노려보는 한결과 눈이 마주쳤다.

'이름만 남편이라 이거지.'

두 사람은 꽤 긴 시간 눈을 마주하고 있었다. 묘한 전기가 그 시선 사이에서 큰 소리를 내며 튀다 사그라지기를 몇 번.

"이 프로젝트 책임자가 누구였죠?"

두 사람만의 정적을 깨트린 건 호재의 목소리였다. 책임자를 찾고 있었지만 여전히 시선은 한결에게 향해 있었다.

그에 한결이 코웃음을 쳤다. 모두 알고 저러는 건지, 몰라서 저러는 건지. 숨을 크게 들이마시다 천천히 내뱉으며 입술을 달싹였다.

"접니다."

"10분 내로 보고서 갖고 들어오세요."

대답하고 싶지 않아 그저 입을 꾹 다물 뿐이었다. 공적인 자리에 사적인 감정이 뒤엉키면 안 된다는 건 어릴 때부터 지겨울 정도로 배운 일이다.

해서, 늘 감정을 조절하느라 애썼다. 제아무리 기분이 나빠도 회사에서는 생글생글 웃으려 노력했다. 하지만 그럼에도 가벼워 보이지 않으려 말 한 마디 한 마디에 얼마나 신중을 기했던가. 하지만 지금은 도저히 그럴 마음이 들지 않았다.

"설마 준비가 아직도 안 된 겁니까?"

호재의 물음에 직원들의 시선이 한결에게로 향했다.

"아니요! 준비 다 됐습니다. 준비, 다 됐어요."

한결이 숨을 크게 들이마신 순간, 뒤쪽에서 예나의 목소리가 들렸다. 언제 올라온 건지, 잽싸게 나타난 그녀는 한결의 팔에 팔짱을 낀 채 생글생글 웃고 있었다.

"다행이네요. 그럼 기다리겠습니다. 다른 분들은 업무에 집중해 주세요."

호재는 끝까지 한결에게서 시선을 떼지 않았다. 아니, 정확히는 한결과 그 곁의 예나에게서 눈을 돌리지 않았던 것이겠지만. 그가 본부장실로 들어가고, 직원들의 입에선 그에 대한 칭찬이 하나 둘 쏟아지기 시작했다.

사람이 됐다는 둥, 경험이 풍부해 보인다는 둥. 아직 잘 모르겠지만 좋은 사람 같더라는 이야기들이 하나 둘 퍼지자 한결의 얼굴이 딱딱하게 굳어졌다. 사실 그 남자는 좋은 사람이 아니다. 와이프에게 치근덕거렸고, 남편이 있는 여자에게 다음에 또 보자는 추파를 던졌다. 그렇게 말을 하고 싶었지만 아무런 말도 할 수 없었다. 아주 개인적인 이야기를 퍼트려 스스로에게 흠을 내는 건, 어떤 면으로도 용납되지 않는 행동이었으니까.

"봐, 나 아니었으면 자기 크게 혼날 뻔했네?"

그런 한결의 사색을 깨트려 준 건, 생글생글 미소를 짓고 있던 예나였다. 순간 짜증이 배로 올라와, 팔짱을 낀 그녀의 손을 탁 뿌리쳤다.

"내가 왜 성예나 씨 자기입니까?"

"어머, 그냥 호칭이지. 뭘 그렇게 승질을 내고 그래?"

"호칭도 싫습니다."

"왜 이렇게 딱딱해? 걱정하지 마, 소문 안 낼게."

"뭐라고요?"

당혹감을 감추지 못하던 한결의 곁으로 직원들이 몰려왔다.

"뭐야, 무슨 비밀?"

"둘이 무슨 비밀 생겼어? 뭐야, 유부남이 그러는 거 아니야."

그들의 말에 예나가 까르르, 웃음을 터트렸다. 한쪽 손으로 입을 가린 모양새에 한결이 미간을 잔뜩 찌푸렸다. 대체 이게 무슨 상황인가 싶었다.

"뭔데, 응?"

궁금함을 감추지 못하던 여자직원이 추임새를 넣자, 예나는 더욱 더 큰 목소리로 웃음을 터트렸다. 그러다 한결을 슬쩍 쳐다보곤 고개를 도리도리 저어댔다.

"안 돼요. 절대 말하지 않기로 약속했거든요."

"성예나 씨."

"아, 말해도 되는 비밀이었나? 그럼 비밀이 아닌데. 그렇죠?"

한쪽 입술을 동그랗게 말아 올린 그녀의 모습 덕이었을까. 한결의 머릿속이 빠르게 회전하기 시작했다. 이건 기회다. 자신의 위기를 다시 뒤집을 수 있는 기회 아닌 기회.

"그러게요. 그렇담 그냥 비밀이 아니게 만들어 버릴까요?"

능글맞게 웃는 그의 모습에 예나의 눈동자가 잘게 흔들렸다. 주위를 에워싸고 있던 직원들 역시도 당황한 듯했으나, 한결은 좀처럼 다른 표정을 보여 주지 않았다.

"어때요, 성예나 씨."

예나의 머리가 복잡해지기 시작했다. 이 남자, 대체 왜 이러는 걸까. 사실 그가 자신의 제안에 수락하리라 생각해 본 적은 없다. 그저 왜 이러냐 성질을 부리며 저에게 조금이라도 관심을 보이는 게 좋았을 뿐이다. 이렇게라도 제 존재를 표출해, 그에게 조금이라도 깊이 남는 것을 원했을 뿐이니까.

"왜 이래요, 갑자기?"

그 때문에 이런 반응이 영 익숙하지 않은 것이다. 왜 갑자기 이러는 걸까. 어째서, 무엇 때문에?

"뭐가요? 그 비밀, 까발리고 싶어서 안달이 났던 건 성예나 씨 아니었습니까?"

순간 직원들의 모든 시선이 예나에게로 돌아갔다. 그랬어? 휘둥그레진 눈동자가 그런 말을 던지는 듯했다. 순간 거북함이 차올라 목이 따끔거렸다. 원했다니, 그건 말도 안 되는 이야기이다. 원했다고 하기보다는 그러한 말로 그에게 조금 압박을 주고 싶었을 뿐이다. 그러니 나를 조금은 돌아보라는 앙탈도 섞여 있었고.

대체 왜 이런 반응을 보이냐 이 말이다. 입술을 잘근 씹던 그녀가 억지로 미소를 그렸다. 얼마나 힘을 줘 눈을 휜 건지, 눈꼬리가 바들바들 떨리는 게 보였다.

"우리 저기 가서 둘이 얘기 좀 할까요?"

"여기서 이렇게 치고 빠지면 더 이상해지는 거 알고 계십니까?"

절로 된소리가 나올 법한 상황이었다. 알고 있다. 모르는 게 아니었다. 이 상황을 모른다고 하면 그야말로 바보 천지지. 차라리 확 다 까발려서 이 상황을 역전시킬까.

"그냥 털어 놓죠."

"뭘요?"

하지만 그건 그다지 좋은 방법이 아니라는 걸 알고 있다. 자칫 잘못하다가는 자신이 이상한 여자가 될 수도 있으니까. 어떤 이유에서건 지금 이 상황에서 그런 일들이 밝혀지는 건 옳지 않다. 적어도 자신에게는 말이다. 어떤 이야기로 이 상황을 빠져나갈까 고민을 하던 찰나였다. 한결의 얼굴에 오묘한 미소가 떠올랐다.

"사실 며칠 후면 와이프 생일이라, 좀 특별한 걸 회사에 주문했거든요."

모든 걸 다 까발릴 거라 생각했더니, 한결은 전혀 다른 이야기를 하고 있었다. 그에 예나가 묘한 표정을 지었다. 무슨 말이야?

"그걸 성예나 씨에게 들켜서, 비밀로 해 달라 했더니. 나 참. 이렇게 협박할 거리도 안 되지 않습니까? 성예나 씨."

"뭐야, 그런 거였어?"

"선물이 뭔데?"

반응이 제각각으로 터져 나왔다. 그에 예나만이 웃음을 지을 수 없었다. 어찌 되었든 그 상황을 빠져나간 건 한결 한 사람뿐이지 않은가.

"이거 좀 수줍긴 한데."

이윽고 모든 직원들이 한결의 주변으로 우르르 몰렸다. 한결이 무언가를 누르고, 눌러 어떤 화면을 띄웠을 때. 주변에서 와아, 높은 탄성이 터져 나왔다.

"한결 씨 엄청난 로맨티스트네."

"와, 나도 이런 건 생각 못 했는데, 대단하다."

"이거 어디에다 말하고 다니지 마라? 우리 와이프 운다, 울어."

수많은 말이 쏟아져 나왔다. 볼멘소리도 있었고, 한결이 대단하다며 탄성을 내지르는 소리도 있었다. 하지만 그는 그들의 말에 귀 기울이고 있지 않았다. 오히려 예나를 빤히 쳐다보며 묘한 미소를 그리고 있을 뿐.

"뭐야, 예나 씨 별거 아니네."

"에이, 나는 또 뭐 재미있는 건 줄 알았네."

"얌마 여기 둘 사이에서 재미있는 거 있으면 큰일 나지."

그녀의 생각대로 빠져나온 건 한결뿐이었고, 그 자리에 오도카니 남아 있는 건 예나였다.

"자, 그럼 이제 궁금증도 해소했겠다. 다들 일 보러 가셔야죠. 저도 본부장님께 보고 하러 가야 하고요."

"그래그래. 고생해, 한결 씨."

한결의 어깨를 툭툭 두드려주던 남자사원이 남은 사람들과 함께 자리를 유유히 벗어났다. 드디어 두 사람만이 덩그러니 남았을 때, 한결이 예나에게 다가갔다. 한 걸음, 또 한 걸음 다가갔을 때. 그녀의 미간이 잔뜩 일그러지는 게 보였다. 그게 얼마나 통쾌하던지, 하마터면 크게 웃음을 터트릴 뻔했다.

"인상 펴세요. 회사입니다."

"인상 펴게 생겼어요?"

그녀의 품에 안겨 있던 자료들을 빼낸 그가 어깨를 으쓱거렸다.

"먼저 시작한 건 성예나 씨잖아요?"

"이런 결과 생각하고 시작한 거 아니거든요?"

당돌하다. 매사에 진취적이고 도전적인 사람을 좋아하는 한결이라도, 예나처럼 '당돌한 성격'은 좋아하지 않았다. 애초에 예나에 관해서 좋다 싫다 판가름을 낼 사이는 아니지만. 왜 하필 저일까 고민한 순간도 있었으나, 그 또한 오래 가지 않았다. 어차피 자신의 뒷배경을 보고 이런 되도 않는 수를 쓰는 거겠지. 알고 있다. 어차피 오래전부터 밥 먹듯 일어나는 일이었으니까.

"네, 그래서 경고 한 겁니다."

그녀를 내려다보던 한결이 코웃음을 쳤다. 생각 같아선 당장 아버지에게 말해 저 자리에서 잘라 버리고 싶었지만, 그렇게 쉽게 이루어지는 일이 아니라는 걸 잘 알고 있었다.

"저는 성예나 씨가 소문내도 상관없습니다. 언론에 뿌리고, 찌르고 마음대로 하세요. 설마 ST그룹이 그런 찌라시 정보에 흔들릴 거라 생각하시는 건 아니겠죠?"

설마 하는 마음에 툭 찔러 본 이야기였는데 예나의 표정이 심상치 않았다. 그에 웃음이 풋 새어 나왔다. 진짜였어?

"하, 진짜 우리 그룹 이미지가 어떻게 되어가는 건지."

머리를 쓸어 올리던 그가 고개를 도리도리 저어 댔다. 꽤 짜증이 차오른 표정이었다.

"까발려 보세요. 그렇담 저는 집안, 빽. 뭐든 긁어다 막을 테니까. 아니, 애초에 막을 필요도 없겠군요. ST그룹에 도전할 언론사가 몇이나 될지 모르겠으니까. 아, 그래. 시사프로그램이면 받아주겠네요."

비웃음이 명확했다. 그러니 예나의 얼굴이 사색이 되어 부들부들 떨리고 있는 것일 테지.

"그런데 그 시사프로그램에서. 재벌 3세의 사생활 같은 거에 관심이나 있을까요? 횡령도 아니고, 범죄를 저지른 것도 아닌데."

그렇죠? 고개를 갸웃 기울이던 그의 모습이 악마처럼 보였다. 언뜻 스치는 느낌이 그랬다. 하지만 이상하지. 그 모습조차도 오싹할 정도로 좋았다.

그리고 깨달았다. 아마 자신은 한결의 배경만을 보고 끌리는 게 아닐 거라고. 꼭, 갖고 싶어졌다. 뭘 해도 자신이 넘치고, 높은 콧대가 꺾이지 않을 이 사람을 제 손에 넣고 싶었다.

"맘대로 해 보세요. 당신이 뭘 어떻게 해도, 난 내 손에 있는 건 절대 안 놓칠 겁니다."

싱긋 웃던 그가 예나의 품에 남아있던 하나의 파일마저도 빼내었다.

"뭐, 그래도 자료 정리는 고맙습니다. 고마운 건 고마운거니까."

그럼에도 그는 웃지 않았다. 예나를 향해 그 흔한 미소조차도 지어주지 않은 채, 천천히 뒤를 돌았다. 본부장실을 향해 걸어가는 그의 뒷모습으로 예나의 시선이 꽂혔다. 곧게 편 등도, 잘 정돈된 머리칼도 무엇 하나 흐트러지지 않는 그의 모습이 좋았다.

"그렇다 이거지?"

입술을 샐룩이던 그녀가 곧 묘한 미소를 그렸다. 천천히 팔짱을 끼는 그 모습에서 자신만만한 무언가 느껴졌다. 킥킥, 작게 터지는 웃음소리가 멀어지는 한결의 뒷모습으로 잔잔하게 울려 퍼졌다.

예나에게서 멀어진 한결은 본부장실에 앞에 서서 몇 번이나 심호흡을 해야 했다. 들어가고 싶지 않았다. 그 얼굴을 마주하며 이야기를 나누고 싶은 생각은 추호도 없었다. 공과 사는 구분하자는 제 인생의 모토가 깨져 버릴 것 같은 최초의 순간이었다.

-그런 거 아니야!

깜짝 놀라며 부정하던 새벽의 모습을 떠올리고 나서야, 말아 쥔 주먹을 들어 올릴 수 있었다. 똑똑, 노크를 이어갔지만 아무런 대답도 들리지 않았다. 다시 한 번, 노크를 했을 때 그제야 밉살맞은 목소리가 들렸다.

"그냥 들어오세요."

그가 짜증이 난 만큼 한결도 짜증이 나 있었다. 이를 악물고 걸음을 옮기자, 의자에 앉아 서류를 훑어보는 호재의 모습이 보였다. 겉모습으로만 봤을 땐 꽤 호남형이다. 남자다운 얼굴에, 잘 빗어 넘긴 머리와 또렷한 눈매까지.

만약 새벽이 얽혀 있지 않았다면, 한 번쯤 술잔을 기울이고 싶은 상대였을지도 모르지. 같은 남자가 봐도 멋진 사람일 것 같으니, 술 한 잔 두 잔에 형님 아우하며 지내는 것도 나쁘지 않을 것이다.

"말씀하신 서류입니다."

"그거 성예나 씨가 정리한 자료죠?"

호재의 시선은 한결에게 향해 있지도 않았다. 오롯이 서류에만 내리꽂히는 그의 눈동자가 도르륵, 도르륵 소리 없이 굴러갔다.

"뭐, 보고 할 서류까지 나누는 사이입니까?"

그제야 얼굴을 들어 올린 그가 한결을 꽤 아니꼬운 표정으로 바라보았다. 미간을 찌푸린 게, 영 마음에 들지 않는 것 같았다.

"그렇고 그런 사이?"

"추측으로 그런 말 하지 마십시오."

"그럼 지하 주차장에서 있던 일은, 그 말은 뭡니까?"

순간 말문이 막혔다. 어떤 말을 해야 할지 머리가 빙글빙글 도는 기분이었다. 입술을 꾹 누른 채, 주먹을 꽉 말아 쥐었다. 사실 예나와의 사이가 그렇고 그렇다는 건 사실이 아니라지만, 새벽과의 사이는 진짜가 아니던가. 숨을 천천히 들이마시던 그가 입을 열었다.

"성예나 씨와의 관계를 제외하고는 모두 진짜입니다."

"그럼 새벽 씨는 뭐라 알고 있는 겁니까?"

"사적인 이야기를 공적인 자리에서 꺼내는 건 맞지 않는데요. 본부장님."

자료나 검토해. 그 말이 목 끝까지 차올랐지만, 차마 뱉을 수 없기에 잘근잘근 씹어 삼켰다.

"자료 검토해 주십시오. 정리는 성예나 씨가 했지만, 수집은 제가 했습니다."

그에게로 다가간 한결이 책상 위에 서류더미와 파일을 올려놓았다. 하지만 호재의 눈에 비친 묘한 의심은 사라질 기미가 보이지 않았다.

"그럼 사적인 이야기는 어디에서 해야 합니까?"

끈질겼다. 쓸데없이 질게 달라붙는 스타일이다. 머리가 지끈거리는 것도 아마 그의 불필요한 관심 때문이겠지.

"다음 주 회식에서나 물어보시죠. 회사 밖이니까요."

여전히 흔들림 없이 꼿꼿한 한결의 모습에 호재 역시 아무런 말을 하지 않았다. 두 사람은 꽤 오랜 시간 눈을 마주했지만, 이렇다 할 이야기를 나누지도 않았고, 공적인 대화 역시도 나누지 않았다.

"나가보세요."

"괜한 오해 안 하셨으면 좋겠습니다."

"그런 상황을 안 만들면 됩니다."

그런 상황이 무어냐 묻고 싶었다. 아무리 생각해도 그가 의심할 만한 예나와의 접점이 없는데. 아니, 애초에 있을 수가 없는데. 오늘은 유독 그녀가 이상했을 따름이다. 하지만 그러한 반박을 내뱉기에는 호재에게 너무 정확한 것을 보였기에, 의심이 갈만한 행동이었기에 아무런 말을 하지 않았다. 그저 조용히 본부장실을 나오는 것밖에는 할 수 있는 게 아무것도 없음을 잘 알고 있었다.

문을 닫고 나오기 무섭게 짙은 한숨이 새어 나왔다. 빨리 집으로 돌아가고 싶었다. 어쩐지 평소보다 더 새벽이 보고 싶었다. 조금이라도 빨리 그녀를 만나 온 시름을 덜고 싶었다. 저의 하나뿐인 휴식처, 그녀가 어서 빨리 보고 싶었다.

*

하루가 끝이 나고, 모두가 퇴근한 시각임에도 불구하고 호재는 본부장실에서 나올 생각을 하지 않았다. 사원들에게 들어가라 인사를 하고 일을 마저 하면서도 마음이 술렁였다. 새벽이는 행복한 걸까. 비즈니스 결혼에 잡혀 매일 우울감 속에 살아가는 건 아닐까. 자기가 생각해도 오지랖이라 느껴지는 걱정이 이어졌다. 사실 그렇다 할지라도 저는 아무것도 할 수 없는데. 결국 두 사람이 헤어진다 해도 그녀를 안아줄 만한 용기조차 없으면서.

이를 아득 갈던 그가 몸을 눕히듯 의자를 뒤로 젖혔다.

"아아……."

소리 내어 한숨을 쉬고 나면 가슴 속 응어리가 조금은 날아갈 것이라 생각했는데, 조금도 나아지지 않는다. 묵직하게 올라온 돌덩어리가 그를 짓누르고 있었다.

보고 싶다. 결코 허용되지 않는 그 말을 툭 던지던 호재가 눈을 질끈 감았다 떴다. 채 가려지지 않는 발의 너머로 컴컴한 사무실이 보였다. 집에 갈까 싶어 몸을 일으켰을 때, 희미한 모니터 불빛이 그의 눈에 들어왔다. 설마 지금까지 남아 있는 사람이 있는 건가 싶어 미간이 좁아졌다. 분명 잔업을 시킨 기억은 없었다. 일이 남았으면 내일 조금 더 열심히 하자며 모두 보냈는데. 이상하다 싶어 몸을 일으켜 문을 열었다. 아주 살짝 열었을 뿐인데도 소리가 제법 컸다.

"누굽니까?"

호재의 부름에 마우스를 딸깍이던 소리가 우뚝 멈추었다. 정적이 흐른 것도 아주 잠시였을 뿐. 이윽고 자리에 앉아있던 누군가 빠르게 컴퓨터를 끄는 게 보였다. 아차 싶은 것도 잠시. 어둠 속에 앉아 있던 그 누군가는 빠르게 모니터를 끈 채 몸을 일으켰다. 커다란 유리로 쏟아지는 네온사인에 그 누군가의 얼굴이 드러났다.

"죄송해요. 집에 가져가서 마저 하고 싶어서."

가방을 꼭 끌어안은 채 일어난 예나의 모습에 호재가 하, 한숨을 터트렸다. 빠르게 옮기던 걸음을 멈추고 머리를 쓸어올렸다.

"유출입니다. 안 돼요."

"하지만."

"회사 규율입니다. 처음에 입사하실 때에도 보안 서약서 썼을 텐데요."

호재의 말에 예나가 입술을 꾹 눌렀다. 손에 들고 있던 USB를 제 책상에 넣어 놓는 모습이 보였다. 딸깍. 열쇠로 잠그는 소리까지 들렸을 때 호재가 팔짱을 낀 채 그녀를 바라보았다.

"확실하게 갖고 나가는 게 없어야 합니다."

"없습니다. 죄송합니다."

"빨리 가세요. 푹 쉬고 내일 파이팅 하는 게 일 잘 하는 겁니다."

"네. 내일 뵐게요, 본부장님."

고개를 꾸벅 숙이고 사무실을 걸어나가는 예나의 뒷모습에 호재가 길게 한숨을 내뱉었다. 그리고 예나의 책상으로 다가갔다. 이상했다. 아무리 생각해도 이상한 것뿐이었지만 USB를 넣어 놓은 서랍은 꽉 닫힌 채 열리지 않았다. 그렇다고 강제로 훼손할 수도 없고. 쯧, 혀를 차던 그가 몸을 일으켜 그녀의 컴퓨터를 내려다보았다.

"이상한데……."

중얼거리는 그의 목소리가 사무실에 잔잔하게 퍼졌다. 묘한 긴장감이 그의 머리를 스치고 지나가던, 어느 오후의 일이었다.

*

지친 하루도 끝이 나고, 집 앞까지 다다른 한결이 희미한 미소를 그렸다. 조금만 더 가면 집이라는 사실에 가슴이 울렁거렸다. 이토록 '집'이라는 공간이 안락하게 느껴진 적이 있었을까.

애초에 쉼터라는 생각도 들지 않았다. 그저 잠만 자고 밥만 먹는 곳. 어쩌면 흔한 하숙집보다도 못한 곳이었는데, 지금은 달랐다. 무엇 때문일까. 집에서 자신을 기다리는 새벽 때문일까. 누군가와 함께 하루를 마무리할 수 있다는 안정감일까.

주차까지 끝마치고 현관을 열었던 한결이 엷은 한숨을 내뱉었다.

"나 왔어요."

지친 목소리였다. 스스로도 오늘 하루가 얼마나 험난했는지 알

법한 목소리.

"누나?"

대답이 없는 새벽을 다시 한 번 불렀을 때, 저쪽에서 까르르 웃는 목소리가 터져 나왔다. 새벽의 웃음소리였다. 그리고 채 인식하지 못했던 음식 냄새가 코를 찔렀다.

"누나."

그녀를 부르며 걸음을 옮겼다. 머리는 어디에 있나, 찾고 있으면서도 두 발은 자연스레 부엌으로 향한다. 그녀의 웃음소리가 들리고, 음식냄새가 밀려오는 그곳. 천천히 걸음을 옮겼을 때. 한결은 절로 새어나오는 웃음을 참을 수 없었다.

"이거, 이것도 맛 괜찮아요?"

"어디 보자……. 아유, 사모님 솜씨가 좋으신데요? 이대로라면 내일은 다른 것도 해 볼 수 있겠어요."

"정말요? 다행이다. 어제보단 조금 낫죠?"

집사에게 음식을 배우는 듯한 그녀의 모습이 있기 때문이었다. 편한 옷차림에 앞치마를 걸친 그 모습이 왜 이렇게 예뻐 보였을까. 당장에라도 달려가 허리를 끌어안고 싶었다. 오늘 너무 힘든 하루였다며 머리를 부비며 어리광이라도 부리면 좋으련만.

"어머, 사장님!"

뒤늦게 한결을 발견한 집사의 목소리에 새벽이 깜짝 놀라 뒤를 돌았다. 급하게 국자를 내려놓은 그녀가 잰걸음으로 한결에게 다가왔다.

"왜 이렇게 빨리 왔어?"

"빨리? 평소랑 똑같이 왔는데요?"

여전히 웃음을 떨치지 못한 채, 핸드폰을 들어 새벽에게 보여주었다. 밤 9시가 조금 넘은 시간에 새벽이 아, 짤막한 탄식을 내질렀다.

"시간이 벌써 이렇게 됐네. 빨리 가서 샤워해. 밥 금방 차려줄게."

사실 야근을 하며 팀원들과 샌드위치를 먹은 터라 그다지 배가 고프지 않았지만.

"알았어요. 씻고 올게요."

거절하고 싶지 않았다. 까르르, 환하게 웃던 그 목소리가 잊히지 않아서. 음식을 배우며 활짝 피던 그 얼굴이 뇌리에 박혀서. 수많은 이유였다.

그가 샤워를 끝마치고 나왔을 때에는 꽤 많은 음식이 식탁에 차려져 있었다. 한결이 좋아하는 돼지고기김치찌개, 돼지불고기, 각종 나물들이 한가득 채워져 있었다.

"이거 다 누나가 한 거예요?"

한결의 질문에 새벽이 수줍게 고개를 끄덕였다.

"맛은 없을 거야. 요리를 이렇게 많이 해 본 적이 없어서. 애초에 기본적인 것만 할 줄 알았으니까."

"맛이 어떤지는 먹어 봐야 알지."

씩 웃던 한결이 의자를 빼내어 앉았다. 그를 따라 맞은편에 앉았던 새벽 역시 잔뜩 긴장한 얼굴로 수저를 쥐었다. 얼마나 꼭 쥐었던 건지, 손가락이 부들부들 떨리는 게 보였다.

"잘 먹겠습니다."

다정한 목소리였다. 참 부드럽고 예쁘다고 생각할 정도로, 고운 목소리. 고개를 끄덕인 새벽의 모습에 한 번 웃음을 그리던 그가 숟가락을 들어 찌개를 한 입 떠먹었다. 후후 불어 입안으로 가져가는 모습에 새벽이 침을 꿀꺽 삼켰다. 그의 입 안에서 목으로 넘어가는 그 순간까지도 눈을 떼지 못했다.

"어때?"

안달이 난 그녀의 모습에 한결은 묘한 울렁임을 느꼈다. 동그랗게 뜬 눈으로 저를 쳐다보는 표정이라든가, 잔뜩 상기 된 두 볼이라든가. 아니 애초에 하얀 앞치마가 반칙일지도 모르지.

"맛있어요."

생각 같아선 맛이 없다며 놀려 주고 싶었는데, 그건 그저 생각으로 그쳤다. 괜히 그런 말로 속상하게 만들고 싶지 않았다. 저 잔뜩 달아오른 모습을 계속 보는 것도 낫겠다 싶었다. 실망하며 풀이 죽은 모습보다 나을 테니까.

"정말? 정말 괜찮아? 진짜로?"

그래, 이렇게 잔뜩 신이 난 모습처럼 좋은 건 없을 것이다. 길게 휘는 눈꼬리나, 조잘조잘 예쁜 목소리를 뱉는 입술이 너무 예뻐 절로 미소가 그려졌다. 평소에도 예뻤지만, 이런 새벽은 조금 더 예쁘다. 아니, 아주 많이.

"네. 맛있어요. 처음 한 거 아닌 것 같은데?"

"사실 며칠 전부터 엄청 연습했거든. 집사님이 많이 도와주셨어. 된장찌개부터 했었는데, 내가 글쎄 소금을 넣은 거 있지."

조잘조잘, 새벽의 수다가 시작되었다. 그에 한결은 귀를 기울이며 고개를 끄덕였다. 그녀의 말을 하나도 놓치지 않으려 귀를 쫑긋 거리면서도 손은 쉬지 않고 움직였다. 그녀가 만들었다는 음식을 맛있게 먹어 주고 싶었다.

"그것도 괜찮아? 간 잘 됐어?"

반찬을 집어 먹는 그에게 연신 질문을 쏟는 그 모습조차 눈에 넣어도 아프지 않을 정도로 사랑스럽다. 결혼의 의미를 하나 찾아냈을 때, 가슴 속 깊은 곳에서 묘한 떨림이 일었다. 언제 그랬냐는 듯, 하루의 고된 일들이 사르르 녹아내리는 참 행복한 저녁이었다. 아니, 새벽이 있기에 행복했던 하루의 끝이었을지도 모르지만.

단란한 식사시간이 끝났다. 원래대로라면 뒤처리는 모두 자신이 하고 싶었지만, 어서 방으로 들어오라는 한결의 채근 덕에 그럴 수 없었다. 집사 아주머니에게 죄송하다는 말을 남긴 채 방으로 들어간 새벽이 작게 볼멘소리를 냈다.

"그래도 내가 한 건데, 뒤처리는 내가 해야지."

"누나보고 그거 하라고 집사 두고 도우미 두는 거 아니에요."

한숨을 내쉬는 그의 목소리가 새벽을 쿡, 찔렀다.

"적어도 이 집에선 하지 마요."

단호한 한결의 모습에 저 역시도 짜증이 오른 건지, 새벽의 표정이 단단하게 굳어 있었다. 조금도 지지 않을 기세로 눈을 부릅떴다.

"그럼, 나는 뭐해?"

갑작스러운 그녀의 질문에 놀란 건지, 한결의 눈동자가 요동쳤다.

"나는 이 집에서 뭘 해야 하냐고 묻잖아."

싫었다. 무능력한 여자가 되는 게 싫어 기술을 배웠다. 석고 방향제를 만들고, 그것을 납품하는 데까지는 그다지 오랜 시간이 걸리지 않았다. 아버지의 인맥이 없이도 새벽 혼자 척척 해나갈 수 있었다. 그녀가 원하는 곳, 원하는 수량을 납품할 수 있었던 것도 새벽의 재간이었다. 하지만 그녀는 그것마저도 박탈당하고 말았다. 이 정략결혼 때문에. 하지만 그럼에도 자신이 할 수 있는 게 남아 있어 좌절하지 않았다.

-행복하게 해 줄게요.

한결이 그렇게 말했으니까.

-사랑이 없는 관계, 난 싫어요.

한결이 그런 믿음을 주었으니까. 능력이 있는 여자가 되지 못한다면, 적어도 '아무것도 하지 않는' 여자나 '아무것도 하지 못한' 여자는 되고 싶지 않았다. 무의미하고 무기력한 자신의 존재를 깨닫는 것만큼 끔찍한 게 없으니까. 그래서 자신이 할 수 있는 것들을 찾아보았다. 공방을 만들어 주었으니, 소소한 취미를 즐기며 자기 자신을 돌보는 데에 게을리하지 않을 수 있다.

자잘한 집안일도 어려운 건 아니었다. 옷장을 정리한다거나, 음식을 할 때에 옆에서 돕는 일 같은 것은 말이다. 더 나아가 정원에 꽃을 심은 적도 있었다. 저와 한결이 함께 살아가는 집. 그곳을 가꾸고 꾸며나가는 일은 꼭 자신이 해야 한다고 생각하고 있었다. 그게 저의 일이고, 역할이라고 생각했다.

"누나."

"말해 봐. 너와 내 삶이 이어지는 이 집에서, 너를 위해 요리를 하고 우리의 방을 가꾸고 정원을 가꾸고. 내가 하는 모든 일의 중심에는 네가 있고 내가 있어. 그런데 그마저도 하지 마? 그럼 나는 뭘 해야 할까?"

새벽의 말에 한결의 입이 꾹 닫히고 말았다. 누군가 입술을 꼭 붙들고 있는 것처럼 움직일 수 없었다. 건조한 공기가 두 사람의 사이를 어색하게 잡아먹었다.

"그냥 네 인형으로 있길 바라니?"

그리고 이어 터진 새벽의 말이 한결을 움찔거리게 만들었다. 인형이라니, 그런 건 생각해 본 적이 없었다. 원한 것도 아니었고, 바라던 일도 아니다. 자신의 모친이 평생 그리 산 것을 모르는 것도 아닌데, 어떻게 새벽에게 그런 삶을 살라 말할 수 있을까.

"내가 아무것도 하지 않고, 그저 네 옆에 장식된 인형처럼 있을까?"

"그런 거 바란 적 없어요."

한결의 단호함이 건조한 공기를 단번에 깨트려주었다. 그제야 숨이 조금 트이는 느낌이었다. 듣고 싶었던 대답을 들어 그런 걸까.

"미안해요. 내가 생각이 짧았어요. 엄마가 직접 집안일을 하는

95

모습이 아니라, 도우미가 하는 것만 보고 자라서. 그래서 누나가 집안일을 하는 게 싫었어요. 그건 누나가 하는 일이 아니라 생각이 들어서."

새벽이 할 말을 잃은 게 이상한 일은 아니었다. 차라리 왜 짜증을 내냐 받아치기라도 했다면, 저 역시도 그에게 받아치고 말았을 텐데.

"화내지 말아요. 내가 미안해요."

할 말이 사라지고 말았다. 아니 애초에 자신이 왜 이렇게 짜증을 낸 건지도 알 수 없었다.

"난 누나가 인형이길 바라는 게 아니에요. 우리 아버지와 어머니처럼 소원도 부부가 되고 싶지도 않아요."

부모님 이야기까지 나올 필요는 없었다 말하고 싶었지만, 결국 아무런 말도 하지 못했다. 꼭 필요할 때에는 겁쟁이가 되고 만다. 불필요할 때에는 잘도 말하면서, 왜 이럴 때엔 입을 닫고 마는 건지.

비겁하다.

"저번에도 말했지만, 난 우리가 행복한 부부가 되길 바라고 있어요. 정략결혼이라 생각할 수 없게, 행복해지고 싶어요. 누나와 내 사이에 얽힌 끈이 정략이라는 자물쇠이길 원하지 않아요."

알고 있었다. 그래서 한결은 늘 노력해 주었다. 무조건적인 사랑을 갈구하지 않았지만, 조금씩 자신이 마음을 열 수 있도록 도와주었고 배려해 주었다. 물론 아직까지 그의 진심이 무언지 모른다. 비즈니스로 시작된 관계이지만 조금 더 나아가길 바라는 건지. 그게 아니라면 이 모두 비즈니스를 위한 작전인지. 물론 알려고 든 적도 없었다. 불필요한 의문이었으니까.

"그러니까……"

그녀의 손을 꼭 잡고 있던 한결이 팔을 뻗어 그녀를 제 품으로 끌어당겼다. 자신의 품에 폭 안기는 새벽의 모습에 절로 미소가 그려졌다. 정말, 솔직하지 못한 여자다. 아주 여러 가지의 의미로.

"그러니까 화내지 말아요. 정말…… 정말 누나가 생각한 거 아니었어요."

새벽은 대답이 없었다. 그저 말없이 한결의 품에 안겨 있을 뿐.

"오늘 너무 행복했는데. 누나가 끓여준 된장찌개도 맛있었고, 내 앞에 앉은 예쁜 여자가 재잘재잘 떠드는 것도 너무 좋았는데."

"그게 뭐야."

조금 마음이 풀렸는가 싶었다. 웃음기가 뒤엉킨 그녀의 목소리에 한결이 입술을 말아 올렸다.

"진짜예요. 된장찌개도 좋았는데, 나는 누나가 내 앞에서 이런 이야기 저런 이야기 해준 게 더 좋았어요. 조금 더 가까워진 느낌이 들었거든요."

작은 등을 살살 쓸어내리는 한결의 손바닥은 다정했다. 새벽의 귓가에 울리는 목소리만큼이나 따뜻하게 느껴졌다.

"그러니까 우리 싸우지 말아요. 내가 미안해요."

응? 자신을 꼭 끌어안으며 되묻는 그의 목소리에 새벽이 옅게 웃음을 터트렸다. 예민하게 반응한 자신의 잘못도 있는데, 어째서 한결이 이토록 미안하다 사과를 하는 걸까.

저 역시도 잘못이 있다 말을 해야 하는데, 망할 자존심 덕에 아무런 말이 나오지 않았다. 대신 마음을 전하기 위해 저 역시도 팔을 들어 그를 끌어안아 주었다. 한결처럼 꼭 끌어안진 못 할지라도, 적게나마 팔에 힘을 주었다.

"알았어."

나도 미안해, 그 말은 목 끝에서만 맴도는 말이 되고 말았다. 다음에 꼭 미안했다 말을 해 줘야지. 그런 생각을 하며 두 눈을 지그시 감던 새벽이 금세 눈을 동그랗게 떴다. 제법 아플 정도로 그의 옆구리를 쿡 찔렀다.

"그리고 내가 해 준 거, 김치찌개거든?"

순간 아무런 말도 안 하던 한결이 천천히 몸을 떼어 그녀를 쳐다 보았다.

"내가 김치찌개라고 안 했어요?"

"두 번이나 된장찌개라고 했거든?"

눈을 흘기는 그녀의 모습에 한결이 눈을 껌뻑거렸다.

"정말 내가 된장찌개라 했어요?"

"그래. 된장찌개도 좋았다며."

아무런 대답도 하지 않던 한결이 새벽을 꽤 오랜 시간 응시했다. 그리곤 한숨을 푹 내쉬며 고개를 도리도리 저어 댔다. 아무래도 오늘 하루가 피곤하긴 했나 보다. 헛소리를 자연스럽게 내뱉고도 모르는 걸 보면 말이다.

"오늘 너무 힘들어서 그랬나 봐요."

이렇게 새벽에게 투정 아닌 투정을 부리는 것도 그 때문일 것이다. 오늘 너무 힘들었으니까. 생각보다 고단한 하루를 보낸 탓에.

"왜? 회사에서 무슨 일 있었어?"

걱정스럽게 묻는 그녀의 목소리에 한결의 날숨에 힘이 들어갔다.

"응 있었어요."

"왜? 상사가 뭐라 해?"

화들짝 놀란 새벽의 모습에 한결은 터지려는 웃음을 꾹 참아야 했다. 실상 ST그룹의 차남이라는 것을 모두 아는 상황에서 저를 혼 낼 사람이 누가 있을까. 물론 오늘 온 본부장을 제외한 이야기였다.

그를 제외한 모든 이들은 저를 어려워하면 어려워했지, 결코 우습게 보거나 혼낸다거나 하지 않았다. 아니, 못 하는 것일 테다. 혼나며 일을 배운다는 신입인데도 불구하고 저는 늘 칭찬 속에서 살았다. 그게 싫다 몇 번이나 말을 했지만, 계급사회에 살아가는 자신이 고칠 수 있는 건 아무것도 없었다.

하지만 그러한 것들을 굳이 새벽에게 알려줄 필요는 없다. 치열하기 짝이 없는 바깥의 열기들을 그녀가 알아 좋을 건 없다. 아니, 어쩌면 기우였는지도 모른다. 그런 치열함 속에 금수저를 들고 태어나 편한 길만 걸어온 저를 혐오하는 건 아닐까 하는 커다란 기우.

"들어줄 거예요?"

하지만 그러한 기우와 두려움 속에서도 투정은 부리고 싶었다. 작게나마 위로를 받고, 그녀의 품에서 오늘의 고단함을 털어 버리고 싶은 게 그의 심정이었다.

새벽이 거절하지 못할 거라는 건 자신이 가장 잘 알고 있었다. 그녀의 성격상, 이렇게 말하는 저를 거절할 수는 없을 것이다. 애초에 이 전에 작은 다툼도 어영부영 넘어가지 않았던가.

"당연하지, 들어 줘야지. 말해 봐."

"이렇게 서서요?"

"응?"

"이렇게 서서 들어줄 거예요? 다리 안 아파요?"

그제야 한결의 물음을 알아챈 새벽이 아아, 고개를 끄덕였다. 테이블에 앉아 이야기를 들어 줄 생각에 걸음을 옮기려던 찰나, 한결의 손이 새벽의 허리를 더욱 세게 휘감았다.

"설마 저기 앉아서 들으려고?"

"그럼, 어디에서?"

고개를 갸웃 기울이던 새벽의 모습에 한결이 작게나마 웃음을 터트렸다. 정말 보면 볼수록 놀라운 여자다. 아주 여러 가지 의미에서 말이다.

"나 힐링하고 싶은데."

"힐링?"

"내 나름대로 힐링법을 생각했는데, 도와줄 거예요?"

"어렵지만 않다면……."

어려울 틈도 없었고, 어려울 일도 없다는 말은 하지 않기로 했다. 입술을 동그랗게 말아 올리던 그가 어깨를 으쓱거렸다.

"걱정하지 마요. 엄청 쉬운 방법이니까."

그게 무슨 방법인지 묻고 싶었지만, 한결의 행동은 새벽의 물음보다 빨랐다. 그녀의 손목을 덥석 붙잡았던 그가 잽싸게 침대로 걸음을 옮겼다. 그리고 침대 위에 털썩, 누워 그녀를 제 곁에 눕혔다.

"나 아직 안 씻었어!"

깜짝 놀라 눈이 휘둥그레지는 그녀의 모습에 한결이 킥킥 웃음을 터트렸다. 그리곤 한쪽 팔로 새벽의 어깨를 감싸 안았다. 팔베개라는 건, 받는 사람만 행복한 건 아닌 것 같다. 이렇게 새벽이 자신의 팔을 베고 누워있다는 사실 하나만으로도 가슴이 벅차오르니까. 사실 힐링이니 뭐니 말만 번지르르했지, 그 무엇도 한결에게 큰 위로가 되지 않았다. 지금처럼 새벽이 제 곁에 누워있고, 자신과 함께 숨을 내쉬고 들이마시는 것. 이것만큼 행복을 주는 게 어디 있으랴.

"괜찮아요."

"안 괜찮아."

"잠깐 이러고 있는 건데요, 뭐."

그래도 안 된다 말을 하려고 했는데 어쩐지 몸이 맘대로 움직여지지 않았다. 행복한 듯 미소를 짓고 있는 한결의 모습을 보고 있자니 도저히 그 품에서 벗어날 수 없었던 게 첫 번째 이유였다. 그리고 자신이 안겨 있는 그 품의 체온이 꽤 마음에 들어 벗어나고 싶지 않았던 게 두 번째 이유였고 말이다.

"새벽아."

그의 목소리는 생긴 것과는 다르게 꽤 다부지다. 친구들은 그런 한결을 '목소리 미남'이라고 불렀다. 얼굴도 목소리도 미남이지만 목소리가 그중에 가장 잘생겼다고. 문득 스쳐 가는 제 친구들의 우스갯소리에 괜스레 민망해졌다.

"왜?"

새벽의 대답에도 한결은 아무런 대답이 없었다. 천천히 숨을 들이마시고 내뱉기를 반복할 뿐. 물론 그렇다 해서 새벽을 안고 있던 손에 힘을 풀지는 않았다. 여전히 그녀를 꼭 끌어안고 있었다.

"지난번에 만난 그 사람이요."

"그 사람?"

머리를 굴렸다. 누굴 말하는 걸까. 대체적으로 새벽과 한결이 함께 만난 사람들은 일적으로 얽힌 사람들뿐이었다. 것도 새벽의 일이 아닌, 그가 하는 일에 얽힌 사람들. 심지어 그 사람들이 모두 ST그룹에 직접적으로나 간접적으로 얽혀 있으니, 그 수 또한 대단했다. 그런 사람들을 일일이 기억할 만큼 머리가 좋은 편은 아니었는데.

"어디 회사 사람? 미안해, 기억력이 안 좋아서 잘 모르겠어."

아주 조금 울적해진 그녀의 목소리에 한결이 깜짝 놀라 옆을 바라보았다. 지난번에 만난 사람, 이라고 해서 그는 당연히 호재를 떠올릴 것이라 생각했다.

최근에 같이 만난 사람이라 해 봐야 그가 전부였으니까.

"회사 사람이요?"

그런데 그녀는 기억하지 못했다. 생각이 나지 않는 눈치였다. 평소 같았다면 그게 귀여웠을 텐데, 지금은 묘한 쾌감이 밀려왔다. 그의 존재가 그녀에게 그것뿐이라는 생각에 축 쳐져있던 어깨에 힘이 들어가는 착각이 일었다. 도대체 무슨 말이냐는 듯, 눈을 동그랗게 뜬 새벽의 모습에 한결이 입술을 말아 올렸다. 별거 아니라는 건 알지만, 괜히 자신이 이긴 기분이었다.

"저번에 카페에서 봤던 그 사람이요."

"카페? 카페……."

곰곰이 생각하는 듯했다. 눈을 여기저기 굴리고, 생각하던 그녀가 고개를 끄덕이며 한결을 올려다보았다.

"아, 그 선배. 갑자기 왜?"

"기억났어요?"

"응. 그 선배 이야기하는 거였구나. 나는 또……."

또 한 번, 쾌감이 이어졌다. 결국 그는 새벽에게 커다란 인상을 주지 못했다는 사실이 한결에게 묘한 성취감을 안겨주었다. 콧대가 저 하늘까지 높아져도 이상한 일이 아니었다.

"그 선배가 왜?"

다시 한 번 묻는 새벽의 목소리에 한결이 비죽 웃음을 그렸다. 이 정도라면 자신의 회사에서 일한다 말해도 별로 불안하지 않을 것 같았다. 애초에 불안할 이유가 없던 것이다.

그 남자의 크기는 새벽에게 고작 그뿐이었을 테니까.

"그 사람, 이번에 우리 회사로 취직했어요. 본부장으로."

"정말?"

놀란 듯, 새벽의 목소리가 조금 커졌다. 평소 같았더라면 그 행동에도 기분이 나빴을 텐데, 한결은 조금도 싫지 않았다. 아니, 아무렇지도 않았다는 게 맞을 것이다. 새벽에게 있어 그의 존재가 크지 않음을 깨달은 순간부터 알 수 없는 쾌감이 목을 차고 올라왔다. 새벽을 끌어안고 있는 손에 힘이 들어갔다. 작은 몸을 토닥토닥 두드려주며 올라가려는 입꼬리에 잔뜩 힘을 주었다.

"네. 것도 우리 부서라, 부딪치는 일이 잦을 것 같아요."

"피곤하겠다."

"왜요?"

"그 선배, 대학 시절부터 엄청 깐깐했거든. 발표수업부터 조별과제까지 뭐 하나 꼼꼼하지 않으면 넘어가질 않았어. 뭐 그 덕에 지금 그 자리까지 간 거겠지만……."

새벽이 말을 흐리는 게 어쩐지 마음에 들지 않았다. 그보다 자신의 직위가 더 낮다는 말을 하고 싶었지만, 실질적인 직위는 호재가 높은 게 맞으니 받아칠 말이 없었다. 당장 이 프로젝트가 해결되어 리조트 관련 사업을 물려받지 않는 이상, 호재보다 나은 게 없다. 당장 새벽의 눈으로 보이는 모습으로는 말이다.

"그래도."

혼자만의 생각에 빠져 우울이라는 늪을 헤엄치고 있던 그때였다. 새벽의 두 손바닥이 한결의 얼굴을 부여잡았다. 찰싹, 그 희미한 소리에 한결이 놀라 눈을 휘둥그레 떴다.

"나는 선배한테 잘 부탁한다는 말 안 할 거야."

한결조차도 그런 일은 하지 않았으면 했다. 애초에 바란 적이 없는 일인데.

"나는 한결이 너를 믿으니까."

순간, 그런 거 부탁한 적 없다는 냉정한 말을 하지 않길 잘했다고 생각했다. 그랬다면 이런 금쪽같은 말을 들을 수 없었을 테니까.

"잘 할 수 있을 거라 생각해. 충분히 노력하고 있잖아."

늘 이런 식이었다. 어릴 적부터 지금까지 새벽은 한결에게 뜬금없이 다가와 힘을 주곤 했다. 그녀에겐 그저 툭툭 던지는 말 한마디들이 한결에게는 거대한 나무가 되곤 했다. 그리고 그 나무들은 시간이 흘러도 사라지지 않은 채, 한결의 마음에 우뚝 서 있었다.

"고마워요."

이번에도 또 한 그루의 나무가 생겼다. 평소의 나무보다 더 크고, 더 푸르게 드리워진 그런 나무가. 자신의 얼굴을 붙잡은 새벽의 손을 어루만지던 한결이 희미하게 미소를 그렸다. 꼭 이 순간을 위해 결혼을 한 것만 같았다. 눈에 힘을 주다 이내 해사하게 웃음을 터트리는 새벽의 모습에 마음이 녹아내린다.

"누나."

오늘은 절대 그냥 재울 수 없겠다 싶어 입술을 달싹였지만, 그 뜻은 새벽에게 전해지지 않은 듯했다.

"나 씻고 올게. 먼저 자고 있어."

알았지? 되묻는 새벽의 목소리에 한결이 얼떨결에 고개를 끄덕였다. 여전히 눈이 휘둥그레져 있었지만, 그녀는 아랑곳 않았다. 이불을 목 끝까지 끌어 덮어준 뒤, 어깨를 토닥거려 주었다. 마치 막내 동생에게 잘 자라 밤 인사를 하듯.

"빨리 와요."

잠들지 않고 기다릴 것이라 마음먹었다. 새벽이 오면 밤새 잠들지 못하게 만들어 주리라 생각하며 그녀를 올려다보았다.

"알았어."

"안자고 기다릴 거예요."

단호한 한결의 목소리에 조금 놀라는 듯했지만, 새벽은 금세 고개를 끄덕였다. 평소와 다를 것 없는 미소였지만, 금색의 스탠드불에 의해 찬찬히 흩어지고 있었다.

새벽은 그런 한결을 잠시 쳐다보다 몸을 일으켰다. 잰걸음으로 방을 나서고 문을 닫기까지 절대 뒤를 돌아볼 수 없었다. 기다릴 거라 말을 하던 그의 얼굴이 언뜻 남자의 얼굴로 보였다. 그 너른 품에 안길 때 외에는 동생으로만 보이던 한결이 이젠 건실하고 매력

넘치는 남자로 보인다, 이 말이다. 그게 도저히 적응이 되지 않았다. 제아무리 부부의 연을 맺었다 하더라도, 이런 급작스러운 전개는 심장에 좋지 않다. 문을 닫고 그 앞에 기대어 선 새벽이 크게 숨을 들이마셨다.

"미쳤나 봐."

천천히 내뱉는 한숨 속에 팔팔 끓어오르는 열기가 숨어있었다.

"이게 뭐야……."

두 손으로 뜨겁게 달아오른 얼굴을 감싼 새벽이 두 눈을 질끈 내리감았다. 어쩐지 쉽게 잠들 수 없을 것 같았다.

*

그 날 이후, 한결과 새벽은 평소보다 서로가 가까워짐을 실감했다. 한결이 출근할 때마다 조르던 배웅의 키스는 어느새 설렘으로 번져 입술이 화끈거렸다. 또 시간마다 찾아오는 한결의 연락은 새벽의 가슴을 소란하게 만들어 책을 읽을 수도, 운동을 할 수도 없게 만들었다. 조금씩 그녀의 마음에 한결이 스미고 있었다.

'오래 알던 동생'의 모습을 벗어나고 있다는 건 한결과 새벽 두 사람만이 모르는 일이었을 것이다.

[오늘 점심은 뭐예요?]

핸드폰을 톡톡 두드리던 한결이 전송버튼을 누르기 무섭게 눈을 휘었다. 회사에서 잘 보이지 않는 웃음이었기에, 지나가던 직원들이 한 번씩 힐끗거리는 건 당연했을 것이다. 하지만 그러한 시선은 신경 쓰이지 않는다는 듯, 한결은 계속해서 손가락을 움직였다.

[오늘은 빵 먹으려고. 갑자기 바게트가 먹고 싶어졌어.]

이윽고 한 장의 바게트 사진과 함께 새벽의 메시지가 날아왔다.

기다란 빵 뒤로 보이는 그녀의 얼굴이 보였다. 새초롬한 듯하지만 꽤 즐거워 보이는 표정에 괜히 신이 났다.

[저녁은 아무것도 먹지 마요. 나랑 먹어야 하니까.]

[저녁? 왜?]

도착한 답장에 한결이 책상 아래를 힐끗 내려다보았다. 발끝이 닿는 박스를 바라보다 손끝에 힘을 주었다. 어떤 표정을 지을까, 어떤 반응을 보일까. 벌써부터 가슴이 떨려온다.

[달력은 보고 살아요, 새벽 씨. 나 회의 들어가요. 이따 연락할게요. 빵 맛있게 먹어요.]

너무 할 말만 써 놓고 안녕, 하는 건 아닐까 싶었지만 사실 회의에 들어가는 건 거짓말이 아니었으니까. 메시지가 무사히 전송이 된 걸 확인한 한결은 부랴부랴 파일을 챙기기 시작했다. 본부장이 예고한 회의시간까지 앞으로 3분. 딱 좋은 타이밍이었다.

"뭐가 그렇게 좋아서 함박웃음이에요?"

이렇게 뜬금없이 다가와 제 행복을 펑 터트려 버리는 목소리만 아니면 말이다.

"회의 들어가는 게 그렇게 좋아요?"

굳이 얼굴을 들어 누군지 확인하지 않아도 알 수 있었다. 앙칼진 목소리 하며, 알고 있으면서 모르는 척 비꼬는 것 하며. 예나가 분명했다. 한결은 보란 듯 크게 한숨을 내뱉었다. 자신이 귀찮고 짜증이 난다는 것을 몇 번이나 피력하고 드러내도 달라지지 않는 게 예나였지만.

"아니요, 퇴근한 뒤를 상상하는 게 너무 즐거워서요."

눈도 마주치지 않던 한결의 대답이 마음에 들지 않았던 건지, 예나의 얼굴이 뾰로통하게 변했다. 원망스러운 듯 그를 내려다보던 예나가 손에 쥐고 있던 파일을 더욱 세게 잡았다.

"이봐요. 김한결 씨. 사람이 말을 하면 눈은 마주쳐야죠."

하지만 한결은 대답이 없었다. 여전히 파일을 정리하며 회의 자료를 챙길 뿐. 그렇게 흐트러진 자료를 모두 정리한 뒤에야 고개를 들어 올렸다.

"회의 준비하느라 바쁜 거, 안 보이십니까?"

"뭐라고요?"

"다 끝내셨으면 미리 들어가서 앉아 계세요. 괜히 회의 준비하는 사람 귀찮게 굴지 마시고."

"김한결 씨!"

예나의 얼굴이 붉으락푸르락 난리가 났다. 품에 안고 있던 파일을 꼭 쥔 채 눈을 흘기지만, 한결은 코웃음을 칠뿐이었다.

"아, 선배! 같이 들어가죠!"

심지어는 그들의 앞을 지나치는 선배를 불러 세워 그와 함께 잰걸음을 움직이기까지. 자신을 지나치는 한결의 행동에 예나가 아랫입술을 꽉 눌렀다. 파일을 잡고 있던 손이 부들부들 떨렸다.

사실 그의 말대로 잘난 솔로는 차고 넘치게 많을 것이다. 분명 멋들어진 사람들도 많겠지. 게 중에 자신을 맘에 안 든다 말하는 사람이 있을 거란 생각은 하지 않는다. 이건 그저 오기일 뿐이다. 손에 넣으려 발버둥 쳐 보지만, 끝끝내 손끝에도 닿지 못할 한결에 대한 오기. 두고 보자, 그렇게 속삭이던 예나의 눈빛이 평소보다 더욱 서슬 퍼렇게 빛나고 있었다.

평소엔 지루하기만 했던 회의도, 길게 느껴졌던 하루도 생각보다 빠르게 휙 지나간 느낌이었다. 퇴근을 3분 앞둔 시간, 한결은 자리에 앉아 손목시계를 내려다보며 발을 동동 구를 뿐이었다. 빨리, 조금이라도 빨리 나가서 집으로 향하고 싶었다. 무릎 위에 올려 놓은 박스도 저와 함께 안달이 난 것 같았다. 시계바늘을 따라 움직이는 눈동자가 평소보다 바쁘게 굴러갔다.

1분…… 40초…… 30초…….

그리고 정확히 6시가 되었을 때, 한결이 자리에서 몸을 벌떡 일으켰다. 평소대로라면 칼퇴근이라는 건 생각지도 않을 사람이었겠지만, 오늘은 달랐다. 특별한 날이었고, 중요한 날이었으니까.

"저 오늘은 먼저 가 보겠습니다!"

잔뜩 들떴던 한결의 목소리가 고요한 사무실의 안을 울렸다. 쩌렁쩌렁한 목소리에 놀란 사원들이 하나 둘 고개를 돌려 그를 마주했다.

"아, 오늘 저녁 먹으려고 했는데 그냥 가게?"

"그래, 같이 가지? 본부장님도 어렵게 승낙하셨단 말이야."

순간 한결의 표정에 난처함이 그려졌다. 하하, 어색하게 웃음을 터트렸지만 그것도 아주 잠시일 뿐. 금세 단단하게 굳어진 얼굴을 긁적거렸다.

"됐습니다. 그냥 가세요, 김한결 씨."

문이 닫히는 소리와 함께 들린 호재의 목소리에 사원들과 한결이 그에게로 시선을 돌렸다. 그게 무슨 말이냐는 듯 표정으로 묻는 건 비단 사원들뿐만은 아니었을 것이다.

"오늘 중요한 날이라 하지 않았습니까?"

호재의 질문에 한결의 눈썹이 살짝 일그러졌다. 알고 있을 것이다. 한결은 호재가 오늘이 어떤 날인지, 그 의미가 무엇인지 알고 묻는 것이라 어림짐작했다.

"네, 중요한 날입니다."

일순간, 한결과 호재의 시선 사이에 묘한 신경전이 일었다. 눈에 보이지 않는 작은 전기가 튀어 보는 이들마저 침을 꿀꺽꿀꺽 삼키게 만들었다. 그 묘한 전율을 끊은 건, 작은 한숨이 뒤엉킨 호재의 목소리였다.

"그럼 빨리 가 보세요."

"먼저 가 보겠습니다."

허리를 굽혀 인사를 건넨 한결은 누가 잡을 새라 잽싸게 발을 달려 사무실을 벗어났다. 멀어지는 한결에게 잘 가라는 인사가 뒤따랐지만, 들리지 않는다는 듯 걸음을 멈추지 않았다. 인사를 건네는 사원들의 얼굴에는 놀라움이 가득 묻어 있었다.

그럴 만도 할 것이다. 매번 모두가 자리에서 일어날 때까지 책상을 지키던 그가 아닌가. 굳이 일을 시키지 않아도, 끝까지 남아 하고자 하는 일은 모두 끝내고 가던 그였다. 그래서 더욱 이 상황이 신기했다. 것도 박스를 든 채 허겁지겁 사무실을 나가는 뒷모습이라니.

"오늘인가……."

그런 한결의 뒷모습을 쳐다보던 호재가 중얼거리며 입술을 꾹 눌렀다. 주머니에 들어 있는 핸드폰을 꽉 쥐며 작은 한숨을 내뱉었다.

-내년에 챙겨주셔도 돼요. 괜찮아요, 선배.

몇 해 전, 아니 꽤 오래 지난 그 시절 그리운 목소리가 떠올랐다. 축하한다, 전할 수 없는 말을 중얼거리던 호재가 허탈한 미소를 그리며 깊은 숨을 토했다.

한 편, 새벽은 간만에 시내로 외출을 했다. 한결의 말을 빌리자면 선물이었기에 예전과 같은 시내 나들이는 아니었다. 한결은 그동안 쌓인 스트레스를 털어 내리며 최고급 마사지 코스를 선물해 주었다. 얼굴부터 온몸을 부드럽게 풀어내리는 마사지를 받고 나니, 어쩐지 나른해졌다. 샵에서 나와 그가 준비해준 차에 올라탈 때까지 어쩐지 머리가 몽롱했다. 이대로 집에 가서 자면 딱 일 것 같다는 생각도 들었다.

"사모님, 바로 집으로 모실까요? 백화점에 들르고 싶다면 다녀오셔도 된다 말씀하셨습니다."

운전사의 물음에도 새벽은 한동안 대답을 할 수 없었다. 얼마나 몽롱하던지, 그 질문을 몇 번이나 곱씹어야 했기 때문이다.

"한결 씨가 그래요?"

"예."

잠시 고민을 이어갔다. 사실 자신이 갖고 싶었던 것이라기보다, 전부터 엄마에게 해 주고 싶던 선물이 있었다. 언제 살까 고민을 하던 와중이니, 이럴 때 하면 좋지 않을까 싶었지만.

"아니에요. 그냥 집으로 가 주세요."

"괜찮으시겠습니까?"

"네. 한결 씨랑 같이 오는 게 더 좋을 거 같아요."

혼자 그 넓은 백화점을 돌아다니는 게 싫었다. 상념에 빠지는 시간은 집 뒤뜰 공방에서의 시간이라면 족했다. 더더군다나 지금처럼 몽롱해진 상태로 그 백화점을 휘젓고 다닐 용기도 나지 않았고.

"그럼 집으로 모시겠습니다."

"부탁드릴게요."

사실 누군가 운전해주는 차, 라는 게 익숙하지 않았다. 학교에 다닐 때에도 보통의 삶을 원했던 새벽은 친구들과 함께 대중교통을 이용했다. 대학생 때에도 그랬다. 기차여행을 좋아했고, 지하철을 타고 돌아다니는 걸 좋아했다. '부잣집 아가씨'라는 인상보다는, '노는 걸 좋아하는 한새벽'이고 싶었다. 너도, 나도 똑같은 여대생이라는 것을 알리고 싶어 더욱 그랬는지도 모른다. 이렇게 졸업 후에 누군가 운전해 주는 차를 타고 이동할 줄이야 생각해 본 적도 없고 말이다. 오늘만의 특권이라 생각했다. 생일이기에 가능한, 아주 희귀

한 특권. 오늘이 지나면 굳이 이 특권을 사용할 일은 없을 것이다. 누군가 운전하는 차는 피곤하지 않다는 게 장점이지만, 그만큼 불편하다는 게 단점이었다. 이처럼 건조한 정적을 싫어했다. 딱히 나눌 말이 필요하지 않은 사이, 하지만 서로 간의 입장 차이가 명확히 드러나는 사이.

'피곤해.'

한숨을 푹 내쉬었던 그때, 새벽이 쥐고 있던 핸드폰이 부르르 몸을 떨었다.

[어디예요?]

한결이었다. 메시지에서부터 느껴지는 다정함이 마음을 사르르 녹아내리게 만들었다. 어디서 이런 걸 배웠을까, 아니 애초에 타고난 걸지도 모르지. 킥킥, 웃음을 터트리던 새벽이 천천히 손가락을 움직여 답장을 보냈다.

[지금 집에 가는 중. 한결 씨는 어디예요?]

가끔은 같이 존댓말을 해 분위기를 맞추는 것도 좋을 것 같았다. 오늘처럼 제 기분을 잔뜩 하이텐션으로 올려주는 날엔 더더욱.

[집이에요. 새벽 씨가 존댓말 하니까 이상하다.]

답장은 빨랐다. 꼭 기다리고 있었다는 듯, 1분의 차이밖에 나지 않는 답장에 새벽은 가슴에 힘을 꽉 주어야 했다. 머릿속에 온통 새벽뿐이라 말해주고 있는 것 같아 마음이 잔뜩 부풀어 올랐다.

[그렇다고 싫은 건 아니고.]

뒤이어 도착하는 답장에 얼굴이 화끈해졌다. 별거 아닌 메시지에 왜 이런 반응이 나오는지, 무언가에 홀린 것 같았다. 고개를 뒤로 젖힌 새벽이 숨을 크게 들이마셨다. 코로 빨아들이는 숨은 눅눅했다. 차에서 나는 특유의 냄새가 속을 메슥거리게 해, 금세 입으로 내뱉고 말았다. 그렇게 해서라도 울렁이는 마음을 가라앉히고 싶었다. 잠시 창밖을 쳐다보던 새벽이 눈을 동그랗게 떴다. 어느새 집이 가까워지고 있음을 알게 되었기에.

[나 거의 다 왔어요. 우회전만 하면 동네 초입인 것 같아.]

어째서 도착하고 있음을 알리는지 알 수 없었다. 그냥 그러고 싶었다. 물론 속내는 있었다. 자신이 곧 도착하니, 어서 자신을 마중 나오든, 기다리고 있으라는 암시였다.

[알았어요.]

역시나 답장은 빨랐다. 그가 제 속내를 알아 챈 건지, 모르는 건지는 알 수 없는 노릇이었으나 새벽은 그마저도 행복했다. 답장을 기다리고 있었다는 사실 하나만으로도 가슴이 둥실 떠올랐다.

차는 그녀의 바람대로 적당한 속도를 유지하며 바퀴를 굴렸다. 빠르지도, 느리지도 않게 도로를 지나니 어느새 저 위로 한결과 새벽의 집이 보였다. 유럽을 다녀온 한결이 꽂혀 선택한 붉은 지붕과 아이보리색의 벽이 퍽 잘 어울리는 주택이었다. 정원을 둘러싼 하얀 울타리와 대문은 새벽의 바람이었다. 언젠가는 둘이 함께 심은 씨앗이 싹을 틔우고 꽃을 피울 것이다. 그리고 그때가 된다면 저와 한결 역시도 그런 사이가 되겠지. 누가 보아도 잘 어울리는 부부, 누가 뭐라 해도 마음이 통하는 부부가. 오르막길을 지난 차는 집 앞 대문에 멈춰 섰다. 새벽은 운전사가 내리기 전, 자신이 먼저 문을 열고 발을 내디뎠다.

"사모님, 그냥 계시면 제가……."

"죄송해요. 저는 아직 그게 불편해요."

딱 잘라 괜찮다 말하는 새벽의 모습에 운전사가 머리를 긁적였다.

"오늘 너무 감사해요. 덕분에 편하게 다녀왔어요."

"아닙니다. 앞으로도 필요하시면 종종 찾아주십시오."

그럴 일은 없을 테지만, 굳이 그 말은 뱉지 않은 채, 고개를 끄덕였다. 감사하다는 말을 끝으로 운전사는 다시 차를 몰아 언덕을 내려갔다. 자갈을 밟는 소리가 멀어질 때 즈음, 새벽은 숨을 크게 몰아쉴 수 있었다.

"아직 불편하단 말이야."

중얼거림이 바람에 실려 휙, 흩어지기도 전이었다.

"뭐가 불편해요?"

갑자기 들려오는 목소리에 깜짝 놀란 새벽이 빠르게 뒤를 돌아보았다. 어찌나 놀란 건지, 어깨가 눈에 띄게 들썩임을 저조차도 알 수 있었다.

"와, 내가 더 놀랐어요."

뒤쪽으로는 자신도 놀랐다 말하며 가슴을 쓸어내리는 한결이 있었다. 아직 옷도 갈아입지 않은 채, 회사에서 퇴근한 모습 그대로였다.

"옷도 안 갈아입고 뭐 했어?"

"존댓말은 끝이에요? 에이. 좋았는데."

아쉽다는 듯 입맛을 다시는 한결의 모습에 새벽이 피식 웃음을 터트렸다.

"마사지는 좋았어요?"

한결이 손을 뻗어 새벽의 뺨을 어루만졌다. 평소였다면 움찔거리며 피했겠지만, 오늘만큼은 그의 손길을 오롯이 받아주기로 했다.

"응. 덕분에."

"그래서 그런가?"

"뭐가?"

반문하는 새벽의 모습에 한결이 슬그머니 미소를 그렸다. 아주 부드럽게 말려 올라가는 입꼬리가 그의 기분을 말해주고 있었다. 얼굴을 살살 어루만지는 손끝이 다정하다. 봄바람이 스쳐가는 듯,

솜털이 내려앉는 듯. 그토록 부드러운 감촉이었다.

"오늘따라 더 예뻐서요."

순간, 새벽은 가슴이 뛴다는 게 이런 걸 말하는 거구나 싶을 정도로 큰 떨림을 느꼈다. 콩콩콩, 적당함을 유지하며 뛰던 심장박동이 일순간 크게 요동쳤다. 한결에게 예쁘단 말을 듣는 게 처음은 아닐 텐데, 왜 이리도 크게 반응을 하는지 알 수 없었다. 코끝이 시큰해졌다. 너무 좋으면 울 것 같은 기분이 된다는데, 지금이 딱 그런 것 같았다.

"빈말은."

어떻게 받아쳐야 할지 알 수 없었다. 고개를 휙 돌리며 한결의 시선을 피하는 걸로 끝맺음을 지었지만, 심장박동은 쉬이 멈춰지지 않았다. 누군가 버튼을 빠르게 누르고 있는 기분이었다. 더, 더 빠르게! 더 힘차게! 부추기는 목소리가 귓가에 윙윙 울리는 것 같아 몇 번이나 크게 숨을 가다듬어야 했다. 그런 새벽의 뒷모습을 흐뭇하게 지켜보던 한결이 제 허리까지 오는 울타리 대문을 슬쩍 열어주었다. 여전히 입가에는 웃음이 만개해 있었다.

"이제 들어와요. 언제까지 밖에 있을 거예요?"

생각 같아선 더 예쁘다 칭찬을 쏟고 싶었다. 자신이 그런 말을 할 때마다 새벽이 어쩔 줄 몰라 하는 모습을 한결은 즐기고 있었다. 어쩌면 이미 알고 있는지도 모른다. 자신이 그런 말을 내뱉는 걸, 새벽이 어떻게 받아들이고 받아쳐야 할지 모른다는 사실을.

"들어가야지."

울타리 안으로 들어오는 새벽에게서는 평소와 다른 화장품 냄새가 났다. 모든 일이 끝나면 빨리 씻으라 닦달이라도 해야겠다 마음먹었다. 그다지 좋아하지 않는 향이었다. 생각하고 싶지 않은 과거의 편린이 하나 둘 머리에서 살아나게 만드는, 돈으로 만들어진 인

공적인 냄새 같았기에.

"그래요. 빨리 들어가요."

채근하는 한결의 목소리에 새벽은 넌지시 미소를 던질 뿐이었다. 오늘 왜 그러냐는 장난스러운 핀잔이 잇따랐지만, 그다지 싫지만은 않은 모양인 듯했다. 길지 않은 정원을 지나고 새벽이 문 앞에 멈춰 섰을 때, 한결이 그녀의 작은 손을 꽉 맞잡았다.

언제나 이런 순간에 느끼는 거지만, 그의 손은 남자답다. 물론 살갗은 웬만한 여자라 해도 믿을 만큼 부드럽다. 험한 일은 해 보지 않은 귀한 집 도련님이라는 걸 말해주기라도 하는 듯. 하지만 그 외의 것들은 저 역시 남자라 주장하고 있었다. 적당한 악력이라든가 도드라진 뼈마디 같은 것.

그래서 조금 긴장을 하고 있는지도 모른다. 어릴 적 코 찔찔이 동네 동생으로 보던 한결이 어느새 남자로 보이고 있었으니까. 인식의 변화처럼 무서운 건 없다. 눈에 보이는 모습마저 바뀌어 보이지 않는가. 지금 자신이 한결의 내면까지도 다시 보고 있는 것처럼 말이다.

"들어가기 전에 하나만 부탁할게요."

"뭔데?"

"울지 마요."

"어?"

새벽의 반문에 한결이 희미하게 미소를 그렸다. 맞잡고 있던 손에 힘이 들어갔다. 그게 자신의 힘인지, 한결의 힘인지도 구분이 가지 않았다.

"울지 말라 고요."

"뭘 했기에 울지 말라는 말이 나와?"

"글쎄요. 미리 말하면 재미없으니까."

"뭐야, 뭔데 그래?"

글쎄요. 작게 중얼거리던 한결은 그저 어깨를 으쓱거릴 뿐이었다. 그리고 곧 문고리를 살짝 잡은 채 희미한 미소를 그렸다.

"같이 열어요."

"오늘 이상해."

"이상해도 되는 날이니까 이상한 거예요."

틀린 말은 아닐지도 모른다. 언제 챙겼는지 기억도 안 나는 생일을 이렇게 정성껏 챙겨 주니 말이다. 못 말려, 고개를 도리도리 저어 대던 새벽은 한결의 말에 응해 주기라도 하는 듯 그의 손 위에 자신의 다른 손을 올려놓았다. 함께 돌릴 준비를 마쳤다는 듯 시선을 마주했을 때, 한결의 두 볼이 불그스름하게 물들어 가는 것이 보였다. 하지만 아무것도 묻지 못했다.

입술을 달싹이려던 찰나 문이 열렸고, 그 문 너머로 펼쳐지는 광경에 말을 잇지 못했기 때문이었다. 입술은 반쯤 열려 있었지만, 아무런 말이 나오지 않았다. 온 세상이 멈추어 버린 착각마저 일었다. 눈앞으로 늘어진 붉은 불빛의 길이 그녀의 눈을 반짝반짝 빛나게 만들어 주고 있었다. 그 작은 티라이트들의 불빛을 죽 따라가니, 저 앞으로 꺾이는 길이 보였다. 거실의 중앙까지 이어진 불빛을 지켜보던 새벽이 고개를 휙 돌려 한결을 올려다보았다.

"이게 뭐야?"

"일단 가 봐요."

하지만 그는 새벽이 원하는 답을 주지 않았다. 그저 흐뭇하게 웃으며 작은 등을 토닥여 줄 뿐이었다. 물론 새벽의 성격상 이게 뭐냐 끝까지 캐묻지는 않았지만. 신발에서 벗어난 새벽의 작은 발이 바닥에 내려왔다.

아주 천천히, 그리고 조심스럽게 내디디며 떨리는 걸음을 옮겼다. 라이트로 장식된 길 양쪽으로는 붉은 장미꽃이 떨어져 있었다. 생화인지 조화인지 가늠이 가지 않았다. 다만 정확히 알 수 있었던 건 서툰 솜씨로 준비했다는 것 하나였다. 듬성듬성 비어 있는 부분이라든가, 한데로 뭉친 부분을 보면 알 수 있었다. 얼마나 어렵게 이 순간을 준비했는지. 그리고 이 순간을 위해 얼마나 노력했는지. 프로포즈도 못 받고 결혼한 것이 마음에 걸린 걸까, 그런 생각만이 머리에 맴돌았다. 그러지 않아도 친구인 유미가 한결에게 한마디 한 적이 있었다.

-새벽이도 여자인데, 아무리 정략결혼이더라도 그깟 프로 포즈 한 번 해 주는 게 그렇게 어렵니?

풋, 웃음이 터져 나왔다. 고작 그 한 마디 때문에 이 고생을 하다니. 그것도 자신을 위해서. 싫은 건 아니었다. 그저 한결이 귀여웠을 뿐.

"왜 웃어요?"

당황한 한결의 목소리에 새벽이 어깨를 으쓱거렸다.

"내가? 안 웃었어."

"거짓말. 지금도 웃고 있는데?"

"그런가?"

아무렇지 않은 척 두 손으로 얼굴을 매만지는 새벽의 모습에 한결이 고개를 끄덕였다.

"지금도 웃고 있어요."

뾰로통해질 것 같았다. 스스로 그런 기분이 들고 그런 생각을 하다니, 이건 정말 세상이 뒤집힐 일이다. 유독 새벽의 앞에서만 아이가 되는 이 습관을 고치려 얼마나 노력했는데. 아직 나아지지 않았다.

"좋아서 그러지."

하지만 새벽의 한 마디에 모든 것이 사르르 녹아내리고 말았다. 뾰로통해지던 마음도, 울지 않아 서운했던 마음도. 이윽고 거실로 향하는 코너에 접어들었을 때에도 한결은 걸음을 옮기지 못했다. 그저 멍하니 새벽의 뒷모습을 바라볼 뿐.

'좋다'는 단어가 꽤 큰 충격을 준 듯했다. 그런 한결이 뒤에 멍하니 서 있었지만, 새벽은 개의치 않고 걸음을 옮겼다. 비로소 코너를 돌아 거실을 바라보았을 때, 그녀는 아무런 말도 하지 못한 채 자리에 꼿꼿이 멈추어 서야 했다.

"아⋯⋯."

뜨겁게 달아오르는 게 어느 쪽이었을까. 앞에 있는 것을 바라보던 두 눈이었을까, 그 벅찬 감각을 느끼는 가슴이었을까. 그녀의 눈앞에 있는 건, 새하얀 웨딩드레스였다. 것도 보통의 웨딩드레스가 아니었다. 결혼을 준비할 적에 어떤 드레스가 입고 싶냐는 한결의 물음에 한 사진을 보여 주었더란다. 허리에서부터 발끝까지 장미꽃으로 화려하게 피어나는 하얀 웨딩드레스. 보자마자 한눈에 꽂혔지만, 결국 본식에서는 입지 못했었다. 이유는 하나. V넥으로 파인 가슴팍이 조신해 보이지 않아서였다. 더불어 시어머님 되시는 분께서 미리 봐 놓으신 드레스가 있다고 하시니. 새벽은 아무런 말도 하지 못하고 그 웨딩드레스를 포기해야 했다.

"기억나요? 이 드레스."

이제야 제정신으로 돌아온 한결이 새벽의 뒤로 다가왔다. 어깨를 살포시 감싸는 손바닥이 따뜻해, 그녀는 순간 왈칵 울음을 터트릴 뻔했다.

"똑같지는 않아요. 이게 소매가 조금 더 길거든."

그게 무슨 상관이냐 말을 하려 했는데, 목이 꽉 막혀 목소리가 나오지 않았다. 답답할 정도로.

"그래도 찾는 데 어지간히 힘들었어요."

고맙다는 말을 하기 위해 고개를 돌렸다. 그리고 한결과 눈을 마주쳤을 때, 그의 부드러운 웃음에 또 한 번 말문이 막히고 말았다.

"생일 축하해요."

이윽고 그의 커다란 손이 새벽의 손을 부드럽게 감싸 쥐었다. 솜털에 감싸이는 기분에 어쩐지 가슴이 울렁거렸다.

"이렇게 예쁘게 태어나 내 옆으로 와 줘서 고마워요. 정말로."

"이렇게 큰 선물……."

왜 여자들이 프로포즈를 받으면 눈물을 흘리는지 알 것 같았다. 벅찬 설렘도, 그를 사랑하는 마음이 봇물처럼 터져 나오기 때문도 아니다. 이 순간에만 느껴지는 감동이 분위기를 물씬 타고 흐르기 때문일 것이다. 그러니 어지간해선 울지 않는 자신이 이렇게 눈물을 툭툭 흘리는 것일 테지. 숨을 참았다. 울지 않으려 목에 힘을 잔뜩 주었는데, 눈치 없는 눈물은 쉬지 않고 쏟아져 내렸다.

"이거 그냥 주는 거 아닌데."

입술을 얇게 말아 올린 한결이 다시금 새벽의 손을 꽉 붙잡았다. 이윽고 방금 전보다 조금 더 애절한 목소리가 이어졌다.

"나를 정말로 사랑하게 됐을 때, 누나와 내가 정략결혼으로 이어진 부부가 아니라 마음과 마음으로 이어진 부부가 되었을 때……."

잠시 말을 잇지 못하던 한결이 천천히 숨을 들이마시고 내뱉었다. 그 찰나의 정적이 왜 이리도 길게 느껴진 걸까.

"그때 입어 줘요. 그리고 그때, 우리 둘이 진짜 결혼식을 올려요. ST그룹의 차남과 BN그룹의 외동딸이 아니라, 김한결과 한새벽의 결혼식. 우리 둘 만의 결혼식이요."

결국, 참으려 했던 눈물이 왈칵 터지고야 말았다. 결혼이 정해졌을 때부터 지금까지 내내 마음에 숨겨온 작은 덩어리였다. 사랑이 아닌 비즈니스로 이어져 나가야 할 결혼생활이 까마득했던 것도 사실이었다. 하지만 그 모든 것을 한결에게 털어 놓지는 못했다. 그럴 사이가 아니라 생각했던 게 가장 컸다. 그 역시 저를 비즈니스로 본다면, 제 속마음을 들키지 않는 것도 저에겐 비즈니스의 연장선이라 생각했기에.

"이건 누가 원해서, 누가 시켜서 말하는 거 아니에요."

언제부터 눈치채고 있었는지 생각하던 그때, 한결의 목소리가 새벽의 머리를 일깨웠다.

"내가 그러고 싶어서야."

순간 온 세상이 정지하는 듯 움직임을 멈추었다. 위태롭게 떨고 있던 티라이트의 불꽃마저도 멈춘 채, 그들의 이야기에 귀를 기울인다.

"표면상 남편이 아니라, 진짜 남편이 되고 싶어. 필요에 의한 마음이 아니라, 진실로 이루어진 마음을 받고 싶어."

한결의 손에 힘이 들어가는 게 느껴졌다. 더불어 한마디 말에 담긴 진심마저도 파도처럼 밀려와 그녀의 마음에서 철썩였다.

"그러니까 꼭……."

한결은 말을 끝까지 이어 갈 수 없었다. 이유인즉, 제 입술에 살포시 포개어진 새벽의 입술 때문이었다. 처음엔 조심스럽고 부드러운가 싶었는데, 이어지는 건 평소보다 더 짙은 입맞춤이었다. 밀고 들어오는 혓바닥이 평소보다 도드라진 움직임을 보여주었다. 입 안을 잔뜩 헤집고 돌아다니다 이내 입천장을 끊임없이 두드렸다. 서툰 입맞춤이었지만, 그 나름대로도 한결의 마음에 불을 지피기엔 충분했다. 그 역시 새벽의 입맞춤에 화답하기 위해 그녀의 허리를 꽉 끌어안았다. 제 목을 끌어안는 새벽의 앙상한 팔의 느낌이 퍽 마음에 들었다. 그렇게 두 사람은 꽤 오랜 시간 입술을 맞대고 있었다. 엉키는 혓바닥에서 느껴지는 온기와 그 속에 녹아든 마음이 서로에게 녹아드는 것도 모른 채. 가까스로 얼굴을 뗐을 때, 새벽이 부끄러운 듯 미소를 그렸다. 평소와는 아주 다른, 단 한 번도 한결에게 보여주지 않았던 '여자'의 미소였다.

"노력할게. 그 결혼식…… 꼭 하자. 우리."

예쁘기 그지없는 한 마디에, 사랑스러운 표정에 한결의 심장이 요동을 치기 시작했다. 뜨겁게 달아오르는 건 이미 심장뿐만이 아니었다. 온몸이 활활 타오르는 기분이었다. 발끝부터 느껴지는 전율에 손끝이 따끔거렸다.

"정말이에요?"

"이런 걸로 거짓말하면 나쁜 거 아니야?"

새벽의 화답에 한결은 참을 수 없다는 듯 낮는 소리를 냈다. 예쁘다. 흔쾌히 그렇게 하자 말을 하는 것도, 새초롬하게 웃는 모습도. 더불어 먼저 입술을 들이대는 보기 드문 당돌함까지도. 새벽의 작은 행동 하나하나가 한결의 마음에 불을 지피고 말았다.

"나 큰일 났다."

"왜?"

"오늘 못 재울 것 같아서."

이윽고 제 허리를 잡아 당긴 채 꽉 끌어안는 그의 행동에 새벽이 화들짝 놀랐다. 아랫배 쪽으로 느껴지는 단단한 그 무언가의 감촉 때문이었다.

"내일 회사 가야지."

참 되도 않는 말이라는 건 스스로도 잘 알고 있었다. 언제 한결이 다음날 출근한다고 그 밤을 어물쩍 보낸 적이 있던가. 단 한 번도 없었다.

"내일 주말이에요."

더더군다나 내일은 주말이다. 그래서 바람이나 쐬러 갈까, 그렇게 말하려던 참이 아니었던가. 바보 같았다. 설렘에 잔뜩 들떠선, 조금의 냉정도 되찾지 못하는 바보.

"그. 그랬지 참."

"나 지금 허락 맡는 거 아니에요."

이윽고 그의 손이 새벽의 허리를 더욱 세게 끌어안았다. 그 악력에 온몸이 빳빳하게 굳어지는 기분이었다.

"그렇게 하겠다고 통보하는 거지."

누군가 목을 꽉 막고 있는 것처럼 아무런 말이 나오지 않았다. 물론 말이 나온다 해서 한결을 밀어낼 생각은 없었다. 그저 조금 진정하라, 그 말을 하고 싶었을 뿐이다. 하지만 결국 아무런 말이 나오지 않는 건 같다. 그저 고개를 끄덕이며 화답을 할 뿐이었지만, 평소와 다른 게 있었다.

'재우지 못할 것 같아서.' 라는 말에 가슴이 두근거린다거나, 저를 안고 싶어 안달이 난 그 눈빛에 머리가 아찔해진다거나 하는 것들. 절로 마른 침이 꼴깍 삼켜지는 그러한 순간들이 찾아왔다. 예전에는 그저 어린아이의 투정 같았는데. 그와 함께하는 밤이 다가오노라면, 설레는 감정이 찾아왔으면 좋겠다며 빌 정도로 말이다. 그래서 조금 더 긴장이 되는 것일지도 모른다. 그와 함께하는 오늘 밤이, 그 순간을 맞이하기 직전의 이 상황이.

"먼저 씻고 와요. 기다릴게."

＊

새벽이 바깥의 욕실에서 샤워를 하는 동안, 한결은 방 안에 딸린 자그마한 욕실을 이용했다. 마침맞게 그녀가 방에 들어왔을 땐, 한결 역시도 막 샤워를 마치고 나온 뒤였다. 방 안의 밝기는 적당했다. 그다지 어두운 것도, 밝은 것도 아닌 적당한 온도 차가 두 사람의 눈을 자극했다. 물론 자극이 되었다 해서 재빠르게 입술을 마주하고 두 팔로 서로를 끌어안았던 것은 아니었다. 눈빛을 교환하던 두 사람은 천천히 침대에 몸을 앉혔다. 나란히 앉은 그들이 쭈뼛거리던 그 즈음, 손가락이 맞닿았다.

그와 동시에 두 사람은 묘한 전율을 느꼈다. 발끝부터 머리끝까지. 그리고 다시 머리끝부터 발톱의 끝까지 오르고 내리는 자잘한 전율에 새벽이 숨을 크게 들이마셨다. 다시금 숨을 탁, 내뱉었을 때는 이미 그녀의 입술에 한결의 입술이 맞닿아 있었다. 두 사람의 말캉한 살덩이는 약속이라도 한 듯 부드럽게 오고 갔다. 뜨거운 숨결이 오고 가며 분위기를 고조시켰다. 유독 길고 단단한 한결의 손가락이 새벽의 목욕 가운을 벗겨 내렸다. 속옷 하나 걸치지 않은 뽀얀 살결이 드러났을 때, 가슴 속 깊은 곳에서 뜨거운 무언가가 울렁이는 게 느껴졌다.

"새벽아."

자신의 이름이 낮게 속삭이는 것이 이토록 벅찬 것이었나 싶었다. 매번 한결이 그렇게 불러주는 걸 알고 있다. 그 목소리에 어떤 감정이 담겨있고, 또 어떤 마음이 스며있는지 모르는 게 아니었다.

하지만, 오늘과 같은 떨림과 벅찬 마음은 단 한 번도 느끼지 못한 것이었다. 여자로서 받아들인 것이 오늘로 처음인 탓일지도 모르지. 이윽고 그의 입술이 목덜미를 천천히 지나쳐 내려갔을 때, 새벽은 제 잇새에서 새어 나오는 신음 소리에 깜짝 놀라고 말았다. 평소보다 더 높고, 떨리는 음색이었다. 하지만 정신을 차릴 새도 없었다. 제 온몸을 탐하는 그의 입술 때문에, 뜨겁다 못해 온몸이 녹아내릴 것 같은 숨결의 온도 때문에. 침대 위에서, 그는 한 마리의 짐승처럼 새벽을 탐하고 또 탐했다. 그녀의 목에서 터져 나오는 신음 소리가 점점 더 격해질 때 즈음, 곧은 손가락이 아래쪽으로 비집고 들어갔다.

"새벽아, 다리."

그 말이 왜 이렇게 아찔하게 느껴졌을까. 이어서 그녀에게 다가온 건 온몸을 관통하는 쾌락과 머리를 아찔하게 만드는 그의 숨소리였다. 평소보다 더욱 거칠어진 그의 숨에서 흥분이 느껴졌다. 얼마나 달아올랐는지 단박에 알 수 있을 법한 숨소리. 부드럽던 움직임도 어느새 거칠게 변하고 있었다. 하지만 새벽은 아프다거나, 그 움직임이 불편하다는 생각을 하지 못했다.

"하, 한결. 한결아. 아, 아흐. 흑!"

되레 흐느끼는 소리까지 흘러가며 그에게 온몸을 맡길 뿐. 목을 와락 끌어안은 그녀가 두 눈을 질끈 내리감았다. 입술을 꽉 누르고 있었지만 신음 소리는 어김없이 흘러나왔다. 허벅지로 단단함이 느껴짐과 동시에 그 아찔함은 배가되었다. 질척이는 소리가 짙어질 때마다 자신의 안을 드나드는 한결의 움직임이 더욱 부드러워졌다는 걸 느낄 수 있었다. 결국, 참다 못 한 새벽이 처음으로 그에게 매달렸다. 흐느끼는 목소리에 애절함이 그의 자제력에 얼마나 큰 타격을 주었는지 알지도 못한 채.

"나 이제……."

그녀의 한 마디에 숨을 크게 들이마신 한결이 바로 그녀의 몸 위로 올라탔다. 나란히 누워 열기를 고조시키던 남녀가 위아래로 방향이 바뀐 순간, 공기의 온도 차가 더욱 뜨거워지는 것은 당연한 일이었다. 한결은 아무런 말없이 그녀를 내려다보았다. 갸름한 볼을 어루만지며 머리를 넘겨주던 그가 입술을 말아 올리며 미소를 그렸다.

"예쁘다. 예뻐요, 누나."

눈이 반쯤 풀린 새벽이 몇 번인가 눈꺼풀을 깜빡였다. 하지만 그 것도 아주 잠시. 결국 다시금 눈을 질끈 내리감은 채 짙은 숨소리만을 내뱉었다. 새벽이 숨을 고르게 쉬기라도 하면 한결의 손은 더욱 빠르게 움직였다. 봉긋한 가슴에서 머무르는 수준이었지만, 어쩐지 손아귀가 뻐근하게 느껴졌다.

"새벽아."

달아오를 대로 달아오른 목소리로 제 이름을 부르는 것만큼 위험한 게 또 어디 있을까. 더더군다나 풀려버린 눈과 흥분에 겨운 눈빛으로 저를 쳐다보는 게 곁들여진 상태라면 말이다. 평소 같았다면 눈을 질끈 감아 이겨냈을 테지만, 어쩐지 오늘만큼은 눈을 감지 못했다. 저 아래에서부터 묵직하게 밀려 올라오는 쾌감이 그녀를 이도 저도 하지 못하게 만들었다. 입술을 꼭 깃씹으며 정신을 차리려 해 보았지만, 크게 도움이 되지 않았다. 오늘이 무슨 날인지, 어떤 선물을 받았는지조차 희미해질 지경이었다.

머릿속으로 가득 채워지는 건 한결의 뜨거운 숨결과 색정적인 그의 신음 소리가 전부였다. 뜨거운 무언가 가슴으로 치고 올라오다 다시금 내려갔다. 그것을 조절하는 건 한결의 움직임이었고, 그의 입술이었다. 새벽에게 붙어 떨어지지 않다가, 그녀가 조금만 격하게 반응을 보이면 기다렸다는 듯 떨어졌다. 그럴 때마다, 새벽은 손을 뻗어 그의 목을 잡아당겼다.

"시. 싫어."

상기 된 목소리는 한결을 다시금 불러들이는 계기가 되었다. 다시금 하나가 되고 나면, 새벽의 잇새에선 우는 소리가 새어 나왔다. 평소의 새벽이라면 결코 상상조차 하지 못 한 일이었다. 그가 주는 쾌락만으로 머리가 꽉 찬 밤이라니. 분명 잠에서 깨고 나면 부끄러워 얼굴조차 마주하지 못할 테지만, 오늘은 괜찮을 것 같았다.

아니, 오늘은 괜찮다. 오늘 하루는. 그렇기에 그녀는 더욱더 격정적으로 그를 받아들였다. 매트를 덮고 있던 시트가 다 빠져나와 엉망이 되는 것도 모른 채, 몇 번이나 그의 품에 안겨 절정에 다다랐다. 물론 그녀에 못지않게 한결 역시도 욕구가 충만했다. 몇 번이나 그녀를 안고, 탐했다. 온몸이 불어 버리는 게 아닐까 싶을 정도로 키스를 퍼부었다. 방 안의 열기가 식을 리 만무했다. 끝을 알리는 거친 탄식 소리만 세 번이나 들렸다. 그렇게 서로를 애타게 원하던 밤이 지났다.

처음으로 한결의 앞에서 여자가 된 새벽과, 그런 새벽을 맘껏 품에 안았던 한결은 손을 꼭 잡은 채 깊은 잠에 빠질 수 있었다. 푸르스름한 하늘이 점차 밀고 올라오던, 그녀의 이름과 같은 시간이었다.

늑대를 노리는 여우

　그 날 이후, 두 사람은 그전보다 더욱 돈독한 부부 사이가 되었다. 누가 보아도 '부부'라 말을 할 수 있는, 눈에서 묘한 전류가 흐르고 달달함이 폴폴 풍기는 그런 부부.

　-뭐야, 한새벽 너 이상해. 요즘 되게 좋아 보인다?

　오랜만에 전화 통화를 한 유미조차도 새벽의 변화를 눈치챘다. 그에 그녀는 아무런 대답을 하지 않았다. 그저 희미하게 웃어주며 아니라 둘러댈 뿐. 새벽이 한결의 회사에 몰래 찾아가 함께 집에 돌아오는 일도 잦아졌다. 그녀의 생일을 기점으로 모든 것이 변하고 있었다. 비즈니스라 입버릇처럼 달고 다니던 한결의 그 말도 어느새 뚝 끊겨 들리지 않게 되었다.

　어느 때와 마찬가지로 주말은 무얼 할까, 새벽과 메시지를 주고받던 퇴근 시간 그즈음이었다. 이미 준비까지 모두 마쳐 놓은 한결은 여유로운 마음으로 핸드폰을 두드리고 있었다. 애초에 해야 할 일은 모두 끝내 놓아 가능한 일이었겠지만.

　-피곤하면 집에서 쉬어도 돼. 나 괜찮아.

표정과 말투가 머리에서 그려졌다. 정말 괜찮으니 그렇다 하는 것이겠지만 한결이 영 편하지 않았다. 결혼을 한 뒤로 단둘이 바람을 쐬러 간 적이 없었으니. 가까운 교외라도 나가야 할까 생각을 하던 그 찰나였다.

"한결 씨, 안 가?"

벌써 퇴근 시간이 다 된 건가 싶었다. 깜짝 놀라 고개를 들어 올리니, 무더기로 몰려온 사원들이 그를 내려다보며 싱글벙글 웃음을 그리고 있었다.

"네? 아, 벌써 퇴근인가요?"

"뭐야. 오늘 회의 제대로 안 들었구나?"

"회식이잖아. 회식."

"네? 회식이요?"

순간, 머리를 돌로 얻어맞은 기분이었다. 오늘은 집에 일찍 돌아갈 심산이었다. 급하게라도 짐을 싸서 교외에 있는 누나의 별장을 빌리려 했다. 새벽과 한가로이 주말을 보내고 싶었는데.

"그래. 이번 프로젝트 꽤 힘들 거라니까, 본부장님이 쏘신다고 했어. 이런 기회가 어디 흔해?"

"본부장님 새로 오시고 나서 제대로 된 회식 한 번 없었잖아. 이 기회에 좀 얻어먹자고. 응?"

"아…… 그게……."

곤란한 듯 얼굴을 긁적이던 한결의 모습에 유독 뭉치는 자리를 좋아하는 정철이 미간을 좁혔다.

"뭐야, 한결 씨 이번에도 빠지는 거야? 본부장님 새로 오시고 나서 한 번도 우리랑 뭉친 적 없는 거 알지?"

서운한 목소리였다. 옆 사원들도 정철처럼 티를 내지 않았지만 내심 서운한 모양이었다. 굳어지는 얼굴에 그런 기색이 역력했다.

"아니 그게……."

무어라 둘러대야 할까, 고민거리를 한창 찾고 있던 그즈음이었다.

"놔 두세요."

묘하게 그의 신경을 긁는 목소리가 들렸다. 고개를 돌려 보니, 그곳에는 호재가 서 있었다. 도톰한 옷자락을 팔에 걸친 그의 시선이 생각보다 따가웠다.

"싫은 사람은 군이 데려가지 않을 겁니다."

"하지만 본부장님."

"분위기가 괜찮은 술집이 있다기에, 저녁시간을 통째로 빌려 놓았습니다. 다 같이 이동해야 하니, 빨리 나가죠."

정철의 아쉬운 목소리에도 호재는 눈 하나 깜짝하지 않았다. 그저 손목의 시계를 고쳐 매며 한결을 다시 한 번 힐끗 쳐다볼 뿐.

"안 갑니까?"

그러다 세 명의 사원들에게 시선을 돌렸다. 그의 날카로운 질문은 세 남자의 입을 꾹 다물게 만들었다. 결국, 그들은 한결을 더 부추기지 못하고 걸음을 옮겨야 했다. 그들이 사무실을 빠져나갔을 때, 호재와 한결은 약속이라도 한 듯 눈을 마주했다. 아니, 애초에 노려보고 있던 눈빛의 열기가 가시지 않은 걸 테지.

"감싸주신 겁니까, 피하게 배려해 주신 겁니까?"

"누가요, 제가요? 김한결 씨를?"

하하, 영혼이 담기지 않았던 호재의 웃음소리에 한결의 눈썹이 움찔거렸다. 아무리 생각해도 마음에 들지 않는 남자다. 사사건건 저를 미워하는 게 확연하게 드러나 도통 정을 줄 수가 없다. 애초에 붙일 정조차 없었지만.

"그저 다뤄야 할 때를 모르는 도련님에게 기회조차 주고 싶지 않은 것뿐인데요."

"뭐라고요?"

"사람은 어우러져야 할 때가 있는 법입니다. 그때 얻은 신임은 그 어느 때보다도 더 만족스러운 결과를 뽑아내는 데 훌륭한 밑거름이 되고요. 한데 김한결 씨는……."

이윽고 호재의 시선이 한결을 위아래로 훑어 내렸다. 퍽 탐탁지 않다는 눈빛이었다.

"아직 도련님 티를 못 벗은 것 같군요."

"지금 말 다 하셨습니까?"

"아니요. 다 하려면 멀었습니다. 하지만 오늘은 여기에서 그쳐야 할 것 같네요. 애초에 팀원들에게 먼저 제안을 한 건 저였고, 회의 시간에 집중조차 하지 않았던 건 김한결 씨였으니."

묘하게 반박할 수 없는 말이었다. 결국엔 저는 어우러지는 때를 제대로 잡지도 못하는 도련님에, 회의시간에 제대로 듣지도 않은 불성실한 사원이란 말이 아니던가. 전자는 몰라도 후자는 반박할 수 없었다. 순간 새벽과의 일을 생각하느라 정신을 빼놓은 건 사실이었으니.

"그럼 내일 보죠."

한 마디만을 남겨 놓은 채 돌아서는 호재의 모습에 어쩐지 지는 느낌이 들었다. 묘한 패배감이 밀려옴에 한결이 책상을 쾅! 내리치며 몸을 일으켰다.

"같이 가겠습니다."

그의 목소리에 걸음을 우뚝 멈춘 호재가 천천히 뒤를 돌았다. 웬일로? 표정으로 묻고 있어, 입술은 움직이지 않았다.

"저도 참석하겠습니다. 그 회식."

"도련님은 아니라, 이겁니까?"

다시 한 번 신경을 살살 긁는 호재의 목소리에 한결이 입술을 꽉 짓눌렀다. 겉옷과 가방을 챙겨 들어 그의 앞으로 다가가며 숨을 크게 들이마셨다.

"깨 볶는 신혼을 맞이함과 동시에 도련님은 벗어났죠."

한 마디를 툭 내뱉은 한결이 한쪽 입술을 말아 올렸다.

"요즘 신혼 재미에 폭 빠져 있었는데, 오늘은 오랜만에 회식 한 번 즐겨 보겠습니다. 본부장님."

일부러 뱉은 말이었다. 신혼이라는 말을 두 번이나 사용한 것도, 자신과 새벽이 매우 좋은 때라는 걸 강조한 것도. 더불어 호재의 대답은 듣지 않은 채 걸음을 옮겼다. 최대한 여유롭게 행동했다. 물론 여유가 없을 이유는 없다. 어차피 새벽에게 있어 그는 지난 시절의 선배, 정도라는 걸 알고 있었으니. 그렇게 한결이 제 곁을 지났을 때, 호재가 헛웃음을 뱉었다.

"신혼 재미라. 신혼."

왜 이리도 입안이 쓸쓸한지 알 수 없었다. 최대한 표정관리를 하며 맨손으로 얼굴을 비벼댔지만, 가슴이 꽉 막히는 건 어쩔 도리가 없다. 연거푸 한숨이 쏟아지던 순간이었다. 멀리 떨어지지 않은 곳에서 예나가 흥미롭게 쳐다보고 있음은 결코 알지 못한 채.

그들의 회식장소는 회사 근처에 위치한 근사한 바였다. 2층에는 전망이 좋은 야외석이 있었고, 1층에는 그들이 단체로 앉기 좋게 만든 기다란 테이블이 있었다. 회식의 분위기는 생각보다 더 뜨겁게 달아올랐다. 처음에는 긴 테이블에 앉아 술잔을 주고받으며 분위기를 달궜다. 몇 여사원들과 남사원들은 평소 호감이 있던 상대의 옆에 앉아 술잔을 채웠다. 술이 약하니 먹지 말라 한 여사원을 감싸는 남사원도 있었고, 그런 남사원에게 부러 술을 먹이는 사람도 있었다.

그러한 와중에 예나는 이상하리만치 눈에 띄지 않았다. 호재의 바로 옆에 앉아 술을 대작하는 한결에게서 가장 멀리 떨어져 앉아 있었다. 다른 사원들과 술잔을 마주하며 그에게는 가까이 갈 생각 조차 하지 않는 듯 보였다. 물론 시선은 계속해서 두 사람을 향해 있었지만.

그렇게 1차적인 술자리가 끝나고, 돌아갈 사람은 술집을 벗어났다. 예나를 비롯해 마음이 맞는 사람은 2층의 야외석으로 자리를 옮겼지만, 호재와 한결은 여전히 1층에 머물러 있었다. 둘만이 남은 자리는 정적만이 가득했다. 술을 따르는 소리, 얼음이 달그락거리는 소리. 자잘한 소음만 이어지던 그 찰나, 먼저 입을 뗀 건 조금 술에 취한 듯한 호재였다.

"너…… 진짜 마음에 안 들어."

툭 내뱉은 그의 말에 한결이 미간을 좁혔다.

"저 말하는 겁니까?"

술이 센 편이라 생각했는데, 말이 없이 먹다 보니 한결 역시도 술에 취한 모양이었다.

"저도 그쪽 맘에 안 듭니다."

생각보다 직설적인 답이 나왔다. 제 상황을 생각하면 이런 말은 안 되는 건데, 머리는 알고 있지만 막상 몸은 제 말을 듣지 않는다.

"잘됐네."

호재의 대답에 한결이 힘 빠진 웃음을 뱉었다. 천천히 숨을 들이 마시다 내뱉기를 몇 번. 또다시 정적이 찾아올 찰나, 호재의 목소리가 그의 귓가를 자극했다.

"근데…… 김한결 씨 당신이 왜 이렇게 부럽지."

후, 깊은 한숨 소리가 이어졌다. 텅 비어버린 잔에 술을 채워 넣은 호재가 다시금 입안으로 그것을 톡 털어 넣었다.

"왜요, 돈 많은 집에 태어나서요?"

한결의 질문에 호재가 얼굴을 도리도리 저어 댔다.

"그럼, 어차피 정해진 자리가 기다리고 있어서?"

또 한 번, 좌우로 고갯짓을 하던 그의 모습에 한결이 미간을 좁혔다.

"설마 새벽이 때문입니까?"

대답은 없었다. 하지만 그 긴 침묵이 호재의 대답을 대신하고 있었기에, 한결의 표정이 잔뜩 일그러진 건 당연한 일이었다. 그의 손아귀에 힘이 보태졌던 그 찰나, 호재가 피식 웃음을 던졌다.

"신입생이었던 그때부터…… 내가 유학을 가던 그 순간까지…… 한 번도, 마음이 변한적 없었습니다."

"근데 왜 고백 한 번 못 했습니까?"

조금 한심하다고 생각했다. 그렇게 좋아했다면 말이라도 한 번 해 볼 것이지. 애초에 이루기 위해 노력 한 번 하지 않아 놓고, 부럽다 하소연을 하고 있다니. 호재가 제아무리 무슨 사업을 이루어 놓았다 해도, 무엇 하나 부럽지 않았다. 결국 좋아하는 여자의 마음조차 제대로 잡지 못한, 제 마음 한 번 표현하지 못한 겁쟁이가 아닌가.

"내가…… 내가 너무 초라해서."

"초라해요?"

한결의 대답 아닌 대답에 호재가 다시 한 번 술을 입으로 털어 넣었다. 피식피식 웃는 모습이 술기운이 더욱 올라오는 듯했다.

"가진 것 하나 없는 내가…… 그 마음을 고백한다 해서 평범하게 만남을 이어 갈 수 있었을 것 같습니까?"

반박을 할 수 없었다. 새벽이 어떤 연애를 했고, 어떤 남자를 만났는지 잘 알고 있다. 그리고 그 끝의 이유는 항상 확연하게 벌어지는 집안의 차이였다. 그리고 그 사이에는 항상 그녀의 부친이 있었다. 어쩌면 예견된 일이었을 것이다. BN그룹의 외동딸인 그녀가 걸을 수 있는 길은, 그룹의 보탬이 되는 길 단 하나뿐이었을 테니. 그래서 저와의 결혼이 그토록 순식간에 이루어졌겠지.

"없죠. 이루어질 수 없죠……. 그럴 바에야, 내보이지 않는 편이 낫다고 생각했습니다. 좋은 오빠……. 그래, 좋은 오빠면 될 거라고."

괜히 입 안이 씁쓸해졌다. 차마 뱉을 수 없는 속마음을 몇 번인가 되새김질하며 술을 넘겼다. 본래의 저라면 이런 신파, 속풀이는 좋아하지 않을 텐데. 어쩐지 오늘은 그만하라 저지하고 싶지 않았다. 조금, 아주 조금은 이해가 될 법도 했다.

"그래도, 아주 혹시나 하는 마음에…… 죽기 살기로 살았습니다. 있는 힘을 다해 여기까지 왔어요. 가진 게 없었지만, 손에 무어라도 쥐기 위해 미친 듯이 올라왔어. 근데!"

격양된 그의 목소리에 한결이 고개를 돌렸다. 서슬 퍼런 그의 눈빛과 마주한 것도 잠시. 날카롭게 빛나던 그의 눈빛이 순식간에 힘이 풀려 버렸다. 그렁그렁한 물기가 맺히는 것 같았지만, 금세 고개를 돌려버린 탓에 자세히 알아볼 수 없었다.

"제가 옆에 있었습니까?"

한결의 대답에도 호재는 아무런 말이 없었다. 그저 깊은 한숨을 몇 번이나 들이마시고 내뱉기를 반복할 뿐. 그렇게 묵직한 정적이 흘렀다. 술잔에 술을 가득 채우고, 목으로 넘기는 것 역시도 몇 번이나 반복되었다. 술병의 반이 빠르게 비워졌을 때, 호재가 다시금 먼저 입술을 열었다.

"그 옆자리는 내 것이 될 수 없다…… 그렇게 말을 하는 것 같았습니다."

허탈한 웃음소리가 이어졌다. 입안이 씁쓸한 이유는 이 때문이었을까. 자신은 결코 알지 못할 그의 허탈감 때문에.

"그래서 당신이 마음에 들지 않습니다."

다시 한 번 들려오는 그 말에 저 역시도 그렇다 말을 해야 하는데, 어쩐지 입이 떨어지지 않았다. 아니, 이번엔 그런 마음이 조금 사그라졌다. 저 역시 그렇다는 말이 나오지 않을 정도로.

"내가 가질 수 없는 것들을…… 모두 다 갖고도, 또다시 가져버린 당신이…… 너무 싫습니다."

이어서 호재의 잇새에서 거친 탄식이 새어 나왔지만, 그는 술을 마시는 걸 멈추지 않았다. 목이 타들어 가는 느낌에도 불구하고 쉬지 않고 술을 입 안으로 털어 넣었다. 그런 호재를 바라보던 한결이 한숨을 푹 내뱉었다. 이내 주머니를 울리는 진동에 핸드폰을 꺼냈다.

[술 많이 마시지 말구. 혹여 많이 마시게 되더라도, 집에는 조심히 들어와요. 안자고 기다릴게.]

마른 침을 꿀꺽 삼켰다. 행복한데, 이토록 행복한데 왜 이렇게 마음이 무거운지 알 수 없었다. 물론 새벽과 이런 관계가 되기까지는 꽤 많은 일들이 있었지만, 어쨌든 그녀와 결혼을 하게 된 것은 오롯이 집안의 힘이 아니던가. 싫어하는 것이 당연하다. 입장이 바뀌었어도, 저 역시 그를 싫어했겠지.

"이해합니다."

탄식이 새어 나왔다. 핸드폰을 주머니에 집어넣는 그의 미간이 구슬프게 구겨져 있었다.

"나 같아도 그랬을 테니까……."

중얼거리던 한결 역시도 계속해서 술잔을 채웠고, 입으로 털어 넣었다. 조금만 마시라 말하는 새벽의 목소리가 귓전에 어른거렸지만, 어쩐지 멈출 수 없었다. 두 사람의 사이로 정적이 낮게 흘러갔다. 술잔의 안에서 술이 찰랑거리는 소리, 잔을 맞부딪치는 소리가 몇 번인가 이어졌지만 정적이 가실리 만무했다. 부드럽게 바뀌어 흘러나오는 재즈 연주가 아니었다면, 그 텅 비어버린 정적은 언제까지고 계속되었을 것이다. 절묘하게 꺾이는 재즈의 음색 속에서, 두 사람을 쳐다보는 눈동자가 있었다. 웃음을 그릴 듯 말 듯 애매한 표정으로 한결과 호재를 번갈아 쳐다보던 건, 2층으로 올라갔다 생각했던 예나였다.

"그랬단 말이지?"

그들의 테이블 근처에 자리 잡은 채 꼿꼿이 서 있던 예나가 입술을 동그랗게 말아 올렸다. 갈 때가 되지 않았냐는 이야기가 나와 자신이 상황을 보고 오겠다며 내려온 지 꽤 오래였다. 누군가 어디까지 들었냐 묻는다면 당당하게 대답할 수 있었다. 맨 처음 호재가 한결이 마음에 들지 않는다던 그때부터 듣고 있었노라고.

"재밌겠네."

툭 터져 나온 목소리가 제법 들떠 보였다. 말을 움직일만한 구실이 생겼으니, 이제 작은 바람만 몰고 오면 될 것이다. 흐응, 콧소리를 내던 그녀가 검지와 엄지의 손톱을 톡톡 맞부딪쳤다. 그러던 그때, 2층에서 누군가 내려오는 소리가 들려 자기도 모르게 걸음을 옮기고 말았다. 전혀 생각지 않던 행동이었다.

"본부장님, 한결 씨. 일어나 봐요. 많이 취했어요?"

한층 높아진 톤으로 두 사람을 부르던 예나의 목소리가 바 안을 가득 울렸다. 2층에서 내려온 사원들의 걸음 소리가 뚝 멈추고, 시선마저도 그곳에 다다른 것이 확인되었을 때. 예나가 뒤를 돌아 어깨를 으쓱거렸다. 어쩔 수 없다는 듯 혀를 샐쭉 내미는 것 역시 잊지 않고.

"두 분이 많이 취하셨나 봐요. 일어나지를 않으세요."

"아, 그래? 그럼 예나 씨 먼저 들어가 봐. 우리가 두 분 댁에 모셔다드릴게."

"아⋯⋯."

그렇게 해 달라 말을 하려던 찰나, 머릿속으로 무언가 번뜩이며 지나갔다.

"예나 씨?"

"아니에요. 제가 모셔다드릴게요. 한결 씨 집 어딘지 알아요."

"그럼 본부장님은?"

"본부장님은 한결 씨 댁에 같이 모셔다드려야죠. 어쩔 수 있나요. 마침 제가 가는 방향이랑 같으니, 택시 타면 될 것 같아요."

그렇죠? 다시 한 번 되묻는 예나의 물음에 세 남자가 서로 시선을 마주하며 의사를 물었다. 어떻게 할 것이냐는 물음은 없었지만, 이미 눈빛으로 오가고 있음을 예나는 알 수 있었다. 몇 분인가 짧은 시간이 지나고, 천천히 숨을 들이마시던 그녀가 다시금 입술을 달싹였다.

"한결 씨랑 친한 분들은 다 먼저 갔는데, 자진해서 데려다주기 조금 어색하지 않으세요? 괜찮으니까 2차라도 가세요. 저 사실 집에 가고 싶었거든요. 어차피 제가 맨 마지막에 내리니까, 너무 걱정 안 하셔도 돼요."

"그래도 무슨 일이라도 있으면⋯⋯."

"무슨 일이 있었다면, 진작에라도 있었겠죠?"

결국 예나의 마지막 한 마디에 세 남자는 고개를 끄덕일 수밖에 없었다. 그래, 그렇게 해. 조심히 가. 흔하디흔한 말들을 툭툭 내뱉던 그들이 하나 둘 술집을 빠져나갔을 때, 예나가 희미한 미소를 그렸다.

"잘 모셔다드리죠. 오늘은 그 어떤 짓도 하면 안 되거든요. 적어도 오늘은요."

*

[오늘은 조금 많이 마실 것 같아요. 기다리지 말고 먼저 자요.]

한결의 메시지가 도착한 지도 두 시간이 지났다. 평소 같았다면 많이 마셔도 오타가 남발하는 메시지를 보낸다거나, 대리기사 혹은 같은 직원이 전화를 해 곧 도착한다는 소식을 알려 올 터였다. 그게 한결의 방식이었고, 한결의 습관이었다. 그 당연했던 일들이 사라진 지금, 새벽은 왠지 모를 불안감에 애꿎은 손톱만 몇 번이나 톡톡 깨물었다. 사용인들은 모두 퇴근을 시킨 뒤였다. 텅 비어버린 집이 이토록 쓸쓸했던가. 애초에 맨 처음 이 집에 왔을 때에는 그런 생각도 하지 못했었는데.

"왜 이렇게 안 오지?"

쓸쓸함이 지나치면 과한 걱정이 밀려온다. 결국 참지 못한 채 핸드폰 화면을 켰던 새벽이 한결에게 전화를 걸어 보려던 그 찰나였다. 명쾌한 초인종 소리가 두 번이나 연속으로 들렸다. 그 소리에 온몸이 반가워 화들짝 놀란 것은 처음이었다. 눈에 띌 정도로 어깨를 움찔거리던 새벽은 현관문을 쳐다보며 해사한 미소를 그렸다. 한결이 왔다는 생각에 걸음마저 가벼워진 기분이었다.

"네, 나가요!"

평소보다 더 잰걸음으로 현관을 향했다. 대문의 문을 열어 주는 버튼을 누르고, 신발을 아무렇게나 구겨 신은 채 문을 열었을 때. 새벽은 온몸에 힘이 한 번에 빠져나가는 것을 느껴야 했다.

"안녕하세요?"

문 앞에 서 있는 건, 언젠가 본 적이 있는 낯선 여자였다. 택시의 문을 열고 내린 걸 보니 그 안에 누군가 있는 듯했다.

"한결 씨 직장 동료, 성예나라고 해요."

얼굴은 웃고 있었는데, 왜 이리도 달갑지 않은 걸까. 그 미소가 저에게 있어 호의만은 아닐 것이라 생각했다. 그렇게 느껴졌다.

"너무 늦은 시간에 찾아와서 죄송해요. 그런데 한결 씨가……."

이윽고 예나가 곤란한 듯 뒷좌석으로 시선을 옮겼다. 축 늘어진 눈꼬리가 무언가 고민하고 있는 듯 보여 새벽은 문고리를 꽉 잡은 채 한 발자국 앞으로 다가갔다.

"많이 취해서 움직일 수 없는데, 부축 좀 부탁드려도 될까요?"

왜 그런 한결을 당신이 데려왔느냐 묻고 싶었지만 억지로 목 안으로 집어삼켰다. 어쨌든 몸도 못 가눌 만큼 술을 많이 마신 것도, 이 상황을 만든 것도 한결의 실수다. 실수는 실수라 생각하는 게 마음이 편했다. 괜히 이런저런 이야기까지 얽매여가며 상상을 펼치면 속상하고 불안한 건 저 한 사람뿐이라는 걸 너무 잘 알고 있다.

"아, 네. 그럴게요."

해서, 최대한 아무렇지 않은 척 문을 고정시킨 뒤 슬리퍼를 신고 몇 개 되지 않는 계단을 뛰어 내려갔다. 활짝 열린 대문까지 고정시킨 뒤 택시 뒷좌석의 문을 열어젖혔다.

"선배?"

그 앞으로 보이는 건, 술에 잔뜩 절어 잠이 들어 있는 호재였다.

"아, 본부장님도 오늘 하룻밤만 부탁드린다고 한결 씨가 전해 드리라 했어요."

"한결 씨가요?"

"네. 셋이 마지막까지 남았는데, 한결 씨가……."

이윽고 예나가 수줍은 듯 미소를 그리며 잠이 들어 있는 한결을 내려다보았다. 그 시선을 바로 마주했던 새벽은 그저 입술을 꽉 누를 수밖에 없었지만.

"저 대신 너무 많이 마셨지 뭐예요. 제가 술이 좀 약해서요."

순간 울컥하는 마음에 주먹을 꽉 말아 쥐었다. 그 말이 사실이든 아니든 저를 자극하는 건 확실하다. 그리고 저는 그 자극에 쉽게 말려 들어갈 호락호락한 여자는 아니었다.

"마침 본부장님이 대학 선배라고 하시더라고요?"

"그것도 한결 씨가 말해 준 건가요?"

"어머, 이거 비밀이었나요? 어떡해. 저는 한결 씨가 이야기해 주기에, 당연히 말해도 되는 줄 알았죠. 어떡해. 죄송해요."

두 손으로 입을 가리는 그녀의 얼굴을 더 이상 보고 싶지 않아 새벽은 고개를 숙였다. 그리고 차에 잠든 호재와 한결을 번갈아 보다 다시금 예나를 향해 얼굴을 들어 올렸다. 여전히 미안한 듯, 어쩔 줄 모르는 듯 눈을 동그랗게 뜬 채 저를 쳐다보고 있었다. 그리고 그제야 그녀가 누군지 어렴풋이 기억할 수 있었다. 오래전, 한결의 회사에 방향제를 주러 찾아갔을 때 봤던 그 여자였다. 처음으로 제 질투심을 유발했던, 한결의 어깨를 아무렇지 않게 톡톡 두드리고 만지던 여자.

"아니에요. 비밀이랄 것도 없어요. 그냥 과거인데요."

"어머, 과거라고 하니까 되게 이상하네요."

"네?"

"아, 저만 그런가요? 되게 이상했는데."

킥킥, 실소를 터트리는 그 모습이 묘하게 께름칙했다. 더 이상 그녀와 말을 섞고 싶지 않아, 새벽이 운전석을 향해 고개를 돌렸다.

"기사님 죄송하지만 이 두 사람, 집으로 옮기는 것 좀 도와주시면 안 될까요?"

기사는 흔쾌히 그 말에 고개를 끄덕여주었다. 그리고 조금 더 등치가 좋은 호재의 팔을 자신의 어깨에 둘렀다. 거실 소파에 눕혀 달라 말을 한 새벽이 천천히 뒤를 돌았다. 한결을 어떻게든 부축하기 위해 끙끙거리는 예나의 모습을 보며 주먹을 꽉 그러쥐었다.

"한결 씨, 한결 씨이. 일어나요. 응? 집이예요."

무언가 알 수 없는 것들이 마음속에서 펑, 폭발하는 게 느껴졌다. 맨 처음 현관으로 나갈 때 보다 더 빨리 걸음을 옮겨 그녀의 곁에 섰다.

"제가 할게요."

"아, 지금 한결 씨 많이 취해서 안 될 텐데."

"아니요. 제가 할 수 있어요. 제가 와이프인데 당연히 제가 해야죠."

새벽의 단호함에 눌린 건지, 어디 한 번 해 봐라는 마음인 건지. 예나는 꽤 순순히 몸을 일으켰다. 한결은 여전히 좌석에서도 나오지 못한 채 잠에 취해 웅얼거림을 멈추지 않고 있었다. 마음이 터질 것처럼 답답했다. 꽉 막힌 듯 뚫리지 않는 가슴에 힘을 준 새벽이 무릎을 굽혀 그와 시선을 마주했다. 물론 눈꺼풀을 꽉 닫힌 채 열리지도 않았지만.

"한결아."

다정한 목소리였다. 그와 동시에 한결의 눈꺼풀이 파르르 떨렸다. 목소리에 반응이라도 하는 듯, 참 신기한 광경이었다.

"한결 씨, 집이에요. 일어나. 나 한결 씨 엄청 기다렸어. 근데 이렇게 자고만 있을 거예요?"

응? 다시 한 번 되물으며 그의 손을 꽉 잡았을 때, 거짓말처럼 한결의 눈꺼풀이 스르르 올라갔다. 몇 번인가 눈을 꽉 감았다 뜨기를 반복하는 듯하더니, 이내 새벽의 모습에 베시시 웃음을 터트렸다.

아이와 같은 모습이었다.

"아, 새벽아."

그리고 이어지던 건 두 팔을 죽 뻗어 그녀를 폭 안아버리는 행동이었다. 동시에 예나가 입술을 꽉 눌렀다. 자신이 말을 할 땐 꿈쩍도 하지 않더니, 새벽의 목소리로 눈을 떴다. 묘한 패배감이 밀려왔다. 당연한 것이라고는 생각조차 하지 못한 채.

"일어나. 직접 걸어서 침실로 가요. 나 한결 씨 부축하기엔 너무 힘들 것 같아요."

달래는 새벽의 모습에 한결이 고개를 끄덕였다. 그리고 거짓말처럼 좌석에 늘어져 있던 제 가방과 옷가지를 챙겨 천천히 뒷좌석에서 걸어 나왔다. 여전히 술에 절어 제대로 일어나지도, 걷지도 못하는 상황이었지만. 마침 호재를 거실에 눕혀놓고 나오던 아저씨가 없었다면, 새벽은 비틀거리는 한결을 어떻게든 꽉 끌어안은 채 어려운 걸음을 옮겨야 했을 것이다. 한결이 침실에 들어가는 걸 확인한 새벽이 화장대에 올라와 있던 지갑을 집어 들었다.

"기사님, 얼마예요?"

"제가 했어요. 택시비 낼 거 없을 거예요."

새벽이 계산을 하려던 그 찰나, 집으로 들어온 예나가 말간 목소리로 말했다. 그에 새벽의 얼굴이 아주 살짝 구겨졌지만, 예나가 그 사실을 신경 쓸 리 만무했다. 하지만 예나의 얄팍한 도발에 넘어갈 새벽이 아니었다. 애초에 그런 도발이나 질투 같은 건 새벽에게 시시한 장난이나 마찬가지였다. 이미 예나가 깔아놓은 판 위에서 자신은 승자라는 걸 알고 있기 때문에.

"그냥 받으세요. 제 마음이 안 좋아서 그래요."

"아니요. 괜찮아요. 어차피 한결 씨가 택시비 내라고 준 건데요, 뭘."

잘 이겨내고 있다고, 크게 반응하지 말자고 생각하던 새벽의 목

끝이 따끔거렸다. 미간이 절로 찌푸려질 뻔했지만 꾹꾹 눌러 참으며 애써 평정심을 유지했다. 목이 따갑다.

"한결 씨가요?"

"아, 정확히 말하면 외근 나갔을 때 준 거지만요. 나중에 외근 나갈 때 자기가 없으면 택시 타고 다니라고, 비상용으로요."

길게 휘는 눈꼬리가 여우 같다고 생각했다. 전부터 느꼈던 거지만 예나와 저와의 상성은 최악이다. 살살 약을 올리는 말투 하며, 한참 위에서 깔보는 듯한 눈빛 하며. 도저히 예쁘게 봐주려고 해야 봐 줄 수 없었다.

"한결 씨도 참. 외근 나갈 땐 혼자 나가면 좋겠는데 말이에요. 꼭 저랑 같이 다니려고 해서……."

"한결 씨는 외근 혼자 다니는 걸로 알고 있어요. 더더군다나 외근 잡힌 날엔 저랑 밖에서 이른 저녁 먹고 들어오고요."

침착한 반응이 아니었다는 건 저 역시도 잘 알고 있었다. 하지만 지금 그렇게 받아치지 않으면 가슴이 펑 터져 버릴지도 몰랐다. 머리가 뒤죽박죽 엉키기 시작했다. 그런 새벽을 빤히 지켜보던 예나가 한 손으로 입을 가리며 웃음을 터트렸다. 짤막하게 터진 가벼운 웃음이었지만, 그 나름대로 기분이 나쁠 법했다.

"아, 죄송해요. 기분 나쁘시겠다."

목소리에 묻어있는 웃음소리조차 마음에 들지 않았다. 있는 힘껏 지갑을 쥐고 있었지만, 분한 마음은 여전했다.

"설마 외근이 그것뿐이라 생각하는 건 아니겠죠?"

팔짱을 낀 채 묻는 예나의 모습에 새벽은 할 말을 잃고 말았다. 입술만 벙긋거리며 그녀를 쳐다보는 것 외엔 아무것도 할 수가 없다. 믿고 있었다. 한결을 못 믿는 게 아니었다. 애초에 다른 여자에게 한눈을 팔 새가 있었다면, 그리고 그럴 사람이었다면 저와의 결혼 생활의 질을 높이려 노력조차 하지 않았을 것이다. 비즈니스라 치부하며 지극히 개인적으로 이 생활을 이어갔겠지.

"뭐, 한결 씨를 믿는다면야 굳이 그 믿음을 깨고 싶진 않아요. 한결 씨 말 대로 비즈니스 부부라지만⋯⋯. 아차, 이것도 비밀이었지?"

놀란 듯 시선을 회피하는 예나의 모습에 또 울컥, 화가 차올랐다. 어디서부터 어디까지 알고 있는 걸까. 저와 한결의 결혼이 비슷한 업계에서는 회자가 되었던 건 사실이다. 리조트 사업에서는 으뜸이라 일컫는 ST그룹이 언제 무너져도 이상하지 않을 BN그룹과 사돈을 맺었으니.

하나, 그렇다 하더라도 소문은 비즈니스 결혼이란 말을 업은 채 돌지 않았다. 어렸을 적부터 자주 왕래하던 사이라 그런지 이미 약속이 된 혼인이라는 설이 훨씬 많이 떠돌았다. 결국, 그 '비즈니스 결혼'이라는 건 아주 가까운 사이가 아닌 이상은 모른다는 이야기였다. 해서 더욱 화가 난 것이다. 왜 그녀가 그 모르는 이야기를 알고 있는 걸까. 어째서 비밀이라는 것까지 발설하는 걸까.

"그럼 이만 가 볼게요. 밤늦게 죄송했어요."

꾸벅 고개를 숙이며 인사를 건네는 그녀의 말에도 대답을 줄 수 없었다. 그저 입술을 잘근잘근 씹으며 어색한 미소를 건넬 뿐. 이제 끝이다 싶었던 그 찰나, 걸음을 옮기던 예나가 천천히 뒤를 돌아 새벽과 눈을 마주쳤다. 번뜩이는 그 눈빛이 너무나 싫었다.

"아, 한결 씨에게 전해 주시겠어요? 메시지로 할 수 있지만, 괜히 오해하실까 봐."

"오해요?"

"월요일에 점심 같이 먹자고 한 거, 잊으면 안 된다는 말이요. 오늘 한결 씨가 업무적으로 저한테 빚을 좀 졌거든요."

결국 참다 못 한 새벽이 숨을 크게 들이마셨다.

"별로 오해하지 않으니, 그런 건 개인적으로 전해 주세요."

"어머, 그래도 돼요?"

"지금 그쪽이 이렇게 저에게 시시콜콜 이야기 하는 거, 그게 더 오해를 키운다는 생각 안 해 보셨어요?"

"그런가? 그렇다면 죄송해요."

일말의 미안함도 없는 표정이었다. 살짝 비튼 입꼬리라든가, 결코 처지지 않는 눈꼬리가 그 감정을 증명해 주고 있었다. 속이 부글부글 끓어올랐다.

"아무리 비즈니스 결혼이더라도 유부남인 건 확실해요. 선 지켜 주셨으면 좋겠어요."

그녀가 말을 하는 것들이 사실이라 믿을 수 없었다. 적어도 자신이 아는 한결이라면 어떤 것이 사실이든 간에 결코 흔적을 남기지 않을 것이다. 그녀가 말을 하는 것처럼 이러쿵저러쿵하는 이야기들까지, 남을 수 없겠지.

"네. 노력해 보죠."

끝까지 미묘한 웃음을 남기는 예나가 마음에 들지 않았지만, 새벽은 그 모든 것을 드러내지 않으려 노력해야 했다. 그리고 그녀를 문밖으로 쫓아냈을 때, 자기도 모르게 바닥에 털썩 주저앉고 말았다. 다리에 힘이 풀렸다. 설마, 하는 마음으로 잔뜩 차오른 긴장이 이제야 사르르 녹아내린 것 같았다.

한결을 믿어야 한다. 자신이 할 수 있는 건 그뿐이라는 걸 너무나 잘 알고 있다. 하지만 불안이라는 놈은 그 정확한 신뢰 사이에서도 스멀스멀 기어들어 와 싹을 틔우기 마련이다. 아무리 짓밟아도 자라는 걸 멈추지 않는다. 적어도 씨를 뿌린 이의 손으로 싹을 뽑아버리기 전까지는 말이다.

-난 누나에게 최선을 다할 거예요.

그 언젠가, 한결이 저에게 약속했던 말을 떠올렸다. 귓가에 속삭이는 그 목소리를 되짚다 천천히 숨을 들이마셨다. 서늘한 집안의 공기가 콧속으로 스미는 것과 동시에 머리가 서서히 제정신을 찾기 시작했다. 그래, 그 말을 믿자. 믿는 수밖에 없었다. 당장 한결에게 예나와 어떤 사이냐 따지고 묻는 게 더 이상할지도 모르니. 몇 번이나 마음을 다잡고 토닥였는지 모르겠다. 조금씩 평정심을 되찾고, 시계 초침 소리가 귓가 근처에 들릴 때 즈음에야 자리에서 일어날 수 있었다. 모두 깨끗이 잊을 수 없겠지만, 기어코 머리에 담아 오래오래 새겨 놓지는 않으리라. 한숨이 연달아 터지는 건 어쩔 수 없었던 모양이다. 몇 번이나 잇새로 거친 숨을 내뱉던 그녀가 천천히 걸음을 옮겼다. 그러다 거실 널따란 소파에 누워 잠을 자고 있는 호재를 쳐다보았다.

-새벽아, 이번 과제 말인데…….

그녀의 기억에 존재하는 호재의 모습은 늘 성실함 그 자체였다. 무엇을 위해 그리 열심히 공부를 하냐 물으면 쓸쓸한 웃음만을 남겼다. 하지만 구태여 캐묻지 않았다. 그 나름대로도 중요한 이유가 있을 테고, 사실 공부를 열심히 한다는 게 나쁜 건 아니었으니.

키가 크고 생김새가 준수해 인기가 많았던 걸로 알고 있었다. 하지만 번번이 거절하기 일쑤였다. 이유가 뭐랬더라, 좋아하는 사람이 있다고 했던가. 이젠 희미해져 흔적조차 변변치 않은 과거를 더듬던 새벽이 곧 고개를 절레절레 내저었다. 이미 지난 과거였다. 한결이 말하는 그런 관계도 아닌데, 왜 군이 호재를 신경 써야 하는 걸까.

"이불이라도 덮어 줘야겠지."

한숨과 비슷한 말이었다. 흘러가듯 툭 터지는 목소리가 서늘한 거실을 낮게 흘렀다. 방문을 열고 들어갔을 때, 술에 잔뜩 취한 한결의 모습에 가슴이 답답해졌다. 이룰 수 없는 갑갑함에 입술만을 몇 번이나 잘게 씹었다. 하지만 몸은 그 머릿속 갑갑함을 이해하지 못한 건지, 어느새 그의 곁으로 다가가고 있었다. 널브러져 있는 그의 곁에 살며시 앉은 뒤, 머리칼을 살살 어루만졌다. 손가락 사이를 통과하는 부드러운 느낌에 괜스레 왈칵, 눈물이 차올랐다.

"내일 일어나면 왜 그랬냐 물어봐야 할까?"

하지만 금세 입을 다물고 말았다. 뭘 물어봐야 할지 모르겠다. 어떤 일부터 어떻게 물어야 할지 알 수 없다.

"아니면…… 그냥 평소처럼 널 보며 웃을까?"

귓가 근처의 머리카락을 넘긴 탓인지, 뒤척이던 한결이 앓는 소리를 뱉었다. 평소 같았더라면 양복을 입은 채 잠든 게 불편해 보여 일어나 벗고 자라 잔소리를 했을 테지만, 오늘은 달랐다. 아니, 오늘만큼은 그러고 싶지 않았다.

"어떤 것도 못 할 것 같아."

하아, 짧막한 한숨을 뱉던 새벽이 두 손으로 얼굴을 감쌌다. 차라리 눈물이라도 나오면 좋으련만. 눈치 보지 않고 엉엉 울음을 터트릴 수만 있다면 얼마나 좋을까. 이 눈치 없는 눈물샘은 꼭 필요할 땐 저를 도와주지 않는다. 굳이 눈물을 흘려보낼 필요가 없는 일이라 말을 하는 것처럼. 한참이나 그렇게 앉아있던 새벽이 손을 떼어 한결을 힐끗 쳐다보았다. 입술을 삐죽거리다 그의 볼을 꼬집었다. 있는 힘껏 꼬집어 주고 싶었지만, 또 잠을 깨우는 건 싫었던 모양이다. 최대한 힘을 뺀 손으로 그의 볼을 꼬집고는 몇 번인가 앞뒤로 움직였다.

"두고두고 기억할 거야."

그래서 두고두고 괴롭힐 거야. 그렇게 다짐은 했다지만, 사실 자신이 있는 건 아니다. 누워있던 한결을 빠히 처다보던 새벽이 자리에서 일어나 이불이 들어 있는 장롱의 앞에 멈추어 섰다. 호재에게 어떤 이불을 가져다 줘야 할까 머릿속으로 생각하다 천천히 그 문을 열었다. 덮을 만한 이불과 손님용 베개를 든 채, 방에서 나섰다.

금방이라도 한결이 일어나 어디로 가져가냐 물어볼 것 같았지만, 현실은 결코 상상과 같지 않다. 방문을 닫고 거실에 나온 새벽이 호재의 곁으로 다가갔다. 소파의 팔걸이에 아무렇게나 올라와 있는 머리의 밑으로 베개를 대 주었고, 폭신한 이불을 위로 덮어 주었다. 그리고 또 한참이나 그를 내려다 보았다.

-호재 선배 말이야, 유난히 새벽이 너한테 잘 해 주는 것 같지 않아?

오래전, 호들갑을 떨던 유미의 목소리가 떠올랐다. 당시에는 그런 거 아닐 거라 농담하지 말라며 손사래를 쳤지만, 사실 마음 한구석으로는 설렌 게 당연했다. 새내기 대학생이 꿈꾸는 캠퍼스 커플, 그 자체를 상상했기 때문일까. 물론 그 상상은 금세 깨지고 말아 더 이상 설레지는 않았지만.

"선배."

아주 오랜만에 뱉는 단어였다. 입 안으로 남는 단어에 괜히 가슴이 뭉클해졌다. '선배'라는 단어보단, 그 시절의 한새벽이 그리워 코끝이 시큰했다. 감상에 겨울 시간이 없다 느낀 건, 그로부터 약 3분이 지난 뒤였다. 들어가야겠다 싶어 뒤를 돌았을 때, 누군가 새벽의 손목을 잡는 느낌이 들었다. 순간 온몸이 굳어 버렸다. 잠시 침묵을 지키던 새벽이 고개를 돌렸을 때, 반쯤 눈을 뜨고 있던 호재와 시선을 마주했다.

"새벽…… 새벽이?"

잠들어 있던 탓인지, 목소리가 많이 내려앉아 있었다.

"새벽아 네가…… 네가 왜……."

왜 여기 있냐는 말을 하고 싶은 거겠지. 그런 호재를 빤히 쳐다보던 새벽이 무언가 말을 하기 위해 짧게 숨을 들이마셨다. 자신을 잡았던 그의 손을 떼려고 했던 그때, 갑작스럽게 호재가 새벽을 제 쪽으로 잡아끌었다. 순식간에 호재의 품에 안기는 모양새가 되어 버렸다. 워낙 방심했던 탓에 몸에 힘을 주어 반항을 할 수도, 왜 잡아당기냐며 반대로 몸을 돌릴 수도 없었다. 더더군다나 방금 전의 충격으로 여전히 몸에 힘이 들어가지 않는 것도 한몫했을 테고.

"선배!"

놀란 그녀가 호재를 부르며 가슴팍을 밀치려던 찰나였다.

"꿈이어도 좋아……."

술에 취한 그의 목소리가 그녀의 가슴을 후비었다. 애절하게 들리는 그 목소리에 어쩐지 가슴이 따끔거렸다. 목 끝이 아릿해져 아무런 말도 할 수 없었다.

"꿈이어도…… 나는 좋아……."

중얼거리는 호재의 목소리에 새벽이 짤막하게 한숨을 터트렸다. 도대체 그가 무얼 말하고 싶은 건지, 갑자기 왜 이런 행동을 하는 건지 도저히 알 수 없다. 정확히 알 수 있는 건, 그의 품에서 나와 빨리 방으로 돌아가고 싶다는 생각 하나뿐이었다. 한결도 집에 왔겠다 잠이라도 자야지. 아니, 애초에 잠을 잘 수 있을 것 같지도 않다. 이러지도 저러지도 못하는 게, 참 우습다.

"선배, 숨 막혀요. 이것 좀……."

서서히 힘이 풀려가는 그의 팔을 벗어나 품에서 빠져나오려 했다. 이제 한쪽 팔만 더 벗어나면 되건만, 호재는 결코 봐주지 않을 거라는 듯 그녀를 더욱 세게 끌어안았다.

"좋아해."

그리고 이어지는 그의 고백에 온몸이 단단히 굳어져 버렸다.

"좋아 했었어…… 많이……."

머리가 복잡해졌다. 뜬금없는 고백처럼 사람을 혼란스럽게 하는 게 또 어디 있을까. 사람 감정이라는 게 그리 마음대로 되지 않는다 지만, 이런 고백은 마음대로 할 수 있는 게 아니던가. 아니, 애초에 저에게 고백을 하면 안 되는 상황이다. 엄연히 기혼자였다. 이제 막 결혼했다고 해서 그 이름이 변하는 건 아닐 텐데! 충격과 함께 온갖 생각 이 꼬리에 꼬리를 물로 머릿속에서 날뛰어 혼란스러웠다. 어 디서, 언제부터, 또 왜 하필이면 저를. 온갖 상상이 더해지던 그 순 간, 고백의 대상이 자신이 아닐 것이란 생각이 들었다. 아니, 그렇 게 믿고 싶었다.

그렇게 새벽이 고민을 하던 찰나, 호재의 팔에 힘이 빠져 스르르 떨어져 내리는 것이 느껴졌다. 잠에 빠진 모양인지 옅은 숨소리가 귓가에서 들렸다.

"내가 아니길 바라요."

중얼거리는 새벽의 목소리가 거실을 휙 스쳤지만 공기 중에 사 르르 녹아내리는 건 호재의 진득한 숨소리뿐이었다. 깊이 잠에 빠 진 것을 확인한 새벽이 몸을 일으켰다. 여전히 집은 침묵에 뒤엉켜 있었다. 바깥은 맹꽁이가 우는 소리로 소란스러운 것 같았지만, 집 안의 이 침묵은 도저히 가실 생각을 않았다. 그래서 더욱 마음이 소 란스러운 것 테지. 거친 바람이 부는 그러한 밤이었다. 서늘하게 불어오는 바람 한 줄기에 마음이 다쳐, 어쩌다 떨어진 나뭇잎 한 장 에 마음이 떨려 어쩔 줄 모르는. 그토록 소란스러운 밤이 깊어지고, 깊어지고, 또 깊어지고 있었다.

다음 날, 늦게까지 잠에 들지 못했던 새벽은 아침 햇살과 함께 새 들이 지저귀는 시간이 찾아와서야 겨우 잠에 들 수 있었다. 밤새 머리가 복잡해 뒤척이는 탓에 더욱 잠이 오지 않았던 걸 테지만. 이윽고 쏟아지는 햇살의 따스함에 한결이 천천히 두 눈을 떴다. 퀭한 두 눈이 그 역시도 간밤이 꽤 힘이 들었음을 알려주고 있었다. 천근과 같은 몸을 일으킨 그가 제 옆에서 누워 잠을 자는 새벽을 내려다보았다.

-좋아해.

들었다. 물론 그건 고의가 아니었다. 일부러 엿듣기 위해 문을 살짝 열어 본 것도 아니다. 그저 목이 타들어 갈 것 같아 잠에서 깼고, 부엌으로 가려던 찰나 문을 여니 그러한 고백이 흘러나오고 있었다. 처음엔 온몸이 굳어 아무것도 할 수 없었다. 머리가 복잡했다. 어째서 호재가 자신의 집에 있는지, 또 새벽은 왜 그에게 안겨 있는지. 생각 같아선 당장에라도 뛰쳐나가 지금 무얼 하는 거냐 소리를 지르고 싶었다. 이게 무슨 짓이냐 깽판이라도 칠까 했는데, 이어지는 새벽의 말에 그럴 마음이 싹 사라지고 말았다.

-내가 아니길 바라요.

저에게 이야기 할 때와 다른 목소리였다. 현저히 다른 온도의 목소리에 안심이 되었다면, 자신은 정말 나쁜 남자일까. 이런저런 생각을 이어가다 보니, 머리가 곧 지끈거리기 시작했다. 술을 얼마나 마신 걸까, 어젯밤을 떠올리다가 이번엔 집에 어떻게 오게 됐는지 궁금해졌다. 호재와 술을 주거니 받거니 했던 건 생각이 났다. 혼자 따라 마시면 재수가 없다고 했던가. 그러다 술에 잔뜩 취해 테이블에 머리를 박았던 건 기억이 나는데. 어떻게 집까지 왔을까.

지끈거리는 머리를 부여잡고 주변을 두리번거리며 핸드폰을 찾았다. 옷을 벗어놓지 않았으니, 옷 속에서 핸드폰이 빠져 나올 리만무하지. 안쪽 주머니를 뒤져 잠들어 있는 핸드폰을 꺼내 들었다. 배터리가 간당간당하게 곧 꺼질 지경이다. 연락이 온 곳은 대체적으로 새벽뿐이었다. 언제 오냐, 어디냐 끊이지 않는 메시지에 웃음이 피식 새어 나왔다. 이런 적은 처음인데, 그다지 나쁜 경험은 아닌 것 같다. 새벽의 또 다른 모습을 본 것 같아 어쩐지 기분이 묘했다. 미안한 건 변함없지만. 그렇게 핸드폰을 확인하던 도중, 유난히 거슬리는 메시지가 보였다. 발신자의 이름조차 거슬린다.

[잘 들어갔어요? 어제 한결 씨 피곤했나 봐요. 술을 많이 마셨나?]

예나였다. 무슨 말인가 싶어 메시지를 슬쩍 내렸을 때, 메시지 상으로 뜨는 사진에 아차 싶어 눈을 질끈 내리감았다. 와이셔츠가 반쯤 풀어 헤쳐진 자신이 예나의 어깨에 기대 있었다. 택시의 뒷좌석이었는데, 자신의 입술이 그녀의 목 언저리에 향해 있는 것 하며 그녀가 저에게 팔짱을 낀 것 하며. 제아무리 술에 취해 몰랐다 발뺌을 하더라도 누군가 오해하기에는 딱 좋은 사진이었다.

[메시지 확인했네요? 잘 잤어요?]

잠도 없다. 중얼거리던 한결이 뒤쪽에 잠든 새벽을 힐끗 돌아보다 화면을 두드렸다.

[이게 무슨 짓입니까?]

화가 났다. 예상치 못한 그녀의 행동도 그랬고, 그런 행동을 하게 빈틈을 보인 저도 그랬고. 이것저것 화가 나는 일 들 뿐이었다.

[무슨 짓은요. 그냥 한결 씨랑 너무 사이가 좋다는 걸 남겨두고 싶었는데?]

아아, 절로 앓는 소리가 새어 나왔다. 짜증이 뒤엉킨 탄식이 목을 벅벅 긁었다.

[본부장님이랑 함께 모셔다드렸는데, 분위기는 어때요?]

뒤이어 온 예나의 메시지에 가슴이 욱신거렸다. 마치 무언가를 알고 묻는 것 같아 어쩐지 기분이 좋지 않았다. 애초에 그녀가 계획하고 호재를 저희 집에 데리온 것 같다는 생각마저 들었다. 물론 말도 안 되는 이야기였지만.

[데려다준 건 고맙습니다만, 앞으로는 쓸데없는 오지랖 부리지 마세요. 성예나 씨에게 도움을 받는 건 일절 사양합니다.]

전송을 누른 뒤, 화장대 위에 아무렇게나 핸드폰을 올려놓았다. 그리고 갑갑할 정도로 몸을 조이고 있는 옷가지를 하나 둘 벗어던 졌다. 셔츠를 벗을 때에는 전날 들었던 호재의 이야기가 생각났고, 넥타이를 풀를 땐 대학 시절 환하게 웃고 있던 새벽의 얼굴이 떠올 랐다. 상의를 모두 탈의하고 편한 티셔츠로 갈아입었을 때, 며칠 전 환히 웃던 새벽의 얼굴이 모든 잔상을 덮어 버렸다. 현실은 제 곁에 서 행복을 곱씹을 새벽의 모습뿐이다. 그 외엔 아무것도 생각지 말 자며 고개를 도리도리 저었다. 옷을 모두 갈아입은 한결이 방문을 열고 거실로 나갔을 때, 익숙한 뒷모습이 벽에 걸린 결혼사진을 올 려다보고 있었다.

"일어나셨습니까?"

이제 막 일어난 게 티가 나는, 잔뜩 갈라진 목소리가 거슬렸다. 적어도 그의 앞에선 흐트러진 모습을 조금도 보이고 싶지 않은데. 한결의 물음에 호재가 천천히 뒤를 돌아 눈을 마주했다.

"예. 덕분에 잘 쉬었습니다."

조금 다른 게 있었다면, 평소처럼 한결에게 잔뜩 날이 서 있지 않 다는 점이었다. 아주 짧게 한결과 눈을 마주하던 호재가 다시금 결 혼사진을 향해 고개를 돌렸다. 웬만한 벽만큼이나 크게 붙은 사진 에 헛웃음이 절로 새어 나왔다.

"아침은 북엇국 괜찮으십니까?"

"괜찮습니다. 집에 가서 먹으면 됩니다."

"어차피 혼자 드실 거 아닙니까. 저도 혼자 먹어야 하니, 같이 먹죠."

두 사람의 사이에 어색한 정적이 흘렀다. 어젯밤 술잔을 몇 번 나눈 걸로 친해지진 않았을 테고, 그렇다 해서 여전히 척을 지며 지낼 순 없는 노릇이니. 째깍거리는 시계 초침 소리가 몇 번이나 반복되었을 때, 호재가 못 이기겠다는 듯 웃음을 그리며 고개를 끄덕였다.

"그럼 감사히 먹겠습니다."

그의 말에 한결이 부엌으로 걸음을 옮겼다. 마침 아침 준비를 하기 위해 나온 사용인을 불러 북엇국을 준비해 달라 슬쩍 일러 주었다. 커피를 한 잔 마실까 했지만 술로 잔뜩 긴장이 된 위에 카페인을 쏟아 부어 좋을 건 없다 생각했다. 허한 배를 살살 쓰다듬으며 거실로 향하니, 호재는 여전히 결혼사진을 보고 있었다. 사진에 무언가 있는 건가 싶어 저 역시도 그의 시선을 따라 눈동자를 굴렸다. 그리고 그 순간, 한결은 깨달을 수밖에 없었다. 길게 생각을 할 필요도, 한참이나 관찰을 할 필요도 없는 문제였다. 유독 새벽이 예쁘게 웃는 사진이었다. 당시에 사진작가가 그녀를 웃게 만들어 준 건지, 그녀의 웃는 모습이 원래 예뻐 그렇게 담긴 건지 생각이 잘 나지 않았다.

"예쁘게 나왔네요."

툭 던진 호재의 말에 한결의 눈썹이 살짝 일그러졌다.

"원래 웃는 게 예쁜 편이었지만."

무어라 한 소리를 해야 했는데, 머리가 도통 굴러가지 않았다. 어젯밤 술을 너무 많이 마신 탓이라 생각했다. 그래, 그 때문에 이리도 입이 딱딱하게 굳어진 것이라고.

"하나만 물어봐도 괜찮습니까?"

쓸쓸하기 짝이 없는 목소리에 미운 말을 하려던 입술이 꼭 닫히고 말았다. 짧게 숨을 들이마시던 한결이 주먹을 꽉 그러쥐었다.

"예. 물어보세요."

"새벽…… 그러니까 김한결 씨 와이프분은…… 저 사진처럼 웃으며 살고 있습니까? 행복하게…… 아주 행복하게."

벽에 걸린 사진을 힐끗 쳐다보던 한결이 입술을 꾹 다물었다. 머리로 스쳐 가는 건 생일날 환히 웃던 새벽의 모습이었다. 그 어느 때보다 더 환히 웃던, 해서 머리에 박혀 결코 지워지지 않는 그 얼굴.

"그렇게 해 주려고 노력 중입니다. 매일 매일, 웃으며 지낼 수 있도록."

그 대답으로도 족한 걸까. 고개를 끄덕이던 호재가 입술을 부드럽게 말아 올렸다. 그렇군요. 작게 중얼거리던 그의 목소리에 한결이 참았던 숨을 뱉어 냈다.

이윽고 타이밍이 좋게 북엇국을 다 끓였다는 사용인의 목소리가 들렸다. 어색했지만, 두 남자는 서로를 마주 보며 북엇국을 맛있게 비워냈다. 하루 신세를 져 미안하게 됐다 말하던 호재에게 한결은 괜찮다는 말을 남겼다. 어떻게 그의 집에 오게 된 건지 묻는 말에도 유연하게 둘러댔다. 차마 예나가 데려왔다는 말은 할 수 없었다.

호재가 집을 떠나고, 거실로 돌아온 한결의 눈동자가 다시금 벽에 걸린 사진으로 향했다. 그는 거짓말을 했다. 호재도, 한결도 서로에게 거짓말을 한 것이다. 사진 속의 웃음은 행복한 웃음이 될 수 없었다. 저 때의 새벽은 저로 인해 행복하지 못했으니까. 집안과 집안으로 이어진 결혼의 시작에서 과연 행복을 느끼는 이가 얼마나 될까. 한데, 저는 호재에게 무어라 말을 했던가. 그 미소처럼 행복하게 해 주겠다 말했다. 결코 그 미소는 '행복'에서 우러나온 게 아닌데. 절대 저로 인해 행복하기에 웃은 게 아니었는데. 계속해서 머리를 휘감는 이질감에 발끝이 저릿했다. 당장에라도 깊은 늪으로 빠져 버릴 것 같아 괜스레 겁이 났다. 결국 잰걸음을 옮겨 새벽이 잠든 방으로 향했다. 문을 벌컥 열고 들어가자마자 새벽의 곁에 몸을 눕혔다. 팔을 뻗어 그녀를 품 안으로 가두기까지 온몸에 묘한 긴장감이 돌았다.

"새벽아."

그리고 그녀의 이름을 불렀을 때, 비로소 온몸의 긴장감이 사르르 녹아내리는 기분이 들었다. 이제야 현실로 돌아왔다는 안도감에 낮은 숨이 부드럽게 새어 나왔다.

"새벽아."

그리고 다시 한 번 그녀의 이름을 불렀을 때, 곤히 잠들어 있던 새벽이 뒤척이는 게 느껴졌다.

"일어났어? 밥은?"

눈은 반도 채 뜨지 못해놓고 묻는 게 밥은 먹었냐는 질문이라니. 정말 한새벽다운 물음에 웃음이 새어 나왔다.

"먹었으니 더 자요, 피곤한 거 같은데."

"응, 맞아. 나 피곤해. 어제 밤새 누구 기다리느라……."

중얼거리던 새벽이 킥킥, 웃음을 터트리며 한결의 품으로 안겼다. 참 이상했다. 그가 곁에 누워 저를 안아주기 무섭게 마음이 차분히 가라앉았다. 알 수 없는 불안에 시달려 잠든 어젯밤의 저를 달래주는 것만 같았다. 그의 체온이, 그의 향기가.

"미안해요. 이제 안 그럴게."

문득 그의 목소리를 들으니 어젯밤 예나의 말이 또다시 머릿속으로 스멀스멀 기어 들어왔다. 잊어야 하는데, 그저 헛소리라 치부하며 무시해야 하는데. 생각처럼 쉽지 않았다.

"한결아."

그래서 결국 궁금함을 참지 못한 채 그에게 물어보기로 했다. 그녀의 말이 사실이 아니라는 걸 한결의 목소리로 듣고 안정을 되찾고 싶었다.

"왜요?"

"외근…… 혼자 나가는 거 맞지?"

뜬금없는 물음에 놀란 건 한결 역시도 마찬가지였다. 눈을 동그랗게 뜬 채 새벽을 내려다보던 한결이 고개를 끄덕였다.

"그럼요. 외근 나갈 때 누가 붙어 있으면 일에 집중을 못 할 거 같아서 싫어요. 누나도 알면서."

"으응, 알지……. 그럼 혹시 막…… 그러니까 혹시 누구한테 점심 사주기로 약속하고 그랬어?"

한결은 여전히 동그래진 눈으로 새벽을 쳐다보았다. 영문을 모르겠다는 듯 그녀를 한참이나 주시하다 고개를 도리도리 저어 댔다.

"아니요. 회사 식당이 얼마나 맛있는데. 굳이 나가서 먹어요? 가끔 뭐, 팀원들이랑 나가서 먹을 때도 있지만 먼저 약속하진 않아요. 그때그때 결정하는 거지."

순간 안도의 한숨이 새어 나왔다. 역시 예나의 말은 거짓이었다. 그런 말도 안 되는 이야기로 한결을 의심하고 가슴앓이를 한 것을 후회했다. 바보같이 왜 그랬을까. 이제 됐다. 그런 생각을 할 때 즈음, 호재와 저의 이야기를 알고 있다는 말이 떠올랐다. 사실 호재와의 접점이 그다지 크지 않아 상관은 없다지만, 혹시라도 한결에게 피해가 가는 건 아닐까 하는 마음에 지레 겁을 먹고 말았다. 물어볼까 말까 또 몇 번을 고민하다 어렵게 입을 열었다.

"그럼 혹시…… 혹시 나랑 선배 이야기, 회사 사람들한테 한 적 있어?"

그때, 새벽은 한결의 표정이 빠르게 굳어지는 걸 보고 놀랄 수밖에 없었다. 웃고 있던 눈이 싸늘하게 식어 버렸다. 살짝 말려 올라가 예쁘게 웃고 있던 입술이 일자로 굳어졌다.

덜컥 겁이 나고 말았다.

"한결아."

"왜요? 본부장님이랑 알고 있다는 거, 둘 사이 누가 알면 안 되는 거예요?"

"아니, 그게 아니라."

새벽의 말에도 한결은 반응하지 않았다. 그저 천천히 몸을 일으켜 그녀에게서 등을 지고 있을 뿐. 화가 났다. 사실 그게 어떤 뜻으로 화가 나는지 도저히 알 수 없어 답답했다. 새벽이 호재와의 관계를 들킬까 전전긍긍한다고 생각해서 화가 난 걸까. 그게 아니면 어젯밤 호재의 고백을 들어 버린 터라 화가 난 걸까. 아니, 둘 다일지도 모른다. 자신은 결코 존재하지 못하는 그 과거에 두 사람이 함께 있다는 것만으로도 이토록 질투심에 휩싸이고 마니까.

"자요. 난 책 좀 읽을게."

"한결아!"

자리에서 일어나려는 한결을 붙잡았던 건, 새벽의 손이었다. 살짝 뒤를 돌아봤을 때, 한 번도 보지 못한 새벽의 표정에 가슴이 저 아래로 주저앉고 말았다.

-행복하게 웃고 있습니까?

호재의 물음이 겹쳐 더더욱 그랬는지도 모른다. 울 것 같은 표정이었다. 조금이라도 더 모진 말을 해 버리면 그녀는 분명 울고 말 것이다. 꼭 행복하게 만들어 주겠노라고, 세상에서 가장 행복한 여자가 될 수 있도록 하겠다 다짐했던 스스로에게 거짓말을 하는 꼴이 되겠지.

"그런 게 아니야. 그냥, 그냥 나는 괜히 나랑 알고 있다는 사실 때문에 네가 곤란해 질까 봐."

"그러니까 그게 왜 곤란하냐고 묻잖아요."

울 것 같다는 걸 알고 있으면서도 도저히 예쁜 말이 나오지 않았다. 속이 부글부글 끓었다. 아이와 같은 투정이라는 걸 알고 있으면서도 멈출 수 없다. 새벽을 새장에라도 가두어 놓으면, 그때야 자신의 욕심은 채워질까.

"왜, 마음이 좀 그래요? 그 사람 진심 들으니까, 괜히 신경 쓰여요?"

결국 터트리지 말았어야 할 지뢰를 밟고 말았다. 절대 티를 내지 않겠다 다짐한 것이 반나절도 지나지 않았는데, 홧김에 입 밖으로 터트린 자신이 한심했다. 하지만 한 번 내뱉은 말을 주워담을 수 없는 법.

"설마……."

"네. 들었어요. 어제 물 마시려고 나가려다가, 그 말 듣고 못 나갔어요."

잠시 새벽의 얼굴 역시도 단단하게 굳어졌지만, 얼마 지나지 않아 평정심을 되찾았다. 언제 그랬냐는 듯 담담한 표정으로 미간을 좁혔다.

"그 사람 진심을 듣고 왜 내가 신경을 써야 해?"

오히려 신경을 쓰게 만든 건 너잖아. 그 말이 목 끝까지 차올랐지만, 차마 내뱉을 수 없었다. 거짓이라 믿은 현실이 진실이 되어 버릴까 봐.

"한결이 네가 기분이 나빴을 거라는 거, 그래 인정해. 입장이 바뀌어도 기분이 나빴을 거야. 하지만 나, 너한테 켕기거나 조금이라도 서운하게 만들 행동이나 생각 같은 거 한 적 없어. 이건 확실해."

단호한 새벽의 말에 아무런 대답도 할 수 없었다. 입에 지퍼라도 채워진 것처럼 움직이지 않았다.

"원한다면 네가 보는 앞에서 선배 마음 거절 할 수 있어. 비록 술에 취해서 한 고백이더라도, 못 받아주겠다 그 말 하는 거 어려운 거 아니야."

"그러라고 말한 거 아니에요."

"그러니까 믿어달라는 거야. 그다지 그 고백에 설렌 것도 아니었고, 자꾸 생각나는 것도 아니야. 신경 쓰이는 건 더더욱 아니고. 오히려 내가 신경 쓰이는 건······."

채 말을 잇지 못하는 새벽의 모습에 한결이 눈을 동그랗게 떴다. 무슨 말을 할까 기다리는 것 같았지만, 그녀는 차마 그에게 말을 할 수 없었다. 예나와의 일을 신경 쓴다는 말을 하면 되는데, 왜 이리도 입이 떨어지지 않을까.

"신경 쓰이는 건?"

되묻는 한결의 물음에도 차마 말을 뱉을 수 없었다. 싸우고 싶지 않았다. 사실이 아닐지도 모르는 예나의 말을 꺼내 이러네 저러네 다투는 건 죽어도 싫다. 연애를 하는 어린 애들도 아니고. 더더군다나 한결이 믿어달라 하지 않았던가. 믿어야 했다. 믿고 싶었다.

"신경 쓰이는 건, 네가······ 그거에 오해해서 상처받은 건 아닐까 하는 것뿐이야."

결국 거짓말을 하고 말았지만, 그 말 역시도 모두 거짓은 아니었다. 진심이긴 했으나, 신경이 쓰이는 정도는 아니었다. 그저 그러면 어쩌지, 하는 작은 노파심일 뿐. 새벽의 대답을 잠자코 듣고 있던 한결이 숨을 크게 들이마셨다. 그리고 다시금 침대에 앉아 그녀를 꼭 끌어안았다.

"미안해요. 심술부려서. 그냥 조금······ 아니 많이 질투 나서 그랬어요."

부드럽고 따뜻한 음색에 새벽이 살며시 미소를 그렸다. 그리고 손을 뻗어 그의 등을 토닥여주었다. 그 상냥한 손길에 한결의 마음 속 응어리가 사르르 풀리고 있었다는 건 알고 있었을까.

"그래, 알아. 나도 알아."

"늦게 온 것도 미안해요."

"그것만?"

정적이 흘렀다. 아마 무언가 또 잘못한 게 있나 곰곰이 어젯밤을 되짚어 보는 걸 테지. 숨을 열 번인가 들이마시고 내뱉기를 반복했을 때, 새벽을 끌어안고 있던 한결의 팔에 힘이 들어갔다.

"외간 여자가 데려다주는 일, 이제 없을 거예요."

하마터면 그 목소리가 너무 귀여워 앓는 소리가 터져 나올 뻔했다. 가끔은 남자다운 모습에 심장이 덜컹덜컹하는데, 또 이럴 땐 마냥 귀여운 남동생 같다. 어떻게 마음을 먹고 있어야 하는지, 조금의 틈도 주지 않는다.

"그래, 알면 됐어."

"정말 미안해요, 누나."

한결이 새벽의 여린 어깨에 얼굴을 마구 비벼댔다. 그게 퍽 귀여워 새벽은 또 한 번 웃음을 터트려야 했다. 한참이나 그런 한결의 등을 토닥여 주던 새벽이 그를 슬쩍 밀어내곤 눈을 마주했다.

"나, 이제 누나라는 호칭 싫어."

갑작스러운 새벽의 말이 한결에게 괜한 설렘으로 다가왔다. 눈을 깜빡거리며 그녀를 쳐다보다 흠흠, 헛기침을 내뱉었다.

"그럼 어떻게 불러요?"

"음…… 자기야도 좋고, 여보도 좋고. 아니면 그냥 새벽아, 그렇게 불러도 좋아."

꽃처럼 환한 미소라는 게 이런 건가 보다. 환하게 올라가는 입꼬리와 잔뜩 아래로 떨어지는 고운 눈꼬리에 마음이 흔들렸다. 언젠가 보았던, 활짝 피어난 고운 백합을 보는 것 같아 절로 가슴이 울렁거렸다.

"싫어?"

그녀의 말에 단박에 고개를 좌우로 저어댔다. 싫을 리가 없지. 절대 싫을 수 없다.

"아니요."

"그럼?"

"조금…… 그러니까 괜히, 괜히 긴장이 돼서."

평소에 새벽에게 존칭을 그만두는 건, 정말 말 그대로 분위기에 휩쓸린 탓이었다. 결코 의도했다거나, 놀리기 위해 한 것이 아니다. 한데 이젠 당연히 새벽아, 라고 부르란다. 자기나 여보라는 호칭은 싫었다. 새벽을 새벽으로 있게 만드는, 그 이름이 좋았다. 저의 하루가 시작되는 이유도 그녀였으니까.

"불러 줘."

아이처럼 조르는 모습을 처음 본 탓일까. 얼굴이 유난히 붉게 달아오르는 게 느껴졌다.

"지금요?"

"그럼 언제?"

아아, 낮게 앓는 소리를 내던 한결이 하관을 손으로 가린 채 고개를 돌렸다. 그런 모습을 즐기는 건지, 새벽은 여전히 웃음기를 지우지 못했다. 한결에게 가까이 다가가며 눈을 깜빡이는 그녀의 모습이 꽤 아이처럼 천진난만하다.

"불러 주기 싫어?"

싫을 리 있냐는 말을 하고 싶었지만, 도저히 말이 터져 나오지 않았다. 몇 번인가 심호흡을 하고 마음을 진정시켰다. 지금 이토록 떨리는 건, 다른 이유 때문이 아니었다. 아이처럼 조르며 귀엽게 웃고 있는 새벽 때문이었다. 잔뜩 높아져 있는 그녀의 목소리가 자꾸만 가슴 한구석을 콕콕 찔렀다.

"흠, 흠."

일부러 의식한 상태로 이름만을 부른 적은 없었기에 긴장감은 배가 되었다. 몇 번이나 숨을 가다듬던 한결이 천천히 입을 뗐다. 여전히 목소리는 떨림으로 가득했다.

"새벽아."

"또."

"새벽아."

"또."

"새벽아, 한새벽."

까르르, 새벽의 간드러진 웃음이 터져 나왔다. 창가로 쏟아지는 발간 햇살과 그녀의 웃음이 너무 잘 어울렸다. 눈이 부실 정도로 빛나는 그녀의 모습에 절로 미소가 그려졌다. 새벽의 어리광이 계속 이어졌지만, 한결은 단 한 번도 눈살을 찌푸리지 않았다. 부드러운 목소리로 몇 번이나 그녀의 이름을 불러 줄 뿐.

새벽을 기다리는 늑대

회식 이후, 한결은 호재의 괴롭힘에서 아주 조금 벗어 날 수 있었다. 그 날 나눈 대화 덕인지, 그게 아니라면 술로서 다져진 무언가 생긴 것인지 알 수는 없었다. 다만 보이지 않는 괴롭힘이 사라지니, 이젠 버젓이 드러나는 괴롭힘이 시작되었다.

프로젝트가 무사히 성사되면 리조트에 관련된 모든 사업은 한결에게 위임된다는 걸 알고 있기 때문이겠지만. 물론 한결은 그러한 호재의 괴롭힘을 기쁘게 받아들이려 노력했다. 전처럼 말도 안 되는 트집을 잡아 속을 벅벅 긁는 게 아니니, 오히려 이편이 낫다. 정당한 업무가 많아지는 것과 그것을 저에게 할당하는 건 그다지 나쁜 일이 아니다. 그것은 제 능력이 호재에게 인정받고 있다는 것일 테니까. 또, 그에게 인정을 받는다는 건 자연스레 제 조부와 부친에게도 전달이 된다는 이야기이다. 자신이 꾸리고 있는 미래의 설계도에 아주 긍정적인 영향을 미칠 것이다. 한결은 그렇게 확신하고 있었다.

그로부터 며칠 뒤. 주말다운 주말이 오랜만에 찾아왔지만, 한결과 새벽은 그 날을 즐길 수 없었다. 이유는 하나. 현재 진행되고 있는 리조트사업의 시작을 축하하는 파티가 열리기 때문이었다. 대외적으로는 사업이 중간 즈음에 접어든 것을 축하하기 위함이라 했지만 한결은 그 말을 믿지 않았다.

순전히 ST그룹과 BN그룹의 위상을 더욱 높이기 위함일 것이다. 더불어 장차 리조트사업을 끌고 나갈 ST그룹의 차남이 직접 발로 뛰는 프로젝트라는 것을 은연중에 알리기 위함도 있을 테고. 차남이라는 이름에 걸맞은 데뷔자리이니, 그것을 두 총수가 놓칠 리 없지. 파티 장소는 BN그룹이 자랑하는 서울의 한 특급호텔이었다. 주최자는 ST그룹의 총수, 장소를 내어 주는 자는 BN그룹의 총수. 그야말로 두 그룹의 시대가 시작되었다는 것을 은연중에 알리는 것과 마찬가지였다. 그러니 새벽이 잔뜩 긴장을 하는 것도 이상한 일이 아니었다. 호텔로 향하는 차 안. 새벽은 한결과 뒷좌석에 앉아 바깥에서 시선을 떼지 못하고 있었다.

-가장 행복한 모습을 보여야 한다. 한 치의 흔들림도 있어선 안 돼. 다른 사람들은 신경 쓰지 말거라. 김서방, ST그룹의 총수에게 그 모습을 보여야 한다는 말이야. 이 애비 말…… 알아들었을 거라 믿는다.

전화기 너머로 들리던 아버지의 목소리에 새벽은 한 마디도 반박할 수 없었다. 이 결혼의 목적이 자신이 누려야 할 행복이 아니었음을 깨달았다는 게 새삼 마음이 아팠다. 목이 꽉 조여 숨이 터지는 것조차 힘들었다. 아주 힘겹게 알겠다는 대답을 뱉었을 때, 아버지는 다행이라 말하며 전화를 끊었다. 아주 간단명료한 통화였다. 그래서인지 집에서 나오는 순간부터 지금까지, 내리 마음이 묵직했다.

분명 집에서는 행복했는데. 이것을 위해 한결과 결혼했다 믿어

의심치 않는 생활을 이어가고 있었는데. 침울한 생각이 부른 것일까. 톡, 톡 떨어지던 빗방울이 유리창에 동그랗게 맺혀 죽 흘러내렸다. 미끄러지는 물줄기에 마음이 울렁거렸다.

행복을 위한 결혼이었을까, 그게 아니라면 제 집안을 위한 결혼이었을까. 분명 첫 시작엔 무엇인지 알고 있었던 것 같은데, 어느 순간부터인가 차츰 그 의미를 잊어갔다. 기억하지 않으려 했고, 기억하지 않아도 괜찮다 했다. 결국 끝에 남는 것은 행복일 것이라 말하던 사람, 한결 덕분에. 그 때문에. 하지만 현실은 결국 행복을 위함이 아니었다. 새삼 되새기고 나니 가슴 한구석이 아릿해졌다. 힘겹게 날숨을 탁, 뱉으며 입술을 잘근 씹었다.

"새벽 씨."

눈을 질끈 감았다 뜨자, 조금 상기 된 한결의 목소리가 들렸다. 그리고 거짓말처럼 자신의 주위를 둘러싸고 있던 먹구름들이 점차 걷히는 게 느껴졌다.

"누나?"

뒤이어 제 손을 꽉 잡아 주던 그의 손길에 차갑게 식어버릴 것 같던 가슴이 뜨겁게 뛰었다. 쿵. 쿵. 미묘한 박자를 지켜가며 다시금 제 자리를 되찾았다.

"어? 불렀어?"

"몇 번이나 불렀는지 물어볼래요?"

"미안해. 잠시 딴생각 좀 하느라······."

희미하게 웃는 그녀의 모습에 한결이 나지막이 한숨을 내뱉었다. 왜 그러냐 묻고 싶었지만 그 미소가 워낙 쓸쓸해 보여 차마 아무런 말을 할 수 없었다. 그저 팔을 뻗어 그 어깨를 부드럽게 감싸 안아 줄 뿐.

"왜 이렇게 긴장했어요? 이런 자리, 너무 오랜만이라 그런가?"

"그런가 봐. 조금…… 긴장되네."

아니야, 그게 아니야. 그 말을 하고 싶었다. 사실은 파티에서 작은 틈을 보여 이제껏 쌓은 모든 것들이 와르르 무너질까 그렇다고, 이 소소한 행복들을 두 번 다시 잡지 못할까 두렵다고. 그 말을 뱉고 나면 후련해져 긴장이란 전혀 없을 것 같았는데. 결국 겁쟁이인 자신은 그 말을 하지 못한다. 걱정에 걱정을 이어 하느라 어쩐지 속이 좋지 않았다. 차에서 내려 한결과 호텔의 안으로 들어가는 순간까지도 정신을 차리지 못했다. 파티가 열리는 연회장에 도착했을 때야 겨우 정신을 차릴 수 있었다. 여기저기서 인사를 하는 사람들을 소개받아야 했고, 인사를 해야 했다. 진심이 섞인 관심은 아니었지만, 새벽의 공방에 관심을 갖는 사람도 있어 대화가 지루하지만은 않았다.

칵테일과 샴페인을 몇 잔이나 마신 탓인지, 금세 어지러워졌다. 머리가 몽롱해지면 고민도 생각도 싹 사라지는 모양이었다. 파티장에 도착하기 전 저를 괴롭힌 고민은 이제 눈을 씻고 찾아봐도 존재하지 않았다. 그렇게 한참 한결과 인사를 다니던 찰나. 누군가 그들의 어깨를 톡톡 두드렸다. 놀란 그들이 뒤를 돌자, 전혀 예상하지 못한 이가 눈앞에 서 있었다.

"선배?"

"본부장님?"

동시다발적인 부름에 잠시 말을 잇지 않던 호재가 흠흠 헛기침을 뱉었다.

"여기 어떻게 왔어요?"

놀란 새벽의 물음에 호재가 미소를 그렸다.

"김한결 씨 조부님 밑에서 일 배웠거든. 수행원 겸 해서 따라오라 하셔서."

"아, 그랬구나."

며칠 전 그 밤이 원인이었는지, 두 사람은 눈도 마주치지 못했다. 웃음과 함께 대화를 나누긴 했지만 전처럼 자연스러운 사이로 보이지 않았다. 보다 못한 한결이 입을 열고 난 뒤에야 둘의 어색한 대화가 끝났다.

"그래서 무슨 일로 저희 부르셨습니까, 본부장님?"

여전히 마음의 응어리는 풀리지 않았다. 마주 잡고 있던 새벽의 손을 꼭 잡으며 속을 달래 보지만, 풀리기란 쉬운 일이 아니었다.

"총수님께서 부르십니다. 김한결 씨."

"네. 감사합니다."

아무렇지 않은 척 미소를 그려 보았지만, 그것마저도 어색하게 느껴졌다. 회사에서는 잘만 나오던 영업용 스마일도 새벽과 관련된 일에서는 잘 나오지 않는단 걸, 이제야 깨닫고 말았다.

"가요. 새벽 씨."

한결이 새벽의 손을 이끌고 빠른 걸음으로 그의 앞을 스쳤다. 덕분에 새벽은 호재에게 인사를 하는 둥 마는 둥 하며 그를 지나쳐야 했다. 호재가 걸어온 방향에는 그들을 두 팔 벌려 맞이하는 ST그룹의 총수가 있었다. 반갑게 인사를 나누며 웃는 그들을 바라보던 호재가 천천히 고개를 돌렸다. 곧 총수의 축사와 함께 한결의 존재감을 이들에게 널리 알릴 것이다. 자신이 서포트하고 있는 프로젝트역시 한결의 공이 되겠지.

물론 그가 열심히 노력하고 있는 걸 모르는 게 아니었다. 프로젝트는 곧 성공할 것이고, 그 결과 역시 ST그룹에 막대한 이익을 남겨줄 것이다. 그 이후에 다가올 상황에 대비해서라도 더 열심히 일했겠지. 어느 자리에 올라가도, 노력으로서 얻은 자리라는 걸 보이기위해서. 그걸 모르는 게 아니었으나, 어쨌든 입안은 쓰렸다. 누군가는 노력하고 발버둥 쳐도 얻을 수 없고, 누군가는 노력하기만 하면 얻을 수 있는 것이 있다. 그게 사회적 위치로 향하는 어느 자리이든, 인생을 함께 걸어갈 동반자이든 무엇이든 간에.

생각이 많아지니 목이 칼칼해졌다. 칵테일이라도 마시기 위해 테이블로 걸음을 옮기던 그때, 익숙한 목소리가 호재를 붙잡았다.

"본부장님, 여기 계셨네요?"

깜짝 놀란 호재가 고개를 돌리니, 그 앞에는 생글생글 웃는 예나의 모습이 있었다.

"성예나 씨?"

"왜 그렇게 놀라고 그래요? 못 볼 사람 본 것처럼."

"여기 어떻게……."

"저희 아버지가 L사 사장님이시거든요. ST그룹이랑 긴밀하게 연결이 되어 있기도 하고, 이번 리조트 사업 초반에 참여도 했었고. 이런저런 이유로 초대받아서 같이 따라온 건데, 뭐 문제 있나요?"

아, 짧은 탄식을 뱉던 호재는 L사를 머리에 떠올리기에 바빴다. 주식이 급성장하고 있는 회사였다. ST그룹의 하청업체로 선정되기 무섭게 크기가 부쩍 커지기 시작했다. 그렇다 해서 BN그룹과 견줄 정도는 아니었지만, 향후 십 년, 아니 몇 년 뒤를 바라본다면 그렇게 되지 않으리라는 법은 없다. 크기를 키워간 속도만 보아도, 충분히 가능성은 있다.

"놀라셨죠?"

"예. 그 회사 따님이라는 것도 놀랍고, 그런데 굳이 ST그룹으로 취직을 한 것도 놀랍고. 성예나 씨 혹시 산업스파이입니까?"

진지하게 묻는 호재의 말에 예나가 까르르, 소리를 내어 웃음을 터트렸다.

"농담 아닙니다."

"저기요, 본부장님. 제가 산업스파이였으면 이 파티의 주최는 우리 아버지 회사였을 거예요. 아닌가요?"

틀린 말은 아니었지만, 그럼에도 의심은 사라지지 않았다. 호재의 눈이 점점 가재미처럼 변해갔을 때, 예나가 주위를 두리번거리다 그에게 가까이 다가왔다.

"제가 노리는 게 뭔지 아시면서, 왜 그래요?"

예나의 말에 호재의 몸이 뻣뻣하게 굳어졌다.

"그리고 저는 본부장님이 뭘 원하는지도 알아요."

"무슨 소립니까?"

"저 다 들었거든요. 본부장님과 한새벽 씨 이야기."

순간 호재의 눈동자가 크게 흔들렸다. 하지만 그것도 잠시. 미간을 잔뜩 좁힌 그가 예나를 빤히 쳐다보았다.

"저와 한새벽 씨 이야기라니요?"

"어머, 모른 척하시는 거예요? 하긴 그대로 인정하는 것도 웃기겠다. 그렇죠?"

"빙빙 돌리지 말고 그냥 이야기하고 싶은데요."

호재의 말에 예나가 어깨를 으쓱거렸다. 웃고 있는 모습이 꽤 즐거워 보였다.

"본부장님 한새벽 씨랑 대학 동기라면서요? 아아, 선후배사이라고 했었나. 한결 씨 와이프 좋아했단 이야기도 들었어요. 정말. 얼마나 눈물 나는 사랑 이야기인지."

"그걸 어디서 들었습니까?"

"어머, 기억 안 나는 거예요?"

오히려 저보다 더 놀라는 예나의 모습에 호재가 흠칫 놀랐다. 미간을 좁히며 그녀를 바라보는 그의 눈빛이 점점 날카롭게 변했다.

"아아, 그날 많이 취하셨구나. 어쩐지."

예나가 팔짱을 낀 채 고개를 주억거렸다.

"회식하던 날이요. 본부장님이 한결 씨에게 다 털어놓으셨잖아요? 두 사람 전부 서로 이야기 하느라 바빠서, 주위에 누가 있는지도 신경 쓰지 않더라고요. 너무 많이 취해서 그랬나?"

지나가던 웨이터에게 샴페인을 받아든 예나가 한 잔을 호재에게 권했지만, 그는 미동조차 없었다. 결국 두 잔 모두 입으로 털어 넣은 예나가 묘한 미소를 그렸다.

"뭐 어때요? 어차피 저 두 사람, 혼인 신고도 안 되어 있는 걸."

일순간, 머리가 번뜩 뜨인 호재가 그녀의 입을 틀어막았다. 주위를 잠시 살피는가 싶더니 예나의 손목을 꽉 붙잡았다.

"따라와요."

"어머, 본부장님! 저 한결 씨 내려오면 인사할 거란 말이에요. 이거 놔요!"

이를 아득 갈던 호재가 파티장을 빠져나가려 입구로 향했다. 뒤를 따르는 예나가 놔 달라며 발버둥을 쳤지만, 그의 손에서 빠져나갈 수 있을 리 만무했다.

파티장을 나온 호재는 최대한 멀리 떨어진 복도까지 그녀를 끌고 나왔다. 높은 구두굽 소리가 요란하게 복도를 울려 귀를 아프게 만들었다. 한참이나 걷던 그가 멈춘 건 복도의 끝에 다다랐을 때였다.

"이거 놔요!"

성이 난 예나가 그의 손을 강하게 뿌리쳤다. 벌겋게 부어오른 손목을 어루만지던 그녀가 고개를 들어 올려 호재를 노려보았다.

"이게 무슨 짓이에요?"

"당신은 무슨 짓입니까, 그게?"

"내가 뭘요?"

"하……."

짜증이 뒤엉킨 한숨이 섞여 나왔다. 철이 없는 사람이라고 느끼긴 했지만, 이 정도일 줄은 몰랐다. 빠릿빠릿하게 일을 처리하는 점이나, 같은 실수를 반복하지 않는 일처리 능력에 대한 부분만 우수하게 평가했지. 물론 자신의 위치에선 그것만 평가해도 충분할 테지만.

"지금 저 자리, 김한결 씨를 위한 자리입니다. 아시죠?"

"그럼요. 알죠."

"그런데 그 자리에서 혼인신고를 운운합니까? 두 그룹이 합심하여 시행하고 있는 프로젝트가 잘 끝나길 바라는 파티인데?"

"두 사람 사이에 존재하는 것도 그것뿐인데, 틀린 말 한 것도 아니잖아요?"

정말 말이 통하지 않는 여자였다. 짜증이란 짜증이 전부 몰려와 목을 벅벅 긁었을 때, 예나가 그를 향해 다가왔다. 비뚤어진 넥타이를 고쳐주는가 싶더니 손으로 꽉 움켜쥐고 제 쪽으로 당겼다.

"좋아하면 좋아하는 여자나 제대로 잡아요. 고백 한 번 못해서 징징거린 주제에, 나한테 이래라저래라 명령하지 말고. 회사에서 당신은 내 상사지만 밖에선 아니거든요? 나 도와서 둘 갈라놓을 생각 없으면 적당히 방관해요. 내 말. 알아들어요?"

흥, 코웃음을 치던 그녀가 호재의 넥타이를 강하게 뿌리쳤다.

"가만히 있으면 떡이라도 주워 먹잖아요? 그러니까 조용히 지켜보기나 해요. 당신이 방관한다 해서 손가락질 할 사람, 아무도 없으니까."

짜증이 가득한 예나의 표정에 호재가 한숨을 길게 내뱉었다. 더 헝클어진 넥타이의 모양을 다잡고 예나를 바라보았다. 평소보다 더 서늘한 눈빛이었다.

"지금 성예나 씨가 뭘 잘못 알고 있는 것 같은데."

피식 엷은 웃음을 던지는 그 순간에도 서늘한 눈은 전혀 움직이지 않았다.

"나는 당신처럼 누군가의 울타리를 부수면서까지 마음을 얻고 싶은 게 아니라서 말이야."

"당신? 나한테 당신이라고 했어요?"

"회사 밖에선 상사 아니라며?"

번뜩이는 호재의 눈빛에 예나가 숨을 멈추었다. 주먹을 꽉 말아 쥐며 미간을 좁히는 그녀의 모습에 그가 홍, 코웃음을 쳤다.

"그리고 주제는 알아야지. 하, L회사? L회사가 ST그룹의 차남과 결혼? 참나……. 당신이 말하는 비즈니스 결혼이라는 것도 BN그룹 이나 되어야 가능했던 거야. 모르는 거 아니잖아?"

"말 다 했어요?"

"아니, 아직 말은 다 못 했지. 당신과 김한결 씨의 차이를 설명하려면 오늘 날을 새도 모자라거든."

입꼬리를 말아 올리며 말을 이어가는 그의 모습에 예나가 몸을 부들부들 떨었다. 알고 있다. 그와 저의 차이라는 건 충분히 알고 있는 이야기였다. 그래서 더욱 한결이 저에게 넘어오길 바랐다. 자식 이기는 부모가 없다는 말을 그녀는 믿고 있었으니까.

"어차피 비즈니스 결혼이에요. 연애니 사랑이니 거리가 멀다고요, 저 둘은."

"뭐, 당신 말대로 그렇다 치더라도."

숨을 깊게 들이마시고 내뱉던 호재가 어깨를 으쓱거렸다. 흐트러진 소매까지 단정한 뒤에야 킥, 비웃음을 던져주었다.

"그 사랑이 네 몫은 아닐 거 같은데?"

이윽고 예나의 얼굴이 붉으락푸르락 난리가 났다. 짓씹고 있는 입술에서 곧 피가 흘러도 이상하지 않을 정도였다.

"잘 들어, 성예나 씨."

여린 어깨를 톡톡 두드린 호재가 허리를 숙여 그녀의 귓가에 가까이 다가갔다.

"네가 무슨 짓을 하든지 나는 관심 없어. 김한결한테 꼬리를 치든, 자빠트리든. 둘을 갈라놓든, 말든 그건 네 자유인데 말이야."

이윽고 예나의 어깨를 잡고 있던 손에 미세한 힘이 들어갔다.

"회사에 불이익이 가는 행동을 할 거라면, 진작 그만두는 게 좋을 거야. 당신이 사고 치면 L회사는 이거 수습도 못 할 거거든."

"무슨 소리예요?"

"당신 서랍에 있는 USB. 조용히 내 책상 위에 올려놓으란 소리지."

이윽고 예나의 몸이 움찔거렸다. 온몸이 뻣뻣하게 굳은 것처럼 움직이지 않았다. 무슨 소리냐며 호재를 뿌리쳐야 하는데, 바닥에서부터 올라온 무언가 온몸을 꽁꽁 감싸고 있는 것처럼 느껴져 움직일 수 없었다.

"프로젝트를 망쳐서 둘을 끝내 버리고 싶은 건 알겠는데, 그런다고 해서 김한결 씨 당신 안 돌아봐. 더더군다나 그 프로젝트, ST그룹이 벼르고 있는 거라 유출되면 당신 해고로 안 끝날 거야. 알지?"

톡톡. 어깨를 두드리는 그의 손바닥에 힘이 실려 있었다. 아프지는 않겠지만 적당한 무게감이 느껴졌다. 더불어 그 힘에 실린 의미까지도.

"그럼 파티를 마저 즐기시길 바랍니다. 성예나 씨."

사람 좋은 미소를 그리던 그가 굽힌 허리를 펴고 예나를 스쳐 지나갔다. 방금 전 이를 악물고 이야기를 하던 모습은 온데간데없이 사라지고, 부드러운 미소를 그리는 모습만이 남아 있을 뿐이었다.

그가 몇 발자국 멀어졌을 때, 예나의 목소리가 호재의 걸음을 잡았다.

"내가 이대로 가만있을 줄 알아요?"

쩌렁쩌렁한 그녀의 목소리에 호재가 어깨를 으쓱거렸다. 천천히 뒤를 돌아보는 그의 얼굴에는 묘한 비웃음이 걸려 있었다.

"맘껏 해 보세요."

할 수 있다면. 이어지는 그의 대답에 예나가 이를 아득바득 갈았다. 호재가 파티장 안으로 쏙 들어가 그 모습을 감추었지만, 예나의 눈빛은 파티장의 입구를 계속 노려보고 있을 뿐이었다.

*

축사를 모두 마친 뒤. 새벽은 한결에게 양해를 구하고 복도의 맨 끝에 있는 릴렉스룸에 앉아 있었다. 칵테일을 많이 마신 탓인지, 그 게 아니면 너무 긴장을 한 탓인지 속이 울렁거렸다. 푹신한 소파에 깊숙이 몸을 묻었을 때, 문이 열리는 소리가 들렸다. 자신과 비슷하게 파티에 적응을 못 하는 사람이구나 싶던 그때. 익숙한 목소리가 가슴 속 울렁거림을 더하게 만들었다.

"여기 있었네요?"

웃음이 뒤엉킨 목소리에 새벽이 고개를 들어 문 쪽을 바라보았다.

"찾았잖아요."

그곳에 서 있는 건, 묘한 미소를 띠고 있는 예나의 모습이었다. 그녀는 문을 닫고 새벽의 근처 소파에 앉았다. 그녀는 다리를 꼬고 앉은 채 새벽을 노려보고 있었다. 그때 새벽은 적절한 휴식을 위해 방 안의 빛을 어둑하게 조절한 것을 후회하고 있었다. 괜한 긴장감이 생겨나는 것 같았다.

"당신이 왜 여기에 있어요?"

"초대받을 자격이 있으니까 여기 있겠죠. 이런데 그냥 올 정도로 바보는 아니거든, 내가."

이윽고 예나가 허리를 꼿꼿이 세워 의자에 바로 앉았다. 미간을 찌푸렸다 펴기를 몇 번 반복하던 그녀가 소파의 팔걸이를 톡톡 두드렸다.

"단도직입적으로 물어볼게요. 김한결 씨 사랑해요?"

갑작스러운 예나의 질문에 새벽의 눈동자가 크게 흔들렸다. 더욱 이상했던 건, 이미 마음속으로 그 대답을 하고 있다는 것이었다. 머리까지 전달된 답 때문인지 좀처럼 마음이 가라앉지 않았다.

"갑자기 그런 걸 왜 물어요? 다짜고짜 찾았다며 쉬는 사람 방해하곤……."

"사랑해요?"

되묻는 그녀의 목소리가 날카로웠다. 은은한 스탠드 불빛에 비친 예나의 눈빛에 새벽이 입술을 꽉 씹었다. 대답을 피한다 해서 적당히 물러날 것 같지 않았다.

"네, 사랑해요."

단호한 새벽의 대답에 예나의 눈썹이 꿈틀거렸다.

"사랑해? 사랑한다고? 하, 웃기지도 않네. 하하, 하하. 정말 웃기지도 않아."

헛웃음을 터트리는 예나를 바라보던 새벽이 소파의 팔걸이를 꽉 움켜잡았다. 곧게 세운 허리에 힘이 들어가 곧 빳빳하게 굳어졌다. 사실 대답을 하면서도 스스로에게 의구심이 들었다. 사랑했다. 언제부터 그런 마음을 먹었을까. 어느 순간부터 그에게 그런 감정을 느낀 걸까. 마음이 흔들리는 경우는 수도 없이 많았다. 다만 그 경우를 정확하게 꼬집지 못하는 것뿐 이지. 꼭 그 경우를 꼬집으라 한다면 아마 웨딩드레스를 선물 받은 생일, 그때부터였을 것이다. 그

177

전부터 조금씩 키워온 마음이 한순간에 폭발해 버린 건.

"그 말, 하지 말지 그랬어요."

"무슨 말이에요?"

"너무 불쌍하잖아요. 한새벽 씨."

"그러니까 무슨 말이냐 묻잖아요."

화가 났다. 스스로 불쌍하다 생각한 적도 있었지만, 그건 순전히 이 결혼을 앞두기 전과 결혼의 초창기뿐이었다. 비즈니스 결혼이라는 것을 알게 되었을 때부터 그것을 피부로 느낄 때까지. 물론 그 뒤로는 점차 불쌍하다는 생각을 지워갔다. 한결이 노력하자 했으니까. 우리만의 울타리를 만들자 했으니까. 그래서 예나의 입에서 듣는 불쌍하단 소리가 화가 나는 것이다. 아무것도 모르면서, 저를 불쌍하다 낙인을 찍어 버리다니.

"있잖아요, 왜 아직 둘이 혼인신고 못 하는지 알아요?"

"못 하는 거 아니에요. 안 하고 있는 것뿐이지."

결혼한 뒤 며칠이나 되었을까. 한결이 저에게 그랬었다. 서로의 마음이 같은 사랑을 그릴 때, 그때 혼인신고를 하고 싶다고. 집에는 자신이 이야기를 잘 하겠다는 말도 덧붙인 채. 사실 그렇게 하지 않아도 자신이 도망갈 곳은 없으니 그냥 혼인신고를 하자 말하려 했지만. 그대로 한결의 제안을 받아들였다. 서로의 그런 노력도 없이, 유예기간도 없이 혼인신고를 덜컥했다간 또 다른 족쇄가 생길 것 같았다. 더불어 팔려 왔다는 생각을 떨칠 수 없었을지도 모른다. 저의 결혼이 아버지의 회사를 살릴 수 있는 유일한 방책이었으니까.

그래서 더더욱 한결의 제안이 달콤했다. 적어도 그런 생각을 하지 않게 만들어 줄 것 같았다. 사랑이 없는 결혼이었을지라도, 사랑을 키워 갈 수 있는 결혼이길 바랐으니까. 그러니 결코 혼인신고를 못 하는 게 아니다. 하지 않는 것이다.

"못 하는 게 아니라 안 하는 게 확실해요?"

예나는 여전히 비웃고 있었다. 그게 영 거슬린 나머지 새벽이 얼굴을 확 구겨버렸다.

"무슨 말을 하고 싶은 거예요?"

"진짜 모르나 보네?"

"쓸데없는 말 하실 거면 저 먼저 일어날게요."

쉬러 왔더니 스트레스를 얻었다. 목 끝까지 차오르는 짜증을 꾹꾹 누른 새벽이 몸을 일으켰다. 조금이라도 빠르게 방을 나서고 싶었다. 그녀를 지나쳐 문으로 다가가자, 짧은 한숨 소리가 뒤에서 들렸다.

"프로젝트가 성공하지 못할 시, 이 결혼은 무효가 된다는 말을 들어 봤으려나 몰라."

순간 새벽의 몸이 바짝 굳어버렸다. 문을 열려던 손길도 우뚝 멈춘 채 주먹을 꽉 말아 쥐었다.

"BN그룹과 ST그룹의 합심. 이 타이틀만으로도 신문에 실리는 홍보 효과는 엄청나겠죠. 투자자, 하청업체."

구두와 바닥이 마찰하는 소리가 점점 다가오고 있었다. 하지만 새벽은 움직일 수 없었다. 엉터리뿐인 그녀의 말을 들으며 왜 상처를 받고 있는 걸까. 움직여 뿌리치면 그만인걸.

"그리고 리조트를 이용한 광고 수익까지. 어마어마한 이용가치죠. 안 그래요?"

가슴이 따끔거렸다. 그 이용가치는 회사와 회사의 만남이 아닌, 저와 한결의 결혼을 이야기하는 걸 테지. 알고 있었다. 그래서 더 참을 수 없이 아팠다.

"그런데 프로젝트가 끝나버리면? 성공도 하지 못하고 바닥으로 뚝."

그녀의 말과 동시에 구두 소리가 우뚝 멈추어 버렸다. 화들짝 놀라는 새벽의 어깨에 손을 얹은 예나가 킥킥, 웃음을 터트렸다.

"그럼 더 이상 이용가치는 없죠. 손해란 손해는 전부 봤으니, 이용가치가 뭐야. 안 그래요, 한새벽 씨?"

"그래서 원하는 게 뭔데요?"

"그쪽이랑 김한결 씨랑 헤어지는 거요."

하, 깊은 한숨이 새어 나왔다. 천천히 몸을 돌린 새벽이 예나를 뚫어져라 쳐다보았다. 몇 번 만나지 않았지만 마음에 들지 않는 눈빛이었다. 저를 자신보다 아래로 생각하는 눈빛임을 알게 된 순간, 묘하게 새벽의 눈에도 힘이 들어갔다.

"내가 헤어진다고 해서, 한결이가 그쪽한테 갈 것 같아요?"

"모르는 거 아닌가?"

"나랑 헤어져서 갈 거였다면, 그쪽이 그렇게 꼬리를 칠 때 진즉 넘어갔겠지."

결정타였는지, 새벽의 말에 예나가 이를 꽉 물었다. 은은한 방에서도 예나의 붉으락푸르락 한 얼굴은 유독 도드라졌다.

"알려줘서 고마워요. 더욱 열심히 내조를 해야 할 이유가 생겼네. 더불어 한결이에 대한 마음도 더 단단해졌고."

새벽의 말에 예나의 눈이 휘둥그레졌다. 아, 앓는 소리를 터트리던 그녀가 양손으로 이마를 꾹 눌렀다. 머리칼을 꽉 쥔 채 새벽을 향해 냅다 소리를 질렀다.

"말이 돼? 마음이 단단해져? 김한결이, ST그룹이 당신을 속인 거야. 알아? 당신은 사기를 당하고 결혼을 한 거라고. 속이 문드러져야 정상 아냐? 머리가 돌 거 같고, 당장 다 때려치우고 싶은 게 맞는 거 아니냐고!"

소리를 지르는 예나의 목소리에 새벽이 입술을 살짝 짓씹었다.

"맞아요. 아파. 속이 문드러져서 썩을 거처럼 아파."

"그런데 그런 말이 나와?"

"그런 말이 나오게끔 한결이 믿음을 줬으니까요. 내가 김한결을 믿으니까."

여전히 시선을 피하지 않고 대답하는 새벽의 모습에 예나가 입술을 꽉 짓씹었다. 머리를 잡고 있던 손을 탁 놔버린 채 그녀를 죽일 듯 노려보았다.

"성예나 씨는 대체 왜 이러는 거예요? 단지 김한결을 갖고 싶어서?"

"처음엔 그랬죠. 갖고 싶지 않을 여자가 어디 있을까. 돈 많아, 잘생겼어, 성격 좋아. 심지어 능력까지 좋으니…… 둘이 정략 결혼이라 해서 뺏을 수 있을 거라 생각했지. 심지어 혼인 신고도 안 했다니까. 같은 계열에서 도움이 될 수 있는 내가, 더 나을 거라 생각했거든."

예나의 마지막 말에 가슴이 따끔거렸다. 저 역시 그런 생각을 얼마나 했는지 모른다. 한결이 하고자 하는 그 일에 저도 도움이 될 수 있다면 좋을 텐데. 밤이 늦도록 회사에서 돌아오지 못할 때, 그 곁에서 함께 머리를 맞댈 수 있다면 얼마나 좋을까.

다만 이룰 수 없는 것이라 생각이 들어, 다른 방법으로 그의 도움이 되고자 했다. 돌아오고 싶은 집으로 만들기 위해서, 기댈 수 있는 동반자가 되기 위해서. 정략결혼이라는 틀을 벗어난, 부부 다운 부부가 되고자 꾸준히 노력했다. 그렇게 스스로를 다잡았다. 예나가 하는 말은 신경 쓰지 말자고. 같은 계열이 아니더라도 저는 충분히 한결에게 도움이 되고 있다고 말이다.

"처음엔 그랬는데, 지금은 아니란 거예요?"

"맞아요. 지금은 이제 내가 왜 이러는지도 모르겠네요. 그쪽 말대로, 윤호재 씨 말대로 어차피 나에게 오지 못할 인연이었다면……."

하, 깊게 한숨을 내뱉던 예나가 고개를 푹 숙인 채 두 손으로 얼굴을 감쌌다. 정적이 한참 이어지고, 새벽이 괜찮냐 물어보려던 찰나 예나가 다시 얼굴을 들어 올렸다.

"그냥 다 망가트리고 싶네요. 고마워요, 정리 할 수 있게 도와 줘서."

"무슨 말이에요?"

"내일이면 재미있어질 거란 이야기에요."

킥킥, 웃음을 터트리던 예나가 릴렉스룸의 문을 활짝 열었다. 그때, 새벽의 손이 예나를 붙잡았다. 아무리 생각해도 영 꺼림칙했다.

"무슨 말이냐고 묻잖아요!"

제 손목을 붙잡은 새벽을 돌아보던 예나가 미간을 좁혔다.

"이 프로젝트 절대 성황리에 못 끝나게 해주겠단 말이에요."

"절대 그럴 일 없어요. 한결이가 계획한 일이 무산 될 이유 없어요!"

"이거 놔!"

소리를 빽 지르던 예나가 새벽을 바닥으로 내동댕이쳤다. 릴렉스룸이 아닌, 복도로 내팽개쳐진 새벽이 바닥에 부딪힌 팔을 움켜쥐며 몸을 반쯤 일으켰다.

"그래, 그러니까 조용히 즐기라고. 다 망가트릴 거니까, 전부 다 끝내버릴 거니까. 만끽하고 있으라고 하잖아!"

"절대 무너지지 않아요. 전부 끝나지도 않을 거고, 당신의 알량한 그 속셈으로 망가질 정도로 약하지도 않아."

"하, 그래. 뭐 그렇게 생각해. 네 맘대로."

새벽의 말에 어깨를 으쓱거리던 예나가 코웃음을 쳤다. 온갖 짜증이 뒤엉킨 표정을 한 채 그녀가 릴렉스룸을 나왔다. 문을 탁, 닫기 무섭게 날이 선 눈빛이 복도의 맞은 편에서 느껴졌다. 누군가 싶어 고개를 돌린 예나가 이윽고 앓는 소리를 터트렸다. 하필 제일 귀찮은 상대를 만나 버렸다.

"새벽아!"

커다란 외침과 함께 달려온 건, 눈이 커다래진 호재였다. 잰걸음으로 복도를 걸어온 그가 바닥에 쓰러진 새벽을 부축했다.

"괜찮아? 어디 다쳤어?"

"괜찮아요. 괜찮아요, 선배."

부축을 받으며 일어나는 새벽이 고개를 끄덕이며 살짝 미소를 그렸다. 부딪친 순간의 아픔이 조금 컸을 뿐이지 사실 지금은 아무렇지도 않았다. 무슨 일이 생기는 건 아닐까 하는 불안함이 조금 더 컸을 뿐.

"성예나 씨. 무슨 짓입니까, 이게!"

"무슨 짓 안 했어요. 하도 매달리기에 뿌리쳤더니 자기 혼자 나동그라진 거지."

이를 아득 가는 호재의 눈빛에도 예나는 코웃음을 칠뿐이었다.

"잘 해 봐요. 프로젝트 망해서 버림받으면, 거기 윤호재 씨한테가면 되겠네."

"선배까지 끌어들이지 말아요."

"눈물겨운 말이네요. 선배까지 끌어들이지 말라. 애초에 그쪽 선배는 한새벽 씨를 후배로만 생각하지 않는 것 같던데."

한껏 비아냥거리던 예나가 호재와 새벽을 번갈아 쳐다보며 킥킥, 웃음을 터트렸다.

"더 이상 입 놀리면, 가만있지 않을 겁니다. 성예나 씨."

이어지는 호재의 말에 예나가 웃음을 뚝 멈추었다. 하지만 입술은 여전히 바짝 말려 올라간 채 미소를 그리고 있었다. 호재를 빤히 지켜보던 예나가 어깨를 으쓱거렸다.

"더 이상 할 말도 없어요. 저는 바쁜 일이 생겨서 이만 가 봐야겠네요. 좋은 시간 보내세요, 두 분."

두 사람에게 홍, 코웃음을 친 예나가 걸음을 옮겼다. 그들을 스쳐가는 조그마한 발이 어딘가 모르게 조급해 보였다. 그녀의 뒷모습을 빤히 지켜보던 새벽이 입술을 입에 힘을 주었다. 왜 이렇게 불안한 건지 알 수 없었다. 그런 새벽의 불안함을 알지 못하는 호재가 조심스레 입을 열었다.

"무슨 일인지 물어봐도 돼?"

잠시 망설이는가 싶던 새벽이 팔을 잡고 있던 손에 힘을 주었다. 말을 해야 할까. 이 프로젝트와 저의 결혼이 평행선이라는 이야기를 그에게 알려야 할 이유가 있을까. 아직 한결에게도 묻지 못한 이 이야기를 꺼낼 필요는 없지 않을까. 수많은 고민이 머리를 스쳐갔다.

"그게……."

"아니야, 곤란하면 말 안 해도 괜찮아. 괜찮아 새벽아."

"미안해요."

"아냐, 빨리 가자. 김한결 씨가 걱정하더라."

새벽이 고개를 끄덕였다. 그의 부축을 받아 몸을 일으켰을 때, 호재의 짧은 숨소리에 고개를 돌렸다. 입을 달싹이는 그의 얼굴에 왜 이리도 쓸쓸하게 느껴진 걸까.

"나는 너에게 아무것도 못 해 주지만. 예나 지금이나…… 똑같지만."

그의 마음을 몰랐다면 무엇이 똑같냐 물어봤을 테지만, 새벽은 차마 묻지 못했다. 어렴풋이 알 것 같았다. 그 말의 본뜻을, 숨겨진 마음을. 받아줄 수도 없으면서 토해 내게 하는 것만큼 잔인한 게 또 어디 있을까. 굳이 그가 먼저 말하지 않은 것들을 자신이 알아야 할 이유는 없다. 또 그럴 자격도 없다. 그렇게 해 그의 본심을 듣고 나면 또 괜히 마음이 복잡할 것이라는 걸 알고 있다. 받아주지 못함에 생긴 미안함이 저를 괴롭히겠지. 겪지 않아도 뻔하다.

"그래도 도움이 필요하면 말해. 도와줄 수 있을 때까진 도와줄게. 힘이 들 땐 기대도 돼. 이건 그냥…… 그냥 친한 선배로서 하는 말이야."

아무런 대답도 하지 못했다. 잠자코 그의 이야기를 듣다, 파티장의 입구에 다다르고 나서야 눈을 마주하고 생긋 웃어 보였다.

"힘든 일…… 없어요. 괜찮아요, 나 너무 행복한걸."

그 말이 그의 마음에 끝맺음을 줄 것이라는 걸 알고 있었다. 제 입에서 터져 나온 행복에 그 역시 마침표를 찍을 수 있겠지. 아니, 그럴 수 있길 바라는 것일지도 모른다. 새벽을 빤히 바라보던 그가 고개를 끄덕였다. 어쩐지 후련한 표정이었다.

"그래, 그럼 다행이고."

두 사람 사이에 정적이 흘렀다. 한쪽에선 파티를 무르익게 하는 음악이 흘러나오고 있었지만, 두 사람은 그곳에 도통 물들지 못했다. 정적을 깨트린 건, 한결의 목소리였다.

"벌써 왔어요?"

잰 걸음으로 그들에게 다가온 한결이 새벽의 어깨를 꽉 부여잡았다.

"어쩌다 같이 와요?"

아무렇지 않은 척 물었지만, 분명 그 안에는 가시가 숨어 있었다.

"조금 일이 있었는데, 도와주셨어."

"일? 무슨 일이요? 나를 불렀어야지!"

"뭘 부르고 말고 할 것도 아니었어. 그냥 복도로 나온 선배가 보고 도와준 것뿐이야."

"그러니까 그게 뭔데요."

난처한 듯 웃는 새벽의 모습에 한결이 입술을 꽉 눌렀다. 말하지 못하는 일이구나 싶었지만, 들을 수 없다는 것이 더 화가 났다. 꼭 두 사람의 비밀이 된 것 같아 속이 부글부글 끓었다.

"집에 가서 이야기할게. 여기서 할 이야기는 아닌 거 같아."

고개를 도리도리 젓는 새벽의 얼굴이 하얗게 질려 있었다. 해서 더욱 물을 수 없었다. 어떤 일이든, 가볍게 넘길 일은 아닐 것 같은데. 그렇다 해서 꼬치꼬치 물어볼 수 없었다.

"집에서 말해 줄 거죠?"

화를 꾹꾹 눌러 담고 있음이 단박에 티가 났다. 고개를 끄덕인 새벽이 그의 손을 꽉 맞잡았다. 속이 답답하고 터질 것 같았지만 어쩔 수 없다. 빨리 집으로 돌아갈 시간만 기다리는 게 나을 것 같았다.

그런 두 사람을 지켜보던 호재가 파티장을 기웃거리다 한결에게 물었다.

"김한결 씨, 성예나 씨 못 봤습니까?"

"그 여자를 왜 여기서 찾습니까?"

한결의 퉁명스러운 대답에 호재가 입술을 짓씹었다. 파티장에 돌아 온 건 아니란 사실에 머리가 지끈거렸다.

"L사 따님이시랍니다. 그분이."

하, 거친 한숨과 함께 내뱉은 대답에 한결의 목소리도 조금 격양되었다.

"L사? 이번 사업 협력업체 중 한 곳 아닙니까?"

"뭐, 그러다 중간에 손을 뗐죠. 이유는 알 법도 한데……."

호재가 말끝을 흐리자, 한결이 슬쩍 새벽을 쳐다보았다.

"잠깐 들어가 있을래요? 금방 갈게요."

고개를 끄덕인 새벽이 한결의 손을 다시 한 번 꽉 맞잡았다. 예나의 이야기를 할 것이다. 방금 전 일을 모르니 자신이 듣는 걸 원하지 않겠지. 그렇담 조용히 피하는 게 나을 것이다. 더불어 그를 걱정해 함께 고민을 나눌만한 상황도 아니었으니. 파티장에 돌아가기 전, 호재에게 고맙다는 인사를 남기고 싶었지만 두 남자의 분위기를 보니 도저히 그럴 수 없었다. 고개를 끄덕이는 가벼운 인사로 대체하고 뒤를 돌아 파티장으로 걸음을 옮겼다.

한결은 수많은 인파에 새벽이 묻히는 것을 확인한 후에야 호재를 매섭게 노려보았다. 어째서 새벽과 함께 오는 것이냐, 말이 필요 없는 무언의 질문이었다.

"내가 왜 성예나 씨를 찾는지 모르겠습니까?"

"네. 모르겠습니다."

"방금 전에 새벽이랑 성예나 씨 같이 있었습니다."

그의 말에 한결이 잠시 침묵을 지켰다. 왜 둘이 같이 있었을까, 로 시작한 고민은 곧 짙은 탄식으로 끝을 냈다. 양손으로 마른세수를 몇 번이나 하다 끄응, 앓는 소리를 터트렸다.

"무슨 이야기를 나누었는지 들었습니까?"

"아니요. 못 들었습니다만 그 여자가 뭘 계획하는지 대충 알 것 같네요."

호재의 말에 한결이 손을 내려 고개를 들었다. 서슬 퍼런 눈빛이 그가 얼마나 화가 났는지 말을 해 주고 있었다.

"그러니까 왜 그런 여자한테 약점을 잡힙니까?"

호재의 표정 역시도 만만치 않았다. 잔뜩 좁아진 미간 사이로 소(小)가 그려졌다. 아득, 이를 씹던 그가 주머니 속 핸드폰을 꺼내 들었다.

"무슨 말입니까?"

"잘 생각해 보란 말입니다. 어떤 약점을 잡힌 건지."

"설마 그 약점…… 그거 설마 주차장에서 함께 들었던 그 이야기입니까?"

주차장. 이야기. 한결의 말을 하나하나 떠올리던 호재가 한숨을 폭 내쉬었다. 기억력도 좋지. 고개를 끄덕인 그가 신경질적으로 핸드폰의 화면을 두드렸다.

"예. 맞습니다. 그거."

"설마 그거 새벽이한테 말 한 겁니까?"

격양된 한결의 목소리에 호재가 쉿. 검지를 입술에 가져다 댔다.

"소문낼 거 아니면 좀 조용히 합시다. 김한결 씨."

한결의 마음속은 이미 온갖 괴성을 내지르며 짜증을 내는 중이었다. 독한 여자한테 걸린 건 이미 느끼고 있었는데, 정신병이라 느껴질 정도의 집착까지 갖고 있다니.

저에게만 향하는 화살이었다면 참으려 했다. 무시할 대로 무시해 줬고, 선은 그을 수 있는 만큼 그었다 생각했으니까. 다만 그녀를 자를 수 없었던 건, 명분이 없기 때문이었다. 더불어 지금의 위치에선 그런 명분을 만들어 낼 수도 없었으니까. 적당히 때를 봐서 회사에서 쳐내리라 다짐했건만, 결국 제 우려대로 새벽에게까지 손을 뻗었다. 끓어오르는 화를 주체할 수 없었다. 얼마나 주먹을 꽉 쥐고 있었는지, 짧은 손톱이 손바닥을 파고드는 게 느껴졌다. 아드득. 이를 가는 소리가 들렸을 때 즈음, 호재의 목소리가 정신을 번쩍 들게 만들었다.

"예, 정 형사님. 지금 저희 회사 앞으로 좀 와주셔야겠습니다."

사뭇 심각한 표정에 한결은 아무런 말도 할 수 없었다. 이럴 땐 담배라도 배워 놓을 걸, 작은 후회가 든다. 답답할 때 담배를 태우는 게 도움이 된다는 선배들 말에 껌뻑 넘어가 보기라도 할걸.

"현행범이니까 하는 말입니다. 증거도 회사에 있으니까 빨리 회사 앞으로 와 주십시오. 저도 지금 가겠습니다. 예, 예."

현행범? 증거? 알 수 없는 말들에 한결이 미간을 좁혔다. 이윽고 통화가 끝나기 무섭게 호재가 한숨을 푹 내쉬며 입을 열었다.

"성예나 씨가 프로젝트를 빼돌리려고 작정을 한 모양입니다. 예전부터 이상한 낌새는 있었는데, 진짜 행동에 옮길 줄은 몰랐네요."

"그런데 왜 회사로 갑니까?"

곧 호재가 핸드폰을 한결에게 내밀었다. 핸드폰에는 최근에 바꾼 보안 시스템의 검색기록과 로그인 기록이 목록으로 정리되어 떠 있었다. 그리고 그곳에는 예나의 사원 아이디가 3분 전 한 폴더의 접속에 실패했다는 알림이 떠 있었다.

"이게 고생을 감수하면서까지 보안 시스템을 바꾼 이유였습니다. 성예나 씨가 따로 USB에 문서를 갖고 있는 것 같긴 한데, 그건 이미 성사되기 전의 문서들이기 때문에 지금 가장 중요한 핵심 보안 문서와 급이 다르죠. 산업 스파이가 의심된다고 본사에 특별히 요청해 검색 기록과 접속 여부만 따로 받아보고 있었습니다."

호재의 말에 헛웃음이 터져 나왔다. 미쳤다 생각은 했지만 이 정도로 정신이 나간 줄은 몰랐다. 저를 살살 긁으며 약점을 운운하는 것이 약과라 느껴질 정도였다.

"이건 이미 눈치를 챘음에도 싹을 뽑아내지 못한 제 불찰이니, 본부장인 제가 알아서 처리하겠습니다. 하지만."

곧 한결이 호재와 시선을 마주했다. 이미 그들의 눈빛은 상사와 부하로서 오고 가는 눈빛이 아니었다.

"일과 관련되지 않은 사적인 문제는 김한결 씨가 처리하셔야죠?"

호재의 날카로운 말에 그가 할 수 있는 건 그저 고개를 끄덕이는 일뿐이었다.

"고맙습니다. 프로젝트 지켜주셔서."

"김한결 씨 좋아서 지키는 거 아닙니다."

한 마디를 해도 예쁘게 하는 법이 없다. 이러니 자신이 호재를 좋아 하려야 좋아할 수 없는 거지.

"제 결과물이기도 한 이 프로젝트가 다른 회사에 새어나가는 게 죽도록 싫은 것뿐입니다. 내가 모시는 분이 목이 빠져라 기다리는 결과이기도 하고요. 그리고 이거 성공 못 하면, 한새벽 씨도 행복해 지지 못하는 거 아닙니까?"

아니라는 대답을 차마 할 수 없었다. 애초에 아버지와 그렇게 약 속을 하고 진행을 한 프로젝트였다. BN그룹의 이용가치와 그로 인 해 떨어질 이익들을 모두 계산한, 말 그대로의 정략결혼. 하지만 BN그룹이 함께한 프로젝트가 실패해 이용가치와 이익들이 필요치 않게 된다면 그들의 결혼 역시도 무의미하게 되어 버린다. 새벽이 곧 BN그룹이었으니.

분한 듯 입술을 꾹 누르고 있는 한결의 모습에 호재가 알게 모르 게 한숨을 내뱉었다. 이래서 한결과 독대하는 게 싫었다. 좋아하는 타입이 아니라 미워하려 하다가도, 흔한 재벌 3세처럼 느껴지지 않 아 금세 마음이 약해지니까.

"총수님과 한새벽 씨를 위해서 하는 겁니다. 그러니 착각하지 마 시고, 당신은 당신이 지켜야 할 것들이나 지키세요."

"프로젝트도 제가 지켜야 할 일입니다."

"예. 그래서 마무리는 모두 김한결 씨에게 맡길 예정입니다."

퉁명스러운 호재의 말에 한결이 눈을 동그랗게 떴다.

"내일 회사에서 봅시다."

하지만 그는 더 이상의 말을 남기지 않은 채, 한결의 어깨를 톡톡 두드렸다. 답은 들을 생각이 없다는 듯, 빠르게 뒤를 돌아 호텔을 빠져나갔다.

멀어지는 그의 뒷모습을 바라보던 한결이 어깨를 어루만졌다. 호재가 두드린 부분이 묵직하게 느껴졌다. 스스로 모든 것을 이룩해 낼 것이다. 평생 함께할 그녀를 지켜내고 보기 좋게 성공할 것이다. 그렇게 생각했던 스스로가 한심했다. 결국, 혼자만의 힘으로 이룬 것들은 아무것도 없다. 그런데 무엇에 취해 그리도 기고만장했던가. 스스로의 능력을 과대평가했던 것을 몇 번이나 자책한 한결이 짙은 한숨을 내뱉었다.

쓰디쓴 밤이었다. 기고만장한 마음에 취해 축배를 드는 것이 부끄러워지던. 그런 쓰디쓴 밤.

*

타닥. 타닥. 타다닥.

급하게 두드리는 키보드 소리가 텅 빈 사무실을 울렸다. 몇 번인가 빠르게 두드리고 지우고, 두드리고 지우기를 몇 번. 결국 짜증이 난 건지 쾅! 책상을 내리치는 소리까지 들렸다. 어두운 사무실 안을 번쩍이게 하는 건, 커다란 통유리에서 비추는 네온사인뿐만이 아니었다. 한가운데에 번쩍이는 모니터 한 대였다.

"아니야, 이것도 아니야."

중얼거리며 손톱을 뜯던 예나가 미간을 잔뜩 좁혔다. 짜증이 날 대로 난 목소리가 목에 매달려 그르릉, 울음을 터트렸다.

"생각해. 생각해 내."

제발, 제발. 울 것 같은 목소리가 이어졌다. 다시 한 번 키보드를 두드리고 엔터키를 내리쳤을 때, 그녀의 얼굴이 단박에 밝아졌다. 비밀번호를 해독한 모양이었다.

191

"좋아! 됐어!"

방금 전 인상을 찌푸린 모습은 온데간데없이 사라졌다. 기쁜 표정으로 서랍 속 USB를 꺼내 컴퓨터에 꽂았다. 조금씩 올라가는 버퍼링과 함께 예나 역시도 다리를 떨었다.

"빨리, 빨리."

중얼거리며 모니터를 뚫어져라 보던 찰나, 어둑했던 사무실의 불이 환하게 밝혀졌다. 깜짝 놀란 예나가 고개를 들어 올렸다.

"누구야?"

그리고 제 앞에 나타난 누군가의 모습에 아아, 깊은 탄식이 새어 나왔다.

"이 야밤에 회사는 어쩐 일이세요?"

아무렇지 않은 척해야 했다. 아무 일도 아닌 척. 자신은 그저 남은 업무를 보기 위해 회사에 온 사람이다. 그 이상도, 이하도 아니라 생각하며 미소를 그렸다. 그게 얼마나 어색한지도 모르면서.

"그럼 성예나 씨는 어쩐 일입니까?"

"일하러 왔는데요?"

"아, 그렇게 다 망쳐 버리겠다고 소리를 바락바락 지르더니 일을 하러 오셨다?"

"이제 다 끝나가요. 갈 거니까 걱정 마세요."

최대한 말을 아끼던 예나가 모니터를 내려다보았다. 앞으로 남은 건 20퍼센트. 조금만 더 시간을 끌면 되는 일이었다. 이미 자신이 바보처럼 속내를 다 밝혔다 해도, USB만 잘 숨겨 나가면 모든 게 끝이 난다. 저를 이토록 괴물 같은 사람으로 만든 이들에게 복수를 할 수 있다.

"내가 성예나 씨에게 주는 마지막 기회입니다. 지금 자리에서 일어나서 아무 일도 없었다는 듯 사무실 나가요. 그리고 다신 이 회사 돌아오지 마십시오."

"뭐라고요? 내가 왜 그래야 하는데요?"

"끝까지 버티시겠다?"

무언가를 알고 있는 듯한 호재의 표정에 예나의 두 눈이 크게 흔들렸다. 다시 모니터를 내려다보았다. 앞으로 남은 건 10퍼센트. 조금만, 조금만 더.

"일어날 생각 없습니까?"

"일 다 끝나면 간다고요. 왜 자꾸!"

"나는 분명 기회를 드렸습니다."

일순간 급변하는 그의 표정에 예나는 더 이상 아무런 말도 할 수 없었다. 이윽고 문서가 모두 담겼다는 알림음이 울렸고, 호재가 그녀를 향해 빠르게 다가왔다.

"저, 저리 가!"

소리를 지르며 의자를 집어 들었다. 당장에라도 던질 태세로 그를 위협했지만, 호재는 코웃음만 칠뿐이었다.

"그걸로 치면 가중처벌입니다."

"웃기지 마, 가중처벌이라니? 내가 뭘 했다고 가중처벌이야!"

"그걸 판단하는 건 내가 아니죠."

"뭐?"

잠시 예나의 경계가 느슨해졌던 그때였다. 뒤쪽으로 다가온 형사가 예나의 팔을 쳐 의자를 떨어트렸다. 옆자리로 떨어진 의자는 커다란 소음을 내며 모니터와 함께 바닥을 굴렀다.

"꺄악!"

형사 한 사람이 예나의 팔을 뒤로 돌려 수갑을 채웠다.

"성예나 씨 당신을 영업비밀침해죄 및 업무상배임죄의 현행범으로 체포합니다. 당신은 묵비권을 행사할 수 있고 변호사를 선임할 수 있으며, 법정에서 불리한 진술에 대해 입장을 거부할 권리가 있습니다."

"놔! 이거 놔! 아니야, 아니라고! 이거 안 놔?"

미란다원칙을 고지하는 내내 발버둥을 쳐 보아도, 형사들이 예나의 말을 들을 리 만무했다.

"윤호재! 윤호재, 내가! 내가 너 가만히 둘 줄 알아? 내가? 야!"

끌려나가며 발악을 하는 그녀의 모습에 호재가 흥, 코웃음을 쳤다. 컴퓨터에 꽂힌 USB를 뽑아 뒤따라가는 형사에게 건네준 그가 어깨를 으쓱거렸다.

"어떻게 가만두지 않나 보지, 뭐."

복도로 끌려나가던 예나가 악에 받쳐 소리를 질렀지만, 호재는 어깨를 으쓱거릴 뿐이었다. 의자와 부딪쳐 엉망이 된 누군가의 자리를 슬쩍 본 그가 한숨을 푹 내쉬었다.

빈 의자를 당겨 그 위에 털썩 앉은 그가 두 눈을 감았다. 이제 처리해야 할 일만 남았다. 분명 L회사는 예나를 구출하기 위해 갖은 방법을 다 쓸 것이다. 그래도 현행범에 증거까지 있어 쉽게 빠져나오진 못 할 테지만. 어찌 되었든 ST그룹에 손해는 아닐 것이라 생각했다. 원만한 합의를 위해 L회사는 분명 거래를 하려 할 테니. 이런저런 생각을 하던 그가 아이고, 앓는 소리를 냈다. 평소보다 더 고된 하루였다. 하지만 그 와중에도 그의 가장 큰 걱정은 다른 곳을 향해 있었다.

"김한결 씨는 잘 하려나……."

*

호재가 떠나고 한 시간이 채 되지 않아 파티는 급하게 마무리되었다. 전화를 받은 총수, 한결의 조부가 얼굴이 새파랗게 질려 파티장을 나간 탓이었다. 가장 중요한 이가 빠진 파티가 유연하게 흘러갈 리가 없었다. 한결의 부친이 다음을 기약하며 파티의 끝을 알렸다. 한결에게는 고생했다는 말을 남긴 채, 조부를 따라 회사로 급히 들어갔다. 대충 어떤 일인지 알 것 같았지만, 아는 척은 하지 않았다. 지금 당장 그에게 중요한 건 호재가 알아서 처리하겠다고 한 예나의 일이 아니었다. 집에 돌아온 뒤에도 묵묵히 소파에 앉아 밖을 바라보는 새벽이 문제라면 가장 큰 문제였지.

"새벽아."

누나라 부를 걸 그랬나. 본인은 모르겠지만 새벽은 자신이 누나라 부르는 거에 약한 편이니까.

"한결아."

"어?"

대답을 기다리다 되레 자신이 대답을 하고 말았다. 깜짝 놀란 그의 몸이 꼿꼿이 세워졌다. 집에 돌아와 샤워를 하고 옷을 갈아입는데도 한마디 하지 않는 게 무서웠다. 아무 말 없이 소파에 앉아있는 그 시간이 지옥같이 느껴졌는데, 오히려 힘이 없는 그녀의 목소리를 듣는 게 더 무섭다.

고민했다. 호재에게 들었으니 자신이 먼저 이야기를 꺼내 오해라 말을 해야 할까, 아니면 그녀의 말에 하나하나 대답하며 오해를 풀어야 할까. 고민이 이어질 때 즈음, 밖을 보던 새벽이 고개를 돌려 한결을 바라보았다.

"우리 비즈니스결혼이었지?"

쿵. 가슴이 저 아래로 굴러떨어졌다. 결혼을 할 때에 제 입에 달고 다니던 말이었음을 깨닫고 입술을 꾹 짓씹었다. 새벽도 이런 기분이었을까.

"그랬어. 처음엔."

"나한테 할 말 없어?"

새벽의 힘없는 목소리에, 떨리는 눈동자에 한결은 아무런 말도 하지 못한 채 고개를 푹 숙이고 말았다. 목이 따끔거렸다. 상처받은 표정을 한 그녀를 마주할 수 없어 눈을 질끈 감았다 떴다. 하지만 이렇게 아무런 말을 하지 않는 게 도움이 될 것 같지는 않다. 아니, 도움이 되지 않는 걸 너무 잘 알고 있었다. 차마 다가갈 수 없어 간이 소파에 앉아 있던 한결이 그녀의 곁에 앉았다.

"손잡아도 돼?"

새벽이 고개를 끄덕이자, 한결이 그녀의 작은 손을 꽉 잡아주었다.

"사실 결혼하기 전에 아버지와 약속을 했어."

"무슨 약속?"

듣고 싶었다. 예나에게 들은 내용이 진실이라 해도, 그녀에게 듣는 것과 한결에게 듣는 게 다를 것이라 생각했으니까. 한참 말을 잇지 못하던 한결이 크게 숨을 들이마셨다. 천천히 내뱉으며 입을 달싹이는데, 목소리에 떨림이 잔뜩 묻어 있었다.

"내가 새벽이 너와 결혼을 하는 대신, 지금 이 프로젝트를 성실히 수행할 것. 1년 안으로 무사히 성공시킬 것."

"만약 그러지 못한다면……. 어떻게 되는데?"

죽을 것 같았다. 무미건조한 새벽의 목소리가 가슴을 더욱 조여왔다. 목이 따끔거리는 수준을 넘어서 당장에라도 찢어질 것 같다.

"그 프로젝트 실패하면?"

새벽의 반복된 물음에, 저를 향한 눈빛에. 한결이 마른 침을 꿀꺽 삼켰다. 그녀의 손을 더욱 세게 잡고 힘겹게 입을 열었다.

"결혼은 없던 일이 되는 걸로……."

차마 말을 이어가지 못하는 한결의 모습에 새벽 역시도 입을 꼭 다물었다. 어색한 정적이 흘러갔지만, 두 사람 모두 이렇다 할 이야기를 꺼내지 않았다.

찬바람이 스치고, 그 바람이 오묘한 둘 사이의 벽을 만들었을 때. 숨을 크게 들이마신 새벽이 입을 열었다.

"왜 진작 말하지 않았어?"

상처받은 게 틀림없었다. 떨리는 목소리에 그녀의 마음이 오롯이 묻어나 있었다.

"말할 수 없었어. 내 포기를 가정해놓고 말을 하는 것도 싫었지만, 그걸…… 그러니까 그 사실을……."

떨리는 한결의 목소리에도 새벽은 아무런 말을 할 수 없었다. 괜찮다 손을 잡아주는 것도, 말을 해 보라 눈을 맞추어 주는 것도. 도저히 예전처럼 쉽지 않았다.

"그걸 어떻게 말해……."

어디서부터 어그러졌을까. 아니, 애초에 맞물린 시작도 아니었으니 어그러진 게 아닐까. 하지만 맞물리고 있었는데. 바로 어제까지만 해도 한결과 행복했다. 그리고 앞으로도 쭉, 그렇게 지낼 수 있을 거라 믿고 있었다. 이런 현실을 맞닥뜨릴 것이란 상상은 전혀 하지 못한 채.

"한결아."

자그마한 새벽의 목소리가 이어졌다. 잠시 어깨를 움찔거린 한결이 곧 바닥으로 내려가 그녀의 앞에 앉았다. 무릎을 꿇고 손을 꼭 마주 잡았다.

"숨겨서 미안해. 다른 사람의 입에서 듣게 만들어서 더 미안하고, 비참하게 만들어서 미안해."

제 마음을 콕콕 집어 말하는 목소리에 목이 꽉 막혔다. 몇 번인가 목을 가다듬으려 해 보아도 쉽지 않았다.

"하지만 새벽이 너에게 했던 말들은 전부 진심이야. 노력하겠다는 말도, 부부다운 부부가 되고 싶다는 말도. 마음이 맞닿아서 꼭 우리 둘만의 결혼식을 올리고 싶다는 말도……. 다 진심이었어."

한결의 그 말이 거짓이라 생각하지 않았다. 자꾸 마음에 걸려 그녀를 괴롭히는 건 따로 있었다.

"한결아."

어렵게 입을 떼자, 한결이 새벽을 바라보았다. 반짝이는 별이 눈에 담겨 있어, 새벽은 차마 그를 볼 수 없었다.

"그럼 나랑……."

왜 말이 이어지지 않는 걸까. 숨을 크게 들이마시고, 발가락에 힘을 잔뜩 주었다 풀어 보아도 나아지지 않았다. 괜히 눈물이 차올라 코가 시큰해졌다. 그럼에도 물어야 했다. 그것을 듣지 않고선 아무것도 할 수 없을 것 같았다. 나아가는 것도, 머무르는 것도. 혹 결말이 도망치는 일이 될지라도.

"한결이 너는 나랑 왜…… 왜 결혼을 했을까."

간신히 숨을 가다듬고, 또 몇 번이나 가슴에 힘을 주어 물었다. 하지만 여전히 눈은 마주할 수 없었다. 충격에 빠진 눈을 하고 있든, 갑작스러운 질문에 혼란스러워하든. 그 어떤 반응도 받아들일 수 없다. 결국 참았던 눈물이 톡, 톡 떨어졌다.

"그저 회사의 이익 때문에, 그래서 그런 맘에도 없는 말을 그렇게 툭툭 뱉은 걸까. 수천 번, 수만 번 혼자 묻고 또 묻고 또 물었어. 그런데…… 그런데 아직도 모르겠어. 네가 왜 나랑 결혼을 했는지, 나는…… 나는 아직도 모르겠어, 한결아."

봇물 터지듯 줄줄 터져 나오는 새벽의 말에는 설움이 묻어 있었다. 하얀 볼을 타고 내려와 턱에 대롱대롱 맺힌 눈물방울이 그녀의 손을 잡고 있던 한결의 손으로 톡 떨어졌다.

"대답해. 왜, 왜 그랬어."

다른 마음은 눈에 보이지도 않으면서 왜 이렇게 상처를 받은 마음은 적나라하게 보이는 걸까. 갈기갈기 찢어지고 상처가 난 마음을 마주할 때마다 한결은 숨을 쉴 수 없었다.

모두 제 잘못이었다. 처음부터 말을 하고 시작했어야 하는데. 애초에 모든 것을 알리고 그녀와의 믿음을 지켰어야 하는데. 겨우 쌓아 올린 신뢰라는 벽을 무너뜨린 건 제 자신이었다. 아버지도, 조부인 총수도 아닌 새벽과 하루를 함께 시작하고 끝내면서도 말을 하지 않은 김한결, 자신.

"원래 이건 프로젝트 끝나면 말하려고 했는데."

하, 깊은 숨을 내뱉던 한결이 몇 번인가 침을 넘기며 목을 축였다. 손에 힘을 주었다 풀기를 몇 번, 숨을 가다듬으며 말을 아끼던 그가 입을 열었다.

"너랑 결혼한 건, 회사와 관련 없어."

새벽은 대답이 없었다. 그저 눈물을 툭툭 떨어트리며 제 마음을 추스르기에 바쁠 뿐. 물론 한결 역시 서두르지 않았다. 한 번에 제 마음을, 말을 받아줄 것이라 생각한 적 없다.

"고등학생 때부터 지금까지, 내 마음엔 딱 한 사람밖에 없었어. 새벽아."

이윽고 한결의 두 손에 힘이 들어갔다. 점점 열이 오르기 시작했다. 막상 마음의 준비는 다 되었다 생각했는데, 그걸 입으로 뱉으려니 온몸이 달아 미칠 것 같다.

"한새벽, 너 하나뿐이었어. 오래전부터 너만 꽉 차있었어."

이윽고 눈물을 떨어트리던 새벽이 천천히 고개를 들어 한결을 바라보았다. 믿을 수 없다는 표정을 짓던 그녀가 눈을 깜빡였다. 투명한 물방울이 눈에 별님을 남긴 채 턱 아래로 죽 흘러내렸다.

"그래서 너랑 결혼한 거야. 그래서 그렇게 말 한 거야. 물론……
아버지와 그런 조건을 걸었던 건 잘못했어. 미안해. 하지만 정말 자
신 있었어. 너와 함께하면서 모든 걸 다 가질 자신…… 있었어."

진심이었다. 그녀와의 결혼생활도, 약속했던 프로젝트도 모두
제 손으로 잡을 수 있을 것이라 생각했다. 또 그렇게 되고 있다 자
신하고 있었다. 새벽과의 결혼생활은 상상했던 것보다 더 만족스
럽고 행복했으며, 프로젝트 역시 기대 이상으로 순조롭게 진행되고
있었으니까. 변명이라도 좋으니 조금이라도 더 새벽에게 제 마음
을 전하고 싶었다. 그녀와 결혼을 결심하고 강행한 건 단순히 비즈
니스 때문이 아니라는 것을.

"새벽아 나는."

그 마음을 꾸준히 이어왔다고. 그녀와 함께 할 날만을 꿈꿔왔다
고. 그 말을 전하려던 찰나, 새벽이 한결의 손을 탁 뿌리쳤다.

"나…… 쉴래."

눈물로 범벅된 얼굴은 단단하게 굳어 있었다. 한결을 바라보는
눈동자에는 이미 반짝임이란 사라진 재 오래였다.

"쉴래."

한결은 그런 새벽에게 한 마디도 하지 못했다. 자신의 이야기를
들어 달라는 말도, 변명이라도 하게 해 달라는 말도. 그저 입술을
꽉 짓누른 채 짙은 탄식을 내뱉을 뿐. 새벽은 그런 한결을 빤히 내
려다보다 몸을 일으켰다. 그마저도 사실 쉬운 일이 아니었다. 누군
가 자신의 다리를 꽉 붙잡고 놔 주지 않는 것 같았다.

한 걸음 또 한 걸음을 내디딜 때마다 마음이 저 아래로 굴러떨어
진다. 상실감에 빠진 것도 족하건만, 이젠 회의감이 밀려와 새벽을
괴롭게 만들었다. 커다란 늪에 빠진 기분이었다. 다신 빠져나올 수

도, 빠져나갈 수도 없는 늪.

방으로 들어가려던 새벽이 걸음을 우뚝 멈추었다. 그리고 천천히 뒤를 돌았다.

"당분간은 손님방에서 지낼게."

그녀의 말에 깜짝 놀란 한결이 뒤를 돌았다.

"새벽아, 그래도."

"지금 이 상태에서 저 방을 들어가면…… 내가 쌓아 온 것들이 무너질 거야. 너에 대한 신뢰, 마음, 그리고……."

새벽은 말을 채 이어가지 않았다. 입술을 꽉 짓씹으며 억지로 목 안으로 삼켜 냈다.

"그러고 싶지 않아. 당분간은 손님방에서 지낼게."

언제까지 그렇게 지낼 거냐는 질문은 할 수 없었다. 정해지지 않은 기한도 힘들겠지만, 정해진 기한이 더욱 힘들지도 모른단 생각 때문이었다.

새벽이 2층에 위치한 손님방으로 걸음을 옮겼다. 그때까지도 그녀는 한결을 돌아보지 않았다. 눈을 마주하며 인사를 하는 일 역시 없었다. 계단을 오르는 소리, 2층을 거니는 소리. 더불어 문이 닫히는 소리까지 들리고 나서야 한결은 크게 한숨을 내뱉었다.

-네가 왜 나랑 결혼을 했는지, 나는…… 나는 아직도 모르겠어, 한결아.

그 말에 뒤엉킨 것들이 얼마나 많은 것인지 한결은 어렴풋이 느낄 수 있었다. 자꾸만 울음에 젖은 목소리가 귀를 떠나지 않았다.

꽉 쥔 주먹으로 소파를 내리쳤다. 처음엔 못난 자신을 탓하고, 두 번째로는 이 사실을 모두 밝힌 에나를 탓했다. 세 번째로 내리쳤을 때에는 모든 것을 비즈니스로만 엮는 아버지를 탓했다.

하지만 한결 역시 알고 있었다. 결국, 이 모든 일의 시작과 끝은

저 때문이라는 것을. 자신의 아둔함으로 시작이 되었고, 자신의 안일함이 새벽을 낭떠러지로 밀어 버리고 만 것이라고. 자책에 자책이 이어졌다. 프로젝트의 성공을 코앞에 둔 밤이었지만 상상 속에서처럼 기쁘지만은 않은 밤이었다.

*

새들이 지저귀는 아침이 밝아왔지만, 새벽은 침대에 누워 꼼짝도 할 수 없었다. 전날 방에 들어오자마자 울고 웃고를 반복했다. 처음엔 그에게 속아 결혼을 했다는 생각에 슬펐고, 지나다 보니 그럼에도 행복했던 나날을 떠올리며 자신의 행동을 후회했다. 그러다 이 모든 행복을 망친 예나를 미워했고, 저를 속인 한결에게 실망했다. 그렇게 온갖 감정들로 탑을 쌓았지만, 결국 한결에 대한 마음으로 인해 와르르 무너지고 말았다.

-내가 있을 수 없던 누나의 추억, 그 시절에 나도 함께 있고 싶었어요. 동생이 아니라, 이렇게 건실한 남자로.

그때, 씁쓸하게 웃던 한결의 얼굴이 떠올랐다.

-이기적이라 욕해도 좋아요. 내 앞에서만 웃어요. 나만 보고, 나만 생각해요. 이게 사랑이 없는 결혼일지라도, 난 누나 머릿속에 내 생각으로 가득 차길 바라니까.

저 혼자 사랑이 없던 것뿐이었다. 사랑이 없었던 자신을 바라보며 꾸준히 믿음을 심어 준 건 한결이었다.

-표면상 남편이 아니라, 진짜 남편이 되고 싶어. 필요에 의한 마음이 아니라, 진실로 이루어진 마음을 받고 싶어.

그리고 생일 날 받았던 그의 진심을 떠올리곤 다시금 울음을 터트렸다. 이미 말을 했는데, 필요에 의한 마음이 아닌 진실로 이루어진 마음이라고. 하지만 그렇다 해서 자신을 속인 일이 없던 일이 될 리는 없는 법.

이것도 저것도 아닌 제 속마음에 괴로워 잠도 제대로 잘 수 없었다. 아침이 밝아오는 것도 창이 밝아지는 걸 보고 나서야 깨달을 수 있었다. 참 우습지. 아침이 밝자마자 떠오르는 게 한결의 아침이라니. 그런 제 모습에 피식 웃던 새벽이 숨을 크게 들이마셨다. 아침 인사라도 해야 하나 싶었던 그때, 문을 두드리는 소리가 들렸다.

"누나, 나예요."

한결의 목소리에 몸을 벌떡 일으켰지만, 그의 입에서 나온 누나라는 말에 몸이 굳었다. 돌아가 버린 기분이었다. 쌓아 온 모든 것들을 잃고 싶지 않아 방에 들어가지 않았는데, 이미 모두 잃어버린 기분.

"나 지금 나가요. 누나도 나와서 밥 먹어요."

전날 밤보다 더해진 상실감에 힘이 빠졌다.

"그리고 나 프로젝트 끝날 때까지 아마…… 집에 안 올 거예요. 꼭 성공한 결과물 가져올 테니까. 나 진짜 성공 할 거니까."

싫어. 그러지 마.

목 언저리에서 맴도는 말이었지만, 어쩐지 입 밖으로 터지지 않았다.

"그때엔 꼭 나 봐줘요. 이 방에서 꼭…… 나와 줘요."

움찔거리던 발가락에 힘을 꾹 주었다. 당장에라도 뛰쳐나가 안기고 싶었다.

사회적 위치, 그와 저 사이에 얽혀 있는 비즈니스 관계. 그 모든 것들은 이미 머리에서 지워져 버렸다. 새벽에게 남은 건 한결에 대한 마음, 그 하나 뿐. 나가야 할까, 나가서 끌어안을까. 온갖 고민이 이어졌지만 정작 몸은 움직이지 않았다. 머리에서 지워졌다지만,

아직 마음이 동하지 않은 모양이었다. 여전히 깊게 팬 상처에 이도 저도 하지 못할 때 즈음, 한결의 한숨 소리가 들렸다.

"좋아해요."

아, 짧은 탄식이 새어 나왔다. 두 손으로 입을 틀어막자마자 눈물이 툭 터지고 말았다.

"사랑…… 사랑해요."

울음에 젖은 목소리에 결국 그녀 역시 소리 없는 울음을 터트렸다. 침대 위에 누운 그녀의 몸이 동그랗게 말려 있었다.

"다녀올게요. 꼭 우리…… 처음부터 시작해요."

싫어. 가지마. 안 돼. 지금부터 시작해. 터져 나오려는 무수한 말들은 눈물로 변해 이불 위에 녹아들었다. 창가에 햇살이 새어 들어와 그런 새벽의 머리를 쓰다듬었지만, 눈물이 멈출 리 만무했다.

곧 계단을 내려가는 소리가 들려 자기도 모르게 몸을 벌떡 일으켰다. 침대 옆에 있는 창문에 매달려 바깥을 바라보았다. 대문이 열리는 소리가 들리고, 자갈길 위로 한결의 모습이 드러났다. 하지만 새벽은 그를 부르지 못했다. 오히려 한결이 뒤를 돌아보려 할 때 즈음, 벽으로 숨어 모습을 감추었다. 이윽고 바퀴가 돌을 지르밟는 소리가 들렸다. 그제야 벽에서 나온 새벽이 창 너머로 보이는, 집에서 멀어지고 있는 한결의 차를 빤히 바라보았다.

"가지 마."

이제야 터진 말이 그녀의 입에서 맴돌았다.

"가지 마, 한결아."

진심은 전하지도 못한 채, 지금처럼 숨어버린 제 자신이 한심하기 짝이 없다.

"나도…… 나도……."

고개를 푹 숙이는 새벽의 입술에서 거친 탄식이 새어 나왔다. 한 발자국 멀어졌다 생각했던 거리가 생각보다 더 멀게 느껴졌다. 전날 밤보다 더 아프고 저린 아침이었다.

*

한결이 회사에 출근했을 때에는, 이미 부서가 발칵 뒤집어 진 후였다.

"한결 씨 그거 들었어? 성예나 씨 이야기."

"성예나 씨가 우리 프로젝트 가로채려고 했다며?"

"아니, 것보다 L회사 따님이라며. 왜 우리 회사 들어온 거야?"

물론 한결은 아무런 대답도 하지 않았다. 글쎄요, 짧게 던진 오묘한 말 한 마디를 제외하고는 말이다.

"그나저나 한결 씨, 이 짐 다 뭐야? 회사에서 눌러 살려고? 가출했어?"

한 직원의 말에 한결이 머쓱하게 웃었다.

"아니요. 당분간 회사에서 지내려고요. 프로젝트에 집중하고 싶어서."

"이야, 신혼 즐기던 새신랑이 웬일이래?"

"한결 씨 원래 일 좋아했잖아요. 알만한 분이 괜히 그러네."

대화를 나누는 두 사람의 모습에 한결은 여전히 어색한 웃음을 그릴 뿐이었다. 짐을 들고 제 자리로 향하는 순간까지도 미간에 그려진 주름은 가실 생각을 않았다. 그런 한결을 멀리서 지켜보던 호재가 고개를 갸웃거렸다. 어제 잘 이야기가 끝나지 않은 듯 싶었다. 바리바리 싸들고 온 짐만 봐도 알 것 같다. 아휴, 한숨을 내뱉던 그가 들고 있던 문서들을 다른 직원에게 건넸다.

"회의에서 마저 보고해 주세요."

그리고 조금은 급한 걸음으로 한결에게 다가갔다. 책상을 똑똑 두드리며 멍하니 앉아있는 그를 깨웠다.

"잠깐 나 좀 봅시다. 김한결 씨."

"일 할 겁니다."

"상사가 커피 한 잔 뽑아주겠다는데, 안 나올 겁니까?"

하. 그의 짧은 한숨에 호재가 피식 웃음을 터트렸다. 다른 때에는 몰라도 이럴 때에는 참 칼같이 제 말을 따라준다.

"나오세요."

돌아서는 호재의 뒷모습을 바라보던 한결이 다시 한 번 깊게 숨을 내뱉었다. 주변에서는 드디어 본부장과 친해진 것이냐 들떠 물었지만, 한결은 웃음으로 얼버무릴 뿐이었다. 그를 따라 사무실을 나가 자판기 앞에 섰다. 호재가 내민 종이컵을 받은 한결이 고개를 까닥거렸다.

"성예나 씨 건은 회사 법무팀이 알아서 한다고 합니다. 저와 김한결 씨는 신경 쓰지 말고 프로젝트나 잘 마무리하라고 지시 내려왔습니다."

"그럴 것 같았습니다. 그것도 비즈니스의 연장선일 테니까요."

호로록, 커피를 들이마신 한결이 미간을 좁혔다.

"그럼 이 이야기는 전했고. 어제 잘 이야기했습니까?"

"뭘요?"

"새벽이, 아니 그러니까 와이프 분이랑 이야기 잘 했냐 이 말입니다."

"신경 쓰실 일 아닙니다."

여전히 저는 쳐다보지 않은 채 대답하는 한결의 모습에 호재가 피식 웃음을 그렸다. 커피를 한 모금 들이마시며 그를 힐끗 쳐다보았다.

"신경 쓸 일이 아닌데, 짐을 싸서 나왔습니까? 누구 말대로 가출했나 봐요?"

호재의 말에 한결의 날카로운 시선이 그를 향했다.

"신경 쓰실 일 아니라고 했습니다."

"어떤 결정을 내리든, 집을 나오든 김한결 씨 말대로 내가 신경쓸 일이 아니라고는 하지만."

호재 역시 한결에게 지고 싶지 않다는 듯, 눈을 부릅떴다. 오가는 두 남자의 눈빛 속에서 불꽃이 튀었다.

"그쪽이 행복하게 해 주겠다 약속한 김에 끝까지 약속 지키라는 겁니다. 그 약속 지킬 수 있는 사람은 김한결 씨 당신 한 사람뿐이니까."

그의 말에 한결의 몸이 움찔거렸다. 그가 무서운 것도, 그 말에 위압감을 느껴서도 아니었다. 약속을 지킬 수 있는 사람은 저 하나뿐이라는 말에 정곡을 찔린 기분이었다. 달콤한 미래를 약속하고 지켜줄 수 있는 것은 저 하나뿐이라는 말. 허탈하게 웃던 한결이 머리를 쓸어 올렸다.

"그러네요. 저뿐이었네요."

"이제 알았다는 말은 하지 맙시다."

호재의 말에 한결이 고개를 끄덕였다.

"프로젝트 꼭 성공할 겁니다. 코앞까지 오기도 했지만."

결심에 찬 한결의 눈빛을 본 호재가 피식 웃었다. 차게 식어가는 커피를 마시며 그가 눈치채지 못하게 한숨을 내뱉었다. 바닥에 남은 감정의 잔여물들을 커피와 함께 저 아래로 흘려보냈다. 겁쟁이는 제 자신이었으니, 그 누구도 탓할 필요가 없다. 마지막 커피 한 방울까지 모두 마신 그가 쓰레기통에 종이컵을 탁, 던져 넣었다. 일말의 미련까지도 모두 그 안에 버린 기분이었다.

마음이 후련했다. 몇 년씩이나 스스로를 묶어 놓고 있던 감정들에게서 해방되는 게 이토록 후련할 줄이야. 씩 웃던 그가 한결의 어깨를 툭툭 두드렸다.

"들어갑시다. 오늘부터 빡세게 시킬 거니, 각오하시고요."

고개를 끄덕이는 한결을 뒤로 한 채, 호재가 먼저 사무실로 걸음을 옮겼다. 그런 그의 뒷모습을 빤히 바라보던 한결이 큰 소리로 한숨을 내뱉었다.

"꼭 성공해서 갈게."

중얼거리는 목소리가 텅 빈 복도를 맴돌았다.

"꼭, 다시 시작할게."

새벽아.

그녀의 이름을 읊조리던 한결이 눈을 질끈 감았다 떴다. 종이컵에 담긴 커피를 모두 목으로 넘긴 뒤, 사무실로 향하는 그의 걸음이 아주 조금 가벼워져 있었다.

*

그로부터 일주일이 지났다. 한결은 여전히 프로젝트의 마감에 열을 올리느라 정신이 없었고, 호재는 자잘하게 터지는 문제들을 해결하느라 여념이 없었다. 한결이 회사에서 잠을 자며 일을 하는 것에 탄력을 받은 건지, 옷을 바리바리 싸와 회사에서 함께 지내는 직원도 몇 생겼다.

약 한 달이 남았을 거라 생각했던 프로젝트도 어느덧 끝이 보이기 시작했다. 조금만 더, 그 말이 아주 잘 어울리는 시기였다. 그런 한결의 노력을 알고 있는 건지, 새벽 역시도 삼 일째 되던 날 방에서 나와 마음을 추스르기 위해 많은 노력을 했다. 가끔 밤이 되면 홀로 남아버리는 건 아닌가 하는 두려움에 눈물을 터트리기도 했지만, 제법 익숙해졌다.

한결이 돌아온다 했으니, 그가 꼭 성공해 저와 다시 시작하러 온다 했으니. 그 말을 믿고 기다린 지 그녀 역시도 일주일째였다. 사용인들에게 요리를 배우고, 간간이 공방에 나가 작업을 했다. 그녀가 만드는 건 작은 신혼집과 예쁜 부부의 모형이었다. 작업이 끝나면 새벽은 손님방 침대에 앉아 핸드폰을 뚫어져라 바라보았다. 한결에게 연락이 오지 않을까 하는 작은 기대감으로. 혹은 그에게 연락을 해 볼까, 문자를 넣어 볼까 하는 고민 때문에. 물론 한 번도 핸드폰이 울린 적은 없었다. 그렇다고 자신이 먼저 울려 준 적도 없었지만.

어느 날과 다를 것 없이 요리를 배우고 공방에 들렀다. 여전히 그녀는 한결과의 방에 들어가지 않았다. 그와 다시 시작할 때에, 새로운 마음으로 가고 싶었기 때문이었다. 저녁이 되어서야 손님방으로 들어간 새벽이 침대 앉아 멍하니 창밖을 쳐다보고 있었다. 한참 하늘에 빠지려 할 때 즈음, 누군가 문을 두드렸다.

"사모님. 손님이 찾아오셨는데요."

"누구신데요?"

"대학교 선배라고 하시던데요."

아, 짧은 소리가 새어 나왔다. 호재라는 걸 한 번에 알아챘다. 하지만 새벽은 여전히 대답이 없었다.

"사모님?"

"자고 있다 말해주세요."

"하지만……."

"그냥 그렇게 말 해 주세요."

혼자 있고 싶었다. 한결이 돌아오기 전까지는 아무도 만나고 싶지 않았는데.

"죄송합니다. 사모님. 목소리를 들어 버려서 자고 있다는 거짓말은 통하지 않을 것 같은데요."

전해지는 호재의 목소리에 새벽이 아, 짧은 탄식을 뱉었다.

"들어갈까요, 아니면 거실에서 뵐까요."

"선배, 저 지금 혼자 있고 싶어요."

"꼭 보여 주고 싶은 게 있어서 왔습니다. 이것만 보여드리고 갈 테니까, 나와 주세요."

제발 혼자 두었으면 좋겠는데. 중얼거리던 새벽이 어쩔 수 없이 몸을 일으켰다. 만약 나가지 않는다면 호재는 정말 문을 열고 들어올 것이다. 대학생 때에도 그는 자신이 뱉은 말은 거의 지키는 편이었으니까.

"알았어요. 내려갈게요. 먼저 가 계세요."

"꼭 내려오는 겁니다."

"알았어요."

마지못해 대답을 한 새벽이 계단을 내려가는 발소리에 눈을 질끈 감았다 떴다. 아직 이야기를 듣지도 않았는데 가슴이 답답했다. 아휴, 짧게 한숨을 내뱉은 그녀가 몸을 일으켜 손님방을 나섰다.

계단을 내려가 거실에 도착하니, 커피를 마시고 있는 호재가 보였다. 아주 잠깐, 한결이 함께 온 것은 아닌가 하는 기대를 가졌다.

"김한결 씨는 회사에 있습니다."

"그런…… 그런 생각 안 했어요."

"그래요? 궁금해하실 것 같아서."

저를 보며 웃는 호재의 모습에 새벽 역시도 헛웃음을 터트렸다.

"무슨 일이에요?"

그의 맞은편에 앉아 묻자, 호재가 어깨를 으쓱거렸다.

"자, 일단 이거 보고."

커피잔을 테이블 위에 올려놓은 그가 안주머니에서 핸드폰을 꺼냈다.

"이게 뭐예요?"

"일단 보고 이야기 합시다."

호재는 말이 끝나기 무섭게 무언가를 틀어 새벽에게 보여주었다.

"아……."

새벽은 말을 이어 갈 수 없었다. 목이 꽉 막힌 것처럼 답답했다. 그가 틀어 준 건 누군가의 모습이 담긴 동영상이었다. 그리고 그 누군가는 며칠째 꿈에서조차 보이지 않는 남자, 한결이었다. 동영상 속 그는 분주하게 움직이며 일을 했고, 틈만 나면 여기저기 뛰어다니며 사람들과 상의를 했다. 인쇄물을 보며 팀원들과 이야기를 나누었다. 간간이 웃는 모습이 보일 때마다 가슴이 아렸다. 지쳐 책상에 엎드린 모습을 볼 때마다 눈물이 왈칵 차올랐다.

"그렇게 지낸 지 꼭 7일째입니다."

결국 차오른 눈물이 터지고 말았다. 한쪽 손으로 입을 틀어막아 다행이지 그러지 않았다면 당장 울음을 터트렸을지도 모르는 일이다.

"김한결 씨 책상에 뭐가 있는지 보여드릴까요? 최근에 컬렉션이 조금 늘었어요."

눈물을 슥슥 닦던 새벽이 고개를 끄덕이자, 호재가 핸드폰을 다시 집어 들었다. 앨범 속 사진 한 장을 선택해 그녀에게 내밀었다.

"이겁니다."

그가 내민 핸드폰을 받아 들었을 때, 새벽은 망치로 머리를 얻어맞은 기분을 느껴야 했다.

그의 책상 위에는 온통 사진들뿐이었다. 결혼식 사진과 웨딩 촬영 때 사진. 언제 찍었는지 자고 있는 자신의 모습도 작은 액자에 담겨 있었고, 데이트할 때에 찍었던 사진마저 액자로 놓여 있었다. 그리고 새벽이 만들어 간 방향제까지도 그의 책상을 장식했다.

"직원들한테 하나 둘 뺏어서 자기 책상에 진열하는데, 원성이 자자했죠. 이럴 거면 왜 돌린 건지, 참."

웃음을 터트리던 호재에 비해 새벽은 여전히 울음을 멈추지 못하고 있었다. 계속해서 눈물을 터트리며 숨을 가다듬고, 또 가다듬었다. 보고 싶다. 당장에라도 한결을 보러 달려가고 싶었다. 하지만 갈 수 없다. 약속을 했으니까, 꼭 모든 걸 성공시키고 오겠다 저에게 약속했으니까.

"어떤 이유로 김한결 씨가 나와 생활하는지 난 모릅니다. 알고 있어도 모른 척할 거고요. 그래도 꼭 이건 보여줘야겠다 싶었습니다."

씁쓸하게 웃던 그가 제 손을 어루만졌다. 딱딱하게 굳어가는 손끝을 꾹꾹 누르며 호흡을 가다듬었다.

"프로젝트 성공시키려고 많이 노력하고 있습니다. 그러니까."

숨을 크게 들이마신 그가 입술을 살짝 말아 올렸다.

"새벽 씨가 김한결 씨를 믿어줘야 합니다. 그렇게 노력하고 있는 건, 어쨌든 그 사람에게 새벽 씨가 전부란 이야기니까요."

호재의 말에 새벽은 대답을 하지 않았다. 그저 묵묵히 눈물을 쏟으며 호재가 준 사진을 뚫어져라 바라보고 있을 뿐.

"그건 두고 가겠습니다. 어차피 쓰지 않는 핸드폰이니 부담 말고 가져가세요."

그의 말에 새벽이 고개를 끄덕였다. 고맙다 말을 해야 하는데, 목이 꽉 막혀 말이 나오지 않았다.

"가기 전에, 하나만 다시 물어도 되겠습니까?"

이윽고 새벽과 눈을 마주한 호재가 입에 힘을 꽉 주었다. 마음에 두고두고 담아 놓았던 그때의 눈빛과 똑 닮아있었다.

"지금 그 생활, 행복합니까? 그러니까 김한결 씨랑 지금은 따로 있지만……."

"네."

호재는 조금의 망설임도 없는 그녀의 대답에, 또 금세 해사한 미소를 그리는 모습에 조금 놀라고 말았다. 대학생 때와 똑같다니, 얼마나 바보 같은 말인지. 그때의 새벽은 이렇게 해사하게 웃고 있지 않았다. 그래, 더 정확히 말하면 새벽이 웃는 모습 중 이토록 행복에 겨운 모습은 없었다. 언제나 바짝 마른 듯한 미소만을 지었으니까. 적어도 제 기억 속에서는 말이다.

"그래, 다행이네."

언젠가 뱉었던 말과 똑같은 말을 다시 한 번 뱉고 말았다. 정말 바보 같은 질문을 하고 말았구나, 중얼거리던 호재가 저 역시 밝게 웃어주었다.

"일주일만 더 지나면 프로젝트 기간도 끝납니다. 이제 마무리 단계라서 조금 더 빨리 올 수도 있고요."

뒤돌아 가려던 호재가 다시 말을 남겼다. 그에 새벽이 고개를 끄덕였다. 무슨 말인지 알 것 같았다 그런 새벽의 모습에 호재는 씁쓸한 웃음을 몇 번이나 삼켜야 했다. 방금 전 그녀가 보여준 미소를 떠올려보았다. 자신은 그런 미소를 짓게 해 줄 수 있을까.

답은 알 수 없다. 그저 지금의 생활을 행복하다 말하는 그녀의 진실 어린 미소가 마음을 꽉 차게 만들 뿐.

대문을 닫고 차로 돌아가는 내내 실없는 웃음이 터져 나왔다.

"연애하기 딱 좋은 계절인가."

중얼거리는 그의 목소리가 바람을 타고 휙 날아갔다. 안녕, 들리지 않는 인사를 고하는 마음속은 그 언제보다도 더 가벼웠다.

*

　호재가 떠난 뒤, 새벽은 몇 번이나 동영상을 돌려보았다. 같은 장면이라 생각했지만 그 안에서 숨겨진 한결의 마음을 몇 번이나 보았는지 모르겠다.

　바쁜 와중에도 그는 책상 위 사진을 어루만졌다. 일이 끝났다 싶을 때에도 그는 제 사진을 보느라 여념이 없었다. 한참이나 사진을 보던 한결이 동영상을 찍는 호재에게로 고개를 휙 돌렸다. 그 표정의 온도 차가 어찌나 뚜렷했는지 보는 새벽마저 놀라 웃음을 터뜨렸다.

　동영상 속 한결의 모습을 뚫어져라 지켜보던 새벽이 고개를 들어 저와 한결의 방을 쳐다보았다. 새벽이 무언가에 홀린 듯 몸을 일으켰다. 처음부터 다시 시작하며 열겠다는 다짐은 온데간데없이 사라진 듯, 두 사람의 방을 찾았다. 손잡이를 잡고 돌리는 순간까지도 몇 번이나 심호흡을 했는지 모른다. 달칵, 차가운 금속의 소리와 함께 굳게 닫힌 문이 열렸다. 언제나 따뜻한 색으로 가득 차있던 방은 언제 그랬냐는 듯 차갑게 식어 있었다. 밝은 빛으로 가득 차 있던 방이 어둠으로 물들어 가슴을 콱 조였다.

　-새벽아.

　한결의 목소리가 들리는 것 같았다. 환하게 웃으며 달려오는 그가 보이는 것 같았다. 온몸이 녹아내릴 정도로 뜨거운 그의 손이 목덜미에서 느껴졌다. 입술과 맞닿던 그 숨결마저 되살아났을 때, 새벽이 깜짝 놀란 듯 눈을 떴다.

　발을 움직여 방 안을 천천히 둘러보았다. 한결과 함께 하루를 시작하고 끝내던 침대. 그가 채워준 옷장과 화장대. 하나 둘 눈에 담으며 지난 추억을 되새겼다. 화장대에 앉아 거울을 보자, 웃고 있는 한결의 모습이 스쳤다. 그는 늘 씻고 나온 새벽을 흐뭇하게 바라보았다. 침대에 앉아 거울 너머로 저와 눈을 마주해 주었다.

-아, 우리 새벽이 예쁘다.

한결의 목소리가 들리는 것 같아 고개를 푹 숙였다. 목 끝이 따끔거렸다. 가까스로 숨을 들이키던 그때, 화장대 위에 반듯하게 접힌 종이를 발견했다. 무심코 지나쳤다면 모를 정도로 작은 글씨가 쓰여 있었다.

새벽이에게.

글씨체마저 한결과 똑 닮아 정갈했다. 흐트러짐 없는 글씨에 새벽이 숨을 참았다. 코끝이 시큰거려 당장에라도 눈물을 터트릴 것 같았으니까. 한참이나 망설이던 새벽이 종이를 집어 들었다. 언제볼 줄 알고 이걸 써 놓고 있었던 걸까. 바보 같은 남자. 천천히 펴 본 종이에는 빼곡하게 그의 마음이 새겨져 있었다. 정갈했던 글씨는 아래로 가면 갈수록 흐트러져 그의 심정을 대변해 주는 듯했다.

[이 편지를 읽고 있을 즈음엔…… 내가 누나와 눈을 마주하고 이야기를 하고 있길 소망해요. 내 마음을 이렇게 글로서만 전하는 건 너무 미안하잖아요. 물론 그런 상황이 오지 않는다 해도 나는 할 말이 없지만.]

편지의 시작을 읽자마자 마음이 먹먹해졌다. 읽지 말 걸 그랬다. 중얼거리는 그녀의 목소리에 힘이 죽 빠져 있었다. 내용은 그 날 그녀에게 했던 이야기와 같았다. 상처 주려 그런 게 아니었다는 말. 일부러 그런 게 아니었다는 말. 어쩌면 자신은 생각보다 야박한 사람일지도 모른다 생각했다. 모두 알면서 그럼 왜 그랬냐, 또다시 이유를 묻고 만다. 자신에게 상처가 될 거라는 걸 알면서도 듣고, 또 들으려 노력한다.

한결이 그것을 되새기고 또 되새기며 제 아픔을 함께 느껴주었으면 좋겠다. 자신이 상처받은 만큼 그가 상처를 받는다는 걸 알면서. 모르는 게 아니면서, 그의 입에서 반복해 듣길 원한다. 그게 자신의 상처임을 알아주길 바라서일까. 그러다 편지의 중간 즈음에서 더 이상 읽어 내리질 못한 채 눈을 질끈 내리 감고 말았다. 아. 낮게 새어 나오는 한숨이 어쩐지 탁하게 느껴졌다.

[내가 그걸 말하면, 누나는 분명 팔려왔다고 생각할 것 같았어요. 대가가 있었고, 그것을 위해 잠시 표면상 이루어지는 결혼이었으니까요.

누나가 자신의 가치를 모르게 될까 걱정했어요. 한새벽이라는 사람만으로도 반짝반짝 빛나는 그걸 모를까 봐. 충분히 굴레를 벗어나 잘 지내온 당신의 나날들을 그저 가치가 있는 사람과 가치가 없는 사람으로 나누어 버릴까 봐.

그리고 그런 나를 어려워 할까 봐. 한 가정을 이루고, 미래를 함께 나아갈 남편으로 생각지 않을까 봐. 그런 조건 때문에 나에게서 완전히 멀어져 버릴까 봐.

결국 누나의 마음엔 우리의 미래가 아닌, 끝으로 가득 할까 봐. 그게 너무 무섭고 두렵고 아팠어요.]

편지를 쥐고 있던 손이 바들바들 떨렸다. 어쩌면 한결은 저보다 더 아프고 괴로운 나날을 보냈을지도 모른다. 저보다 더 많은 고민을 잇고, 생각을 안은 채 저를 대했을 것이다. 몇 번이나 비즈니스 결혼이라 강조한 것도 아마 제 마음을 알고 싶었던 걸 테지. 정확하진 않지만 그럴 것이란 생각이 들었다. 만약 그런 게 아니었다면, '우리라는 단어를 쓰지 않았을 것이다. 당신과 나. 딱딱하기 그지없는 호칭으로 정리를 했을지도 모르지. 굳이 사랑이 없는 관계여도 쇼윈도 부부처럼 살고 싶지 않다 몇 번이나 강조할 필요도 없었겠고.

숨을 크게 들이마시고 내뱉었다. 편지를 끝까지 읽으면서 미어질 듯 아픈 가슴을 두드리고, 부여잡고 껴안았다.

[나에게 누나는 10년이었어요. 10년의 짝사랑, 10년의 애달픔, 10년의 기다림. 그 10년을 버텼는데 앞으로의 시간을 못 버틸 건 없어요. 천천히 돌아와도 좋아요. 돌아오기만 해 줘요.

우리의 방으로, 내 옆으로. 그리고 김한결의 한새벽으로……]

흔들리는 글씨 위로 한결이 흘렸을 눈물이 번져 있었다. 덕분에 더 이상의 편지를 읽는 건 힘들었지만, 읽지 않아도 느낄 수 있었다. 어떤 마음으로 이 편지를 썼고, 어떤 마음으로 기다린다 말을 했을지. 결국, 돌아오는 길은 하나뿐이었는데, 저는 어째서 수많은 갈림길을 정해놓고 방황했을까. 자신이 앞으로 보는 길은 여러 가지였을지언정, 한결에게 길은 저 하나뿐이었는데.

"한결아……."

깊게 내쉬는 한숨에 떨림이 가득한 새벽의 목소리가 배어있었다.

"보고……."

편지를 꽉 끌어안은 두 팔이 미세하게 떨렸다.

"보고 싶어……."

그가 저를 속였다는 사실도, 그로 인해 상처를 받았단 마음도 모두 날아가 버렸다. 결국 그녀에게 남은 건 한결을 향한 마음 그 하나뿐. 두 사람의 방에서 쌓은 감정들, 그것만 오롯이 남아버린 목소리가 짙게 새어 나왔다. 보고 싶어, 보고 싶어. 몇 번이나 중얼거리던 새벽의 볼 위로 뜨거운 눈물이 흘러내렸다.

애절한 마음이 뜨거운 숨결로 터져 나와 방 안을 가득 데우고 있었다. 이제 막 겨울이 시작하려는 서늘한 오후의 일이었다.

*

그로부터 일주일이 흘렀다. 뒤도 돌아보지 않은 채, 일에 매달리던 한결은 비로소 프로젝트에 마침표를 찍을 수 있었다. 온 직원이 환호했고, 기뻐했다.

"야, 드디어 한결 씨 집에 가겠네? 새 신부 보고 싶어서 어떻게 참았어?"

누군가는 그의 등을 두드리며 제 일인 양 기뻐해 주었다. 깨가 쏟아지는 신혼을 일이 방해했다 생각한 모양이었다. 또 누군가는 요 며칠의 생활이 좋았던 모양인지 아쉬움을 표출하기도 했다.

"한결 씨 우리 가끔 이렇게 회사에서 일도 하고 그러자. 나는 캠핑 같아서 좋던데?"

"이 사람이! 별소리를 다해. 나는 싫거든? 우리 예쁜 딸보고 출근하고 싶거든?"

물론 모두가 그 아쉬움에 찬성하는 건 아니었다. 제각기 다른 마음으로 프로젝트의 끝을 달랬다. 물론 앞으로 팀이 사라질까 걱정하는 이가 더 많았지만.

"우리 오늘 뒤풀이 하죠, 뒤풀이!"

잔뜩 신이 난 누군가의 목소리에 직원들이 함께 동조했다. 이제껏 참고 있던 술을 오늘 모두 위에 부어버릴 거라는 둥, 드디어 갈증을 해소할 수 있겠다는 둥. 여기저기서 환호가 터져 나왔다.

하지만 한결은 그에 동조하며 웃을 수 없었다. 아직 저에게는 끝내지 못 한 일이 있었으니까.

"한결 씨, 갈 거지?"

누군가 다가와 그의 어깨를 툭 두드렸다. 안 된다 말을 하려 입을 떼던 찰나, 호재가 다가와 한결의 곁에 선 사원의 어깨를 툭툭 두드렸다.

"김한결 씨는 아직 안 됩니다."

"예? 한결 씨만 안 되는 겁니까?"

"예. 안 됩니다."

사원들의 눈이 휘둥그레졌다. 어리둥절한 표정으로 그를 쳐다보았을 때, 호재가 싱긋 웃으며 한결을 바라보았다.

"김한결 씨만 제대로 매듭짓지 못한 프로젝트가 있거든요."

안 그래요?

호재의 말에 한결이 피식 웃어 보였다. 하지만 그 모습조차 호재에게 보이면 지는 것 같아 고개를 푹 숙인 채 끄덕였다.

"자, 그럼 김한결 씨는 남은 프로젝트 정리하러 가시고. 우리는 뒤풀이 갑시다. 최종 승인까지는 남았지만, 끝난 건 맞으니 뒤풀이는 해야죠. 오늘은 제가 쏘겠습니다. 여러분이 고생해 주었으니, 본부장으로서 이 정돈 해야죠."

이윽고 환호성이 터져 나왔다. 한결의 남은 프로젝트라는 건 이미 까맣게 잊은 듯한 목소리였다. 하나둘 콧노래를 부르며 퇴근을 준비했다. 몇은 한결에게 힘내라 전했고, 또 몇은 다음을 기약하며 웃어주었다. 사무실 안에서 딱 한 사람, 한결만이 웃음을 그리지 못했다.

"이번 주말 지나면 또 바빠집니다. 그러니까 프로젝트 잘 해결하세요."

툭 던진 호재의 말에 한결이 그를 힐끗 쳐다보았다.

"굳이 알려 주시지 않아도 잘 할 겁니다."

이윽고 눈을 마주한 두 사람이 피식 웃어 보였다. 잘 해보라는 말을 끝으로 호재가 한결을 지나쳤다. 썰렁하게 스치는 공기가 어쩐지 가슴을 꾹 누르고 도망가는 듯했다.

*

회사에서 나온 한결은 황급히 회사 바로 옆에 위치한 꽃집에 들렀다. 아직 해가 다 떨어지지 않아 닫을 일도 없는데, 괜히 마음이 조급해졌다. 그가 고른 꽃은 며칠 전부터 준비를 부탁한 보라색 튤립 한 송이였다. 모두 나가도 괜찮은데, 그것 하나만큼은 꼭 남아야 한다 몇 번이나 내려와 당부했다. 급하게 포장한 꽃을 받아 든 채, 주차장으로 뛰어 내려갔다. 제 차를 찾는 내내 심장이 두근거려 도저히 진정이 되지 않았다. 차에 올라타 꽃을 조수석에 놓는 순간, 그제야 조금 머리가 식는 기분이었다.

얼마나 오래 타지 않은 건지, 엉덩이가 얼얼할 정도로 시트가 차가웠다. 조수석에 올려놓은 꽃을 슬쩍 바라보다 결국 제 무릎 위로 가져왔다. 차갑게 얼어 버린 시트에 꽃마저 차갑게 얼어버릴까 하는 작은 걱정이었나.

"잘 해."

한결이 중얼거렸다. 핸들을 세게 쥐었다 펴며 몇 번이나 숨을 크게 들이마시고 내뱉었다. 입술 끝이 바르르 떨리는 걸 보아, 평소보다 더욱 긴장을 한 모양이었다. 새벽의 앞에서는 티를 내지 않으려 노력했지만, 그녀에게 결혼에 대한 이야기를 하러 갔을 때 이렇게 입술이 떨렸었다. 그때 어떻게 참았는지 도통 기억이 나지 않는다.

휴, 다시 한 번 숨을 고르게 내쉬었을 때 핸드폰이 진동을 일으

컸다.

[오늘은 들어와?]

새벽이었다. 하마터면 심장이 저 밑으로 주저앉을 뻔했다. 숨도 쉬지 못한 채 핸드폰을 뚫어져라 쳐다보던 그가 한쪽 손으로 얼굴을 두어 번 쓸어내렸다.

거짓말. 말도 안 돼. 진짜야?

눈을 빠르게 깜빡거리던 그가 핸드폰을 제 눈에 가까이 가져왔다. 발신인은 변함없는 새벽, 그녀가 확실했다.

[응, 지금 가려고요. 어떻게 알았어요?]

이 답장이 맞을까 수없이 고민했지만 손가락은 머리와 친하지 않다. 고민하는 걸 생각지도 않은 채, 그대로 문자를 전송해 버리고 마니까. 잠시 당황했지만 마음은 조금 편해졌다. 그녀가 자신을 찾았다는 이유 때문이라 생각하니 조금 우습게 느껴졌다. 언제 이렇게 우스운 사람이 되었을까. 비록 답장이 오지는 않았지만, 방금 전보다 덜 긴장 되는 마음으로 운전을 할 수 있었다. 헛된 기대일지도 모르지만, 새벽이 저를 찾고 있다는 사실 하나만으로도 가슴이 쿵쾅거렸다. 어떤 이유로 찾는지도 모르면서.

차는 부드럽게 주차장을 빠져나갔다. 한쪽 손으로는 핸들을 돌리며 다른 한쪽 손으로는 꽃을 꽉 붙잡았다. 혹 떨어지면 어쩌나 하는 마음에. 집으로 가는 내내 새벽과 자주 들었던 노래를 틀었다. 이별 노래임에도 불구하고 가사가 너무 예쁘다던, 그녀가 자주 흥얼거렸던 노래였다.

사실 가사 때문에 자주 들었던 건 아니었다. 그에 맞춰 흥얼거리는 새벽의 음색이 고와서, 그 옆모습이 예뻐서. 수많은 이유도 새벽이었다. 그녀와 쌓은 추억과 생각으로 이어진 길을 따라가다 보니 어느덧 이 주일이나 들어가지 않은 집이 저 멀리 보였다. 한결은 자같이 밝히는 소리가 들리고 나서야 현실로 돌아올 수 있었다.

-내가 쌓아 온 것들이 무너질 거야.

새벽을 보내던 그때가 떠올랐다. 잡고 싶었지만 그럴 수 없었다. 당장에라도 무너질 것 같은 건 그녀가 말하는 신뢰와 시간이 아니었다. 그녀 자신이었다. 초점을 잃어가는 눈동자와 당장에라도 바스라질 것 같은 표정, 여린 몸. 그 모든 것들이 그에게 보내 달라 호소하고 있었다. 그러니 더더욱 차에서 내릴 수 없었다. 한참이나 그 자리에 앉아 마음을 가다듬고 또 가다듬어야 했다.

검푸른 하늘이 펼쳐지는 저녁이 지나고, 어느덧 칠흑과 같은 어둠이 깔린 밤이 찾아왔다. 운전석에서 꽤 오랜 시간 머물렀다는 걸 알고는 있었지만 어쩐지 용기가 나지 않았다. 몇 번인가 스스로를 다독이고 나서야 차에서 내릴 수 있었다. 혹시라도 그때와 같은 표정으로 저를 보면 어쩌지, 그런 걱정은 있었지만.

꽃을 꽉 잡은 채 하얀 울타리를 밀었다. 자그마한 정원의 돌길을 걸으며 불이 꺼진 대문을 빤히 바라보았다.

-어서 와.

자신이 돌아올 시간에 맞춰 대문에 나와 있던 새벽을 떠올리며 다시금 마음을 가다듬었다. 그리고 굳게 닫힌 대문을 열었을 때, 한결은 깜짝 놀라 자리에 우뚝 멈추어 서고 말았다. 눈앞으로 펼쳐진 건 따뜻한 색의 티라이트 불빛이었다. 대문의 유리에 까만 종이를 붙여놔 집이 어둡다 생각한 모양이었다. 아. 짧게 탄식을 뱉던 그가 한 걸음을 내디뎠다. 생각보다 초가 더 많이 녹아 있었다. 언제부터 준비해 놓은 걸까.

"누나."

신발을 벗고, 길게 늘어진 불빛을 따라 걸었다. 하지만 그의 부름에 대답은 없었다.

"새벽아."

여전히 집이 조용해 덜컥 겁이 나고 말았다. 다시 한 번 그녀를 부르려던 찰나, 익숙한 목소리가 들려옴에 걸음이 우뚝 멈추었다.

"잠깐 들어오지 마."

평소보다 높아져 있는 목소리에 바짝 긴장이 되었다. 화가 난 걸까, 아직 저에게 마음이 풀리지 않았겠지.

"들어오기 전에 확인할 게 있어."

"얼굴 보고 이야기해요."

"언제부터였어? 언제부터…… 나 좋아했어?"

조심스럽게 묻는 그녀의 목소리에 한결이 천천히 입을 뗐다.

"내가 열일곱이 되던 해에, 막 고등학생이 되고 늦은 사춘기가 와서 한참 방황했었잖아요. 나쁜 짓이란 나쁜 짓은 다 하고 다니고, 아빠 몰래 오토바이도 사고……. 그러다 누나네 집 근처에서 담배를 피웠는데, 누나가 그때 나 엄청 호되게 혼냈어요."

그때를 상상하던 한결이 피식 웃음을 그렸다.

-아주 배가 부르지? 이런 짓이나 하고 다니려고 너희 부모님이 뼈 빠지게 사업하시는 줄 아니? 돈이 많은 집이라고 그냥 쉽게 돈을 버는 줄 아나 봐?

사실 로맨틱한 모습에 폭 빠진 게 아니었다.

-뭐, 어릴 때부터 좀 같이 자랐다고 누나 행세하는 거야? 우리 집에서도 아무 말 안 해! 누나가 뭔데 이래라저래라!

그렇게 대들었을 때, 새벽이 뺨을 때렸었다. 그것도 아주 있는 힘껏. 손이 매운 건 알고 있었는데 그렇게 아플 줄이야.

-너보다 어른이니까 잘못된 건 잘못됐다 말을 해 줘야지! 아무 말도 안 한다고 네가 하는 짓이 옳은 거니? 학생이 면허도 없이 오토바이 타고, 담배나 뻑뻑 피고, 여기저기서 술 먹고 깽판치고! 너 며

칠 전에는 패싸움도 했었지? 이게 잘하는 거야?

사실 그녀가 하는 말에 잘못을 뉘우친다거나 앞으로 그러지 말아야지, 라는 생각은 단박에 들지 않았다. 다만 저를 훈계하고 꿀밤을 때리는 그녀에게 첫눈에 반했을 뿐이었다. 있는 힘껏 누군가에게 혼나 본 것이 처음이라 그런 것도 있었지만. 이상하게 제 일이 아님에도 열을 내는 그 모습이 예뻐 보였다. 누군가의 관심다운 관심이 처음이라 그랬던 걸까.

"그때 누나가 너무 예뻐 보였어요. 나한테 있는 힘껏 화를 내고, 소리 지르고. 뺨을 너무 세게 맞아서 팅팅 붓는데 누나 생각밖에 안 났어요."

그 뒤에 찾아오긴 했지만.

킥킥 웃음을 터트리던 찰나, 거실로 꺾이는 복도의 끝에서 새벽이 툭 튀어나왔다.

"그러고 약 발라 주러 갔었어!"

잔뜩 격양된 목소리 하며, 달아오른 얼굴 하며. 부끄러워하는 게 분명했다. 하지만 한결이 다시 한 번 놀란 건 그런 얼굴이나 목소리로 툭 튀어나온 것 때문은 아니었다.

"그, 그리고 무슨 그런 것 때문에 날 좋아하니? 웃기지도 않아, 정말."

당황하며 말을 더듬는 새벽이 입고 있는 옷 때문에 눈물이 왈칵 터져 나올 뻔했다.

"누나 그거……."

한결의 말에 이내 새벽이 깜짝 놀라 허리를 곧게 세웠다. 아차 싶어 제 모습을 내려다 보다 입술을 꽉 짓씹었다.

"아, 바보……."

한결이 끝까지 말을 하지 못한 건, 은은한 불빛 속에서 빛나던 옷이 바로 자신이 생일에 사 준 웨딩드레스였기 때문이었다. 가슴이 파여 입지 못했던, 조금 다르지만 그녀에게 꼭 사주고 싶어 주문했던. 의미가 깊은 약속으로 꼭꼭 봉인해 두었을 그 웨딩드레스.

"하, 연습까지 했으면서……."

두 손으로 얼굴을 감싸 쥐는 그녀의 모습에 한결은 웃어야 할지 울어야 할지 도저히 알 수 없었다. 웨딩드레스를 입었다는 사실도, 연습했다는 말도 좀처럼 현실 같지 않았다. 혹시 차에서 그대로 잠이 들어 꿈을 꾸는 건 아닐까 해서 제 볼도 꼬집어보았다. 얼굴이 얼얼할 정도로 따끔거렸다. 그래서 더욱 목이 먹먹해졌다.

"나는 또, 조금 다른 모습 때문에 나 좋아하는 줄 알았지."

얼굴을 들지도 못한 채 중얼거리는 새벽의 모습에 가슴이 울렁거렸다. 이제껏 집에 오며 느낀 불안과 두려움은 어느새 저 멀리 날아가고 사라진 뒤였다. 마냥 좋아서 싱글벙글 웃고 있던 찰나, 새벽이 고개를 바짝 들어 그를 쳐다보았다. 은은한 불빛에 잘 보이지 않았지만 분명 얼굴이 붉게 달아올라 있을 것이다.

"너 엄청 미워했어."

아. 짧은 탄식이 새어 나왔다. 가슴이 따끔거렸다.

"그런데 그만큼 보고 싶었어."

여전히 눈을 피하지 않는 그녀의 모습이 왜 이리도 예쁜 걸까. 오늘따라 한층 더 예뻐 보였다. 아니, 애초에 새벽이 예쁘지 않았던 적은 없다.

"네 편지 읽고 많이 생각했어. 내가 그때 했던 말들, 네가 나에게 했던 말들. 그리고 이제껏 네가 나에게 아무런 말도 하지 못했던 이유……."

고개를 숙이는 그녀의 모습에 한결의 시선 역시 아래로 떨어졌다. 묵직한 공백은 오래 이어지지 않았다.

"그런데 그렇게 생각해 봐도 남는 건 딱 하나더라."

"그게 뭔데요?"

입술을 꾹 누른 새벽의 눈꼬리가 바르르 떨리는 게 보였다. 참 이상하다. 평소에는 느끼지도 못할 미세한 변화가 이럴 때는 꼭 눈에 띄게 보이니까.

"내가 너를……."

떨리는 건지, 숨을 크게 들이마신 새벽의 모습에 한결도 함께 숨을 크게 들이마셨다. 그녀가 긴장하는 만큼 저 역시 긴장이 되는 건 아마도.

"너를 많이 사랑한다는 거."

이 순간이 찾아오리라는 걸 직감적으로 알아챘기 때문에.

심장이 터질 듯 뛰기 시작했다. 수줍은 듯 눈을 꽉 감았다 뜨며 저를 쳐다보지 못하는 새벽의 모습에 왜인지 눈물이 왈칵 차올랐다.

처음이었다. 자신을 사랑한다 말을 해 주며 고백을 해 준 것이. 새벽이 먼저 마음을 표현하고 저에게 다가온 게 처음이라, 어떤 반응을 보여야 할지 알 수 없었다. 이윽고 그녀가 두 팔을 벌렸다. 그를 쳐다보는 눈빛에 부끄러움이 잔뜩 묻어 당장에라도 제 얼굴이 데일 것 같았다.

"안아줘."

한결은 망설이지 않고 그녀를 제 품에 끌어안았다. 있는 힘을 다해 그녀를 끌어안으며 여린 어깨에 얼굴을 묻었다.

"사랑해."

귓가로 들리는 새벽의 목소리에 가슴이 녹아내렸다.

"사랑해, 한결아."

어쩌면 꿈을 꾸고 있는지도 모른단 생각이 다시 한 번 들었다.

"우리…… 다시 시작하자. 한새벽의 김한결로, 김한결의 한새벽으로. 다시 시작하고 싶어."

그러나 이젠 현실이리라 믿고 있었다. 그러고 싶었다. 그녀의 말 한마디에 이제껏 가슴 속에 싹트고 있던 불안감이 흔적도 없이 사라지고 말았다.

"그래서 이 드레스 입었어. 네가 그랬잖아, 우리가 정말 마음이 하나로 닿았을 때 이거 입어달라고. 그래서 입었어. 네가 꼭 성공해서 돌아오겠다고 했으니까……."

한결의 목을 끌어안던 새벽의 두 팔에 더욱 힘이 들어갔다. 뜨겁다 느끼는 것이 바닥에 깔린 촛불 때문인지, 끌어안고 있는 서로의 피부가 뜨겁게 달아 올라있기 때문인지 알 수 없었다.

"다시…… 시작해 줄 거야?"

새벽이 조심스레 묻자, 한결이 그녀를 제 품에서 떼어냈다.

"그런 건, 내가 먼저 물어보는 거예요."

미소를 그려주던 한결이 뒤로 살짝 물러나 한쪽 무릎을 꿇었다. 내내 손에 쥐고 있던 보라색 튤립 한 송이를 내밀며 크게 숨을 들이마셨다.

"나랑…… 다시 시작해 줄래요?"

어째서 프로포즈를 할 때 가슴이 벅차오른다 하는지 알 법도 했다. 알 것 같았다.

"평생 사랑 해 줄게요. 평생…… 같이 해 줘요. 나랑."

이윽고 잘 참고 있던 새벽이 눈물을 터트리고 말았다. 고개를 끄덕이며 꽃을 받아드는 그녀의 손이 미세하게 떨리고 있었다. 새벽이 꽃을 받아들자, 한결이 몸을 일으켜 그녀를 다시 한 번 끌어안았다. 비로소 제 것이 되었다. 그토록 멀리 돌아 겨우 그녀와 같은 출발선에 서게 되었다.

"그동안 혼자 가슴앓이 하게 해서 미안해. 많이 힘들게 해서 미안해."

그녀의 말에 한결이 고개를 도리도리 저었다. 그 시간으로 얻은 것이 더 많다 이야기를 하려던 찰나, 새벽이 다시 입을 열었다.

"너무 늦게 돌아와서 미안해."

곧 한결이 얼굴을 들어 그녀의 두 볼을 조심스럽게 감싸 쥐었다. 어쩌면 오늘을 절대 잊지 못할 것이다. 평생 머리에 남아 지워지지 않겠지.

"이제 두 번 다시 보내지 않아."

두 사람은 꽤 오랜 시간 서로를 바라보았다. 이제껏 마주하지 못했던 무언가를 읽었다는 듯, 꽤 오랜 시간 시선을 마주하고 있었다.

"한새벽 너 없이…… 내 아침은 오지 않아."

묘하게 반짝이는 시선이 오고 갔지만, 누가 먼저랄 것도 없이 입술이 포개어졌다. 말캉한 살이 오가며 서로의 입 안을 헤집었고, 뜨거운 숨결을 불어넣었다. 이제야 제자리로 돌아온 서로의 마음을 확인하고, 또 확인하며 애타는 입맞춤을 나누었다.

은은한 불빛에 반지가 반짝였다. 비로소 하나로 맞닿은 마음을 축하라도 하려는 듯 반지는 더욱 영롱한 빛을 냈다. 사랑해, 속삭이는 한 마디가 뜨거운 숨결에 녹아내리던 밤이었다.

오랜 밤을 보내던 한결에게 푸르른 새벽이 찾아오던 그러한 밤.

에필로그. Together

프로젝트가 통과되고 어언 한 달이라는 시간이 흘렀다. 모든 프로젝트가 끝이 났지만, 한결의 팀은 해체되지 않았다. 그들은 이루어낸 리조트 계약의 사후관리를 위한 팀으로 남았다. 추후에 일어날 트러블이나 문제점 보안등을 처리하는 팀인 것이다. 변화가 있었다면 그곳의 총괄이 호재에서 한결로 바뀌었다는 것뿐. 호재는 동남아권에 있는 ST그룹의 리조트를 총괄하는 동남아 지부장으로 승진하게 됐다. 한국을 떠나야 하는 터라, 꼭 좋다고 할 수는 없겠지만.

평범한 하루였다. 여느 때와 같이 호재의 부름이 있었고, 한결은 자연스럽게 본부장실의 문을 두드렸다. 인수인계가 결정되고 난 뒤부터 으레 볼 수 있는 풍경이었다. 하지만 오늘 같은 상황은 전혀 일상적이지 않았다. 호재의 책상에 산더미처럼 쌓인 서류뭉치들이 영 낯설었다.

"이게 뭡니까?"

한결의 질문에 호재가 씨익 미소를 그렸다. 깍지를 긴 손을 책상 위에 올려놓은 채 어깨를 으쓱거렸다.

"안 보이십니까? 서류입니다."

"그러니까 무슨 서류인지 묻는 겁니다."

"인수인계를 위해 미리 준비해 놓은 겁니다."

"이게 다요?"

"그럼, 그 길고 긴 프로젝트가 단 서류 몇 장으로 끝날 거라 생각했습니까?"

그건 아니지만. 말을 흘리던 한결이 입술을 꾹 다물었다. 그리고 앞에 쌓인 서류더미를 보곤 짧게 탄식을 뱉었다.

"뭐 이건 이거고. 좋은 소식이 있다면서요?"

호재의 말에 한결이 그에게로 시선을 굴렸다.

"언제 들으셨습니까?"

"뭐, 직원들 말에 발이 달린 건 김한결 씨도 아는 이야기 아니었나요?"

생각해 보면 호재에게 말로서 이겨본 적이 거의 없는 것 같았다. 능구렁이처럼 요리조리 잘 빠져나가는 탓도 있고, 아직 그에게 말로 능수능란하게 이길 자신이 없는 것도 있고.

휴, 짧은 한숨을 쉬던 그가 상의 안쪽 주머니에서 곱게 접은 청첩장 한 장을 꺼냈다. 호재에게 내미는 표정이 영 탐탁지 않아 보였다.

"장가를 두 번이나 가다니, 능력 좋은데요. 김한결 씨?"

"ST그룹 차남과 BN그룹 독녀가 아니라, 김한결과 한새벽의 결혼식입니다. 지인 몇 만 불렀으니, 조부님께는 아무 말 말아주십시오."

심드렁하게 말하는 한결의 모습에 호재가 피식 웃으며 청첩장을 건네받았다. 부드러운 봉투 속에서 느껴지는 빳빳한 종이의 느낌에 어쩐지 가슴 한구석이 아릿했다.

"그 문제는 조금 생각해 보겠습니다."

"본부장님!"

호재의 말에 냅다 반응을 보인 한결이 눈을 부릅떴다. 그에 호재는 키득키득, 웃을 뿐이었다. 청첩장을 꺼내기 무섭게 그 날, 그들의 집에서 풍기던 향이 코로 잔뜩 밀려들었다.

동시에 한결의 이야기를 하며 활짝 웃던 새벽이 떠올랐다.

"청첩장 예쁘네요."

"누가 골랐는데, 당연히 예쁘겠죠."

애도 아니고, 금세 토라진 한결이 툴툴거리자 호재가 피식 웃음을 던졌다. 신부와 신랑이 함께 서 있는 청첩장을 열자, 그 향이 더욱 진해졌다.

돌아오는 토요일, 오후 6시. 장소는 한결의 집이었다. 곧 청첩장을 탁 닫은 호재가 고개를 끄덕였다.

"시간 맞춰서 가도록 하죠."

"진짜 오시는 겁니까?"

"왜요, 가지 말까요?"

"그러면 감사하고요."

한 마디도 지려고 하지 않는 모습이 이제는 귀여워 보이기까지 했다. 꼭 사춘기에 접어든 남동생을 보는 기분이었다.

"아, 그리고 연차 좀 쓰겠습니다."

"연차요?"

"네. 저희 신혼여행도 못 갔거든요."

한결의 말에 호재가 느릿하게 눈을 깜빡였다.

"그걸 왜 저에게 말합니까?"

"그럼 누구에게 말해야 합니까?"

"총수님이나 사장님에게 이야기하면 되는 문제 아닌가요?"

진심이었다. 비꼬는 것도 아니었고, 한결을 놀리기 위해 하는 말도 아니었다. 자신이 한결의 상사라는 건 그림 좋은 허울일 뿐이었다. 그건 프로젝트 팀에 배속될 때부터 지금까지 변함없는 사실이다. 물론 그에게 '본부장'이라는 이름으로 몇 번 거들먹거리기는 했지만. 실질적으로 팀을 이끌어나간 건 한결의 아이디어였고, 한결의 추진력이었다. 저는 그저 보조일 뿐.

"진심으로 그러면 된다고 생각하십니까?"

"네. 실은 말입니다. 저는 정식으로 배속된 김한결 씨의 상사가 아닙니다. 그저 김한결 씨의 길을 위한 길잡이일 뿐이죠."

당연한 걸 이야기했는데, 한결의 표정이 영 떨떠름했다. 흠흠, 목을 가다듬는가 싶더니 이내 입을 열었다. 이해할 수 없다는 목소리며, 말투였다.

"지금 그 길의 끝까지 간 것도 아니고, 아직 인수인계를 거치고 제가 본부장이 된 것도 아닙니다. 그러니 그냥 써 주시죠. 어차피 본부장은 본부장인데."

"어차피 제가 올려도 사장님께서 보십니다."

"네. 그러니까 그냥 본부장님께 말씀드리는 겁니다. 모로 가도 두 분에게 전해지는 이야기라면 말입니다."

한결의 말에 호재가 깍지를 끼고 있던 손등 위로 턱을 얹었다. 흠흠, 낮게 한숨을 쉬던 그가 눈을 길게 찢어 그를 바라보았다.

"혹시 직접 말하면 귀찮은 일이 생길까, 뭐 그런 이유입니까?"

정곡을 찔린 모양이었다. 입이 길게 찢어지더니, 이내 다른 곳을 쳐다본다. 그런 한결의 모습을 지켜보던 호재가 피식 웃었다.

"그럼 그걸로 결혼선물은 퉁 치면 되겠네요."

"선물은 바라지도 않았습니다."

한결의 답에 호재가 소리 내어 웃음을 터트렸다. 하여간 귀염성 없는 건 변하지 않았다. 이윽고 한결이 뒤를 돌아 본부장실을 걸어

나섰다. 탁, 문이 닫히기 무섭게 호재가 의자에 몸을 기댔다. 청첩장을 들어 올린 그의 두 눈이 아래로 축 처져 있었다.

"결혼이라……."

*

빛의 속도 만큼이나 빠른 건 어쩌면 시간일지도 모른다. 새벽은 그렇게 생각했다. 청첩장을 돌린 지 며칠도 되지 않은 것 같았는데, 벌써 결혼식이 성큼 다가왔다. 많은 사람들이 모였던, 그들에게는 첫 번째 결혼식이었던 그때보다 훨씬 더 많이 떨고 있었다.

"뭐야, 한새벽 지금 떨고 있어?"

새벽의 화장을 해 주던 유미가 우스갯소리로 그녀에게 물었다. 친구가 메이크업 아티스트인 것이 이럴 때 참 좋구나 싶다.

"어, 나 너무 떨려."

"뭐가 떨려? 벌써 두 번이잖아. 것도 똑같은 사람이랑 두 번. 아니야?"

"그래도…… 그때랑 지금이랑은 다르니까……."

예쁘게 휘어진 눈꼬리에 쉐도우를 톡톡 칠해 주던 유미가 씨익 미소를 그렸다. 어느 때보다 더 예뻐 보인다 했더니, 화장 때문이 아니었다. 이유는 따로 있었다.

"뭐야, 지금 그거 사랑이라고 말하는 거야?"

움찔거리던 새벽이 흠흠, 기침으로 목을 가다듬었다. 아무런 말을 하지 않았지만 유미는 알 수 있었다. 사랑일 것이다. 그러니 이렇게 예뻐 보이는 거겠지. 신부 화장도 화장이겠지만, 첫 번째 결혼식 때보다 훨씬 예쁘게 보였다.

"다른 애들은 안 와?"

"응. 너만 부른 거야."

새벽의 대답에 유미의 손길이 우뚝 멈추었다. 괜히 콧잔등이 시큰해졌다.

"정말 축하받고 싶은 사람이 유미 너 한 사람뿐이었거든."

중얼거리는 새벽의 목소리에 유미가 흠흠, 다시 한 번 헛기침을 했다. 고등학생 때부터 지금까지 새벽은 변하지 않았다. 부잣집 아가씨라는 느낌이 전혀 오지 않는 것도 그렇고, 솔직한 말을 해도 사람에게 상처를 주지 않는 것도 그렇고. 되레 사랑스러운 사람이라는 걸 느끼게 해 준다. 예나 지금이나 그건 변하지 않았다.

"그래, 내가 배로 축하해 줄 테니까, 제발 행복하게 살아. 전화해서 비즈니스네 뭐네 정략이네 아니네 우는 소리 말고."

"알았어. 잘 살게."

새벽의 대답에 유미가 피식 미소를 지었다. 그녀의 얼굴을 예쁘게 단장해주는 내내 제 가슴에 몽글몽글 꽃이 피었다.

*

한결은 파티 준비를 하느라 여념이 없었다. 뒤뜰에 바비큐파티를 위한 공간을 마련하고, 간소하게나마 음식과 디저트를 깔아 놓았다. 공방을 위해 뒤뜰의 크기를 넓혀 놓았던 걸 매우 뿌듯하게 생각하는 중이었다. 버진로드는 없다. 새로운 날을 시작하기 위한 길은 이미 충분히 걸어왔으니, 더 걷지 않아도 된다고 생각했다. 한결도, 새벽도 만장일치로 동의한 내용이었다.

"사장님. 손님들 도착하셨습니다."

"벌써요? 빨리도 왔네. 바비큐 먼저 시작해 달라고 말해주세요."

"네. 사장님."

이윽고 뒤뜰로 셰프들이 하나 둘 들어오기 시작했다. 긴 테이블에 간단한 음식과 디저트들을 뷔페식으로 차렸고, 구이판 위에 고기를 올렸다. 그 모습을 잠시 지켜보던 한결이 잰걸음으로 뒤뜰을 빙 돌아 대문으로 걸어갔다.

"한결 씨!"

"와, 여기가 한결 씨네 집이야? 어마어마하다."

"맛있는 냄새나는데?"

동네 주민이 많았다면 분명 신고를 당했을지도 모른다고 생각했다. 이렇게 시끄러울 줄이야. 피식 웃던 한결이 대문으로 걸어가 닫힌 문을 열었다.

"와 주셔서 감사합니다."

"아니야. 당연히 와야지. 어디로 가면 돼?"

"저기, 저기 돌아서 뒤뜰로 가면 음식 준비 되어 있습니다. 시장하실 테니까, 먼저 드시고 계세요."

이윽고 사람들의 환호가 이어졌다. 한 사람, 한 사람 지나며 한결에게 축하한다는 말을 건넸다. 하나 둘 울타리를 지나 모두가 뒤뜰로 향했고, 딱 한 사람 호재만이 남아 한결을 쳐다보고 있었다.

"진짜 오셨네요."

영 떨떠름한 표정을 짓는 한결의 모습에 호재가 피식 웃음을 터트렸다.

"제가 약속은 지키는 사람이라."

"어련하시겠습니까. 들어오시죠."

목소리는 전혀 들어오란 톤이 아니었지만, 호재는 아랑곳하지 않은 채 한결을 지나쳐 마당을 지르밟았다.

"김한결 씨."

그를 지나친 한결이 뒤를 돌아보았다. 순간, 바람이 불었다. 세지도 약하지도 않은 바람은 한결의 머리칼만을 살살 건드릴 뿐이었다.

"이게 마지막 질문이 될 것 같네요."

"무슨 소리를 하시는지 모르겠네요."

한결은 여전히 시큰둥했다. 호재의 행동이 이해가 되지 않다는 듯, 미간을 좁혔다.

"한새벽 씨는 앞으로도 쭉…… 행복하게 지낼까요."

호재의 질문에 한결의 눈꺼풀이 파르르 떨렸다. 숨을 천천히 들이마시다 뱉으며 피식 웃었다. 왼쪽 네 번째 손가락에 자리한 반지를 살살 어루만졌다.

"그게 왜 의문형인지 모르겠네요. 새벽이는 지금도, 앞으로도 행복할 겁니다. 현재진행형이자 미래형으로요."

단호한 그의 대답에 호재가 만족한다는 듯 미소를 지었다. 평소 회사에서는 쉽게 보이지 않는 아주 밝은 미소였다.

"그래요. 그렇군요."

"거, 남의 여자 걱정할 시간에 본부장님 연애 문제나 신경 쓰시죠. 연애 안 하십니까?"

"때가 되면 알아서 할 겁니다. 지금은 못 하는 거지, 안 하는 게 아니죠."

의외로 단호하게 대답하는 호재의 모습에 한결이 조금 놀란 듯 눈을 크게 떴다. 하지만 금세 코웃음을 터트리며 고개를 끄덕였다.

"아아, 예에. 어련하시겠습니까."

하지만 호재는 그런 한결의 도발에 넘어가지 않았다. 당연하다는 표정으로 싱긋 웃으며 그의 곁을 지나쳤다. 뒤뜰로 향하는 호재의 뒷모습을 지켜보던 한결이 길게 숨을 쉬었다. 새벽을 향한 그의 마음이 뚝 끊어진 것을 느꼈다. 왜인지 모르지만, 그냥 그 말 한 마디에 그런 것이 느껴졌다.

눈을 질끈 감았다 뜬 그가 두 손으로 얼굴을 비볐다. 이제 정말 두 사람의 나날들만 펼쳐질 것이다. 그 생각 하나만으로도 가슴이 벅차올랐다. 두근. 두근. 크게 뛰는 심장박동이 저 하늘에 널리 널리 흘러 퍼지던 순간이었다.

*

꽤 많은 사람이 뒤뜰에 모였다. 물론 모두 한결의 팀원들이었지만. 새벽의 준비를 모두 끝낸 유미가 뒤뜰로 한 걸음을 내디뎠다.

'모르는 사람만 잔뜩이네. 기지배, 아는 사람 좀 불러주지.'

속으로 투덜거리던 유미가 긴 테이블을 바라보았다. 좋아하는 와인이며 음식이 죽 깔렸는데, 선뜻 다가가 먹는 게 쉽지 않았다.

"혹시 오유미?"

그 때, 저를 아는 듯한 목소리가 들려 고개를 휙 돌렸다. 누구라도 좋을 것 같단 생각으로 옆을 보았을 때, 깜짝 놀라 소리를 지르고 말았다.

"윤 선배?"

높은 목소리에 사람들의 시선이 한데로 돌아왔다. 아차 싶어 두 손으로 입을 막은 그녀가 어색하게 웃으며 고개를 꾸벅 숙였다.

"목소리 큰 건 여전하네."

"서. 선배가 왜 여기 있어요?"

"아, 새벽이가 말 안 했구나. 김한결 씨랑 같은 회사 다녀. 본부장이었는데, 곧 인수인계 들어가고."

"아……."

얼핏 들은 적이 있는 것 같았다. 한결과 선배가 같은 회사에 다닌다는 이야기. 고개를 끄덕이는 유미가 이내 씨익 미소를 지었다. 그래도 아는 사람이 있어 다행이다. 입 밖으로 뱉지는 않았지만, 그렇게 생각하고 안심하고 있었다.

"뭐 먹어야지?"

유미가 테이블을 바라보고 있던 걸 눈치챈 건지, 호재가 그녀의 손목을 잡아끌었다. 괜찮다는 말을 하기 전에 유미는 이미 테이블 앞에 서 있었다.

"많이 먹어. 내가 차린 건 아니지만, 차린 사람 정성을 생각해서라도 많이 먹고 가야지."

그렇지? 웃는 호재의 모습에 유미가 고개를 휙 돌렸다. 네. 그러네요. 작게 속삭이는 목소리가 당장에라도 저 땅 밑으로 사라질 것같았다. 전보다 더 근사해진 기분이었다. 나이를 먹은 탓인가. 아니, 그냥 잘 차려입은 탓일 것이다.

"아, 와인도 줄까?"

"선배 좀 변한 것 같아요."

갑작스러운 유미의 말에 호재가 놀라 그녀를 바라보았다.

"내가?"

"네. 음…… 조금 다정해졌다고 할까. 뭐 아무튼 조금 달라진 것 같아서요."

유미의 말을 잠자코 듣고 있던 그가 하하, 소리 내어 웃었다. 그에 몇 직원들이 두 사람을 힐끗 돌아보았다. 소리 내어 웃는 호재가 신기해 보였던 걸까. 여전히 미소를 만개한 호재가 저쪽에 있던 와인 한 잔을 들어 유미에게 건넸다.

"연애할 때가 돼서 그런가?"

쿵. 또다시 심장이 흔들리는 소리가 들렸다. 눈을 빠르게 깜빡이던 유미가 와인 잔을 받아들며 고개를 끄덕였다. 다행이다, 그렇게 말하며 웃는 호재의 모습을 꽤 오랜 시간 쳐다보았다. 무얼 물어볼까, 고민하던 유미가 입을 열었다.

"저기 선……."

하지만 그 부름은 들리지 않았다. 뒤뜰로 나온 집사의 목소리 때문이었다.

"사장님께서 곧 나오십니다."

이윽고 직원들이 입을 동그랗게 모아 환호했다. 한 쪽에서는 박수를 치며 그들을 반겼고, 또 한 쪽에서는 잔뜩 기대되는 얼굴로 문을 쳐다보았다.

"나 불렀어?"

뒤늦게야 호재가 유미를 향해 물었지만, 고개를 도리도리 저어 댈 뿐 더 이상의 대답은 없었다.

집사 아주머니가 살짝 옆으로 빠졌을 때, 뒤뜰로 두 사람이 걸어 나왔다. 새벽은 한결이 선물해 준 웨딩드레스를, 한결은 하얀 연미복을 입고 있었다. 다정히 팔짱을 낀 두 사람이 뒤뜰에 온전히 모습을 드러냈을 때 여기저기서 커다란 환호성이 터져 나왔다.

"예쁘다!"

"신부가 아깝네!"

휘익, 휘파람소리까지 이어졌다. 그에 새벽은 수줍게 웃었고, 한결은 어이가 없다는 듯 너털웃음을 터트렸다. 사람들의 환호성이 점점 작아지고, 한결이 흠흠 헛기침을 뱉었다. 뒤뜰에 흐르는 건, 부드러운 피아노와 바이올린의 합주곡뿐이었다.

"먼저 이 자리에 참석해주신 귀빈 여러분들게 감사의 말씀을 전합니다."

한결이 입을 뗐다. 그리고 팔짱을 끼고 있던 새벽의 손을 꽉 마주 잡았다.

"이미 한 번 결혼식을 올렸지만, 여러분들에게 청첩장을 다시 돌린 이유는⋯⋯."

한결의 눈이 새벽을 향해 내려갔다. 다정함이 가득 담긴 눈동자였다. 살짝 웃어주던 그가 새벽의 손을 들어 입술에 가져다댔다. 여기저기서 우우, 부러움에 젖은 야유가 터져 나왔지만 한결은 당당히 말을 이어갔다.

"더 이상 정략결혼으로 맺어진 사이가 아님을 알리고 싶었기 때문입니다. 하루의 시작과 끝을 함께하는, 슬픈 일도 기쁜 일도 함께하는 그런 부부로서 다시 시작하려고 합니다."

한결의 말에 호재가 고개를 숙였다. 피식 웃는 모습이 어쩐지 씁쓸하게 느껴졌다.

"지금 여기 계신 분들이 모두 저희 두 사람의 진정한 서약의 증인들이 되어주실 거라 믿습니다."

한결의 말이 끝나기 무섭게 여기저기서 박수가 터져 나왔다. 축복의 말도 함께 쏟아진 탓에 한결도 새벽도 웃음을 감출 수 없었다. 첫 결혼식처럼 부케를 던진다거나 사진을 찍는다거나 하는 절차는 없었다. 새벽은 해가 지기 직전, 웨딩드레스를 갈아입었다. 그들만의 결혼식은 꽤 늦은 밤까지 이어졌다. 어디에서 나온 건지는 몰라도 노래방기계까지 나타나 분위기를 더욱 뜨겁게 만들었다. 주택으로 이사를 와 참 다행이다, 생각하는 새벽이었다.

그렇게 늦은 밤이 되었다. 몇 사람은 뭉쳐 2차를 위해 자리를 떴고, 또 몇 사람은 집으로 걸음을 돌렸다. 뒤뜰에 남은 거라곤 와인에 절어 잔뜩 취한 유미와 그녀를 지켜보는 호재, 한결 그리고 새벽이었다.

"유미야, 일어나 봐. 응?"

어휴, 어쩌지. 우는 소리를 하던 새벽이 유미를 흔들었다. 아무리 깨워도 일어나지 않는 것이 퍽 많이 마신 모양이었다.

"그냥 여기서 재우는 건 안 될까?"

"저희 오늘 밤 비행기라서 말입니다. 본부장님."

호재의 말에 한결이 끼어들었다.

"어쩌지. 엄청 취한 것 같은데."

걱정이 잔뜩 묻어 있던 새벽의 목소리에 한결이 호재를 다시 바라보았다. 그 눈빛이 불안한 건지, 호재가 몸을 움찔거렸다.

"왜 쳐다……."

"본부장님, 새벽이랑 여기 유미씨랑 셋이 대학 동기라고 했죠?"

"예. 그렇죠."

"잘 됐네요."

뭐가요? 표정으로 묻는 호재에게 한결은 씨익 미묘한 웃음을 전해주었다. 무슨 꿍꿍이인지 알 수 없는, 그 묘한 웃음에 온몸으로 우두두 소름이 돋았다.

*

"진짜 괜찮을까?"

공항으로 가는 내내, 새벽은 걱정을 금치 못했다. 영 불안하다는 목소리로 한결의 손을 꼭 잡은 채 물었다.

"안 괜찮으면 어때요. 어차피 유미 누나도 솔로인데."

"설마!"

"그래, 그러니까. 유미 누나가 그렇게 똑 부러지는 사람이니까 걱정하지 말자는 거예요. 윤 본부장도 제정신 아닌 사람한테 그럴 사람도 아니고."

"그건 그런데……."

한결의 말이 맞았다. 둘 모두 술에 취했다는 이유로 덥석 사고를 칠 사람들은 아니었다. 유미가 누구였던가, 대학교 MT때에도 극악의 술파티를 견디고 저까지 챙겨 돌아온 사람이 아니던가. 어느 회식을 가든 그녀는 사고 한번 치지 않는 똑순이로 정평이 나 있었다. 그래, 그러니 한 번 믿어 보자 싶어 혼자 고개를 끄덕였다.

"그나저나, 한새벽 씨."

그런 새벽을 바라보던 한결이 한 쪽 팔로 새벽의 허리를 끌어안았다. 깜짝 놀란 그녀가 고개를 들자, 그윽한 눈으로 저를 쳐다보는 한결과 마주했다.

"이제 둘만의 시간인데. 언제까지 다른 사람 이야기 하려고?"

"아, 아직 차 안이잖아."

그러니까 안 돼. 속삭이는 새벽의 모습에 한결이 짧은 탄식을 뱉었다. 여전히 허리를 꽉 끌어안은 손에 힘이 풀리지 않았다.

"그럼 차 안이 아니면 괜찮단 말인가?"

"비. 비행기도 안 돼."

"그럼?"

"둘. 딱 둘만 있는 곳. 다른 곳 말고, 치. 침대가 있는 방 아니면 안 돼."

결국 비행기를 타고 신혼 여행지로 가기 전까지는 안 된다는 말이었다. 끙, 앓는 소리를 내던 한결이 새벽을 빠히 내려다보았다. 화장을 지우지 않은 탓인지 입술이 평소보다 붉어 보였다.

"그럼 이거 하나만 허락해 줘요."

"뭘를?"

"어디서든 할 수 있는 것."

그게 무어냐 물어보려 했지만, 입은 열리지 않았다. 말이 끝나기 무섭게 입술을 포갠 한결 때문이었다. 입술의 부드러운 감촉에 새벽이 눈을 질끈 내리감았다.

입 안을 헤집는 말캉한 감촉에 머리가 아찔해졌다. 자기도 모르게 그의 옷자락에 매달렸다. 오늘따라 그 입맞춤이 격하게 느껴졌다. 길고 긴 대교를 지나 공항에 도착할 때까지, 한결은 새벽의 입술에서 떨어지지 않았다. 흠흠, 기사의 헛기침 두 번이 있고 난 후에야 두 사람이 떨어졌다.

"방해하려던 건 아니지만, 사장님 비행기 시간이……."

"네. 감사합니다. 짐만 내려주세요."

한결의 말에 기사가 차에서 내렸다. 하지만 그는 여전히 새벽을 바라보고 있었다. 얼굴이 붉어진 채 저를 바라보는 새벽이 마냥 귀엽기만 하다.

"왜?"

"차에서 그럼 어떡해!"

"뭐 어때요."

"기사분도 계시잖아."

어디서든 할 수 있는 게 아니라는 새벽의 말에도 한결은 그저 웃을 뿐이었다. 나름대로 기분이 좋은 듯했다. 손을 뻗은 그가 새벽의 머리를 제 품으로 끌어당겼다. 그리고 토닥토닥 두드려 주다 그 위에 쪽, 입술을 맞댔다.

"죄송합니다. 사모님. 제가 또 실수를 했네요."

"또 이렇게 넘어가려고!"

그의 품에서 벗어나려 했지만, 한결의 나머지 팔이 새벽을 끌어안았다. 얼마나 단단히 갇혀 있었는지, 아무리 발버둥을 쳐도 빠져나올 수 없었다. 이윽고 키득키득 웃던 한결이 새벽의 귓가에 입술을 가까이 가져다 댔다.

"벌은 도착하고 숙소에서 받을게요. 사모님."

무슨 벌인지는 알죠? 속삭이는 한결의 말에 새벽의 얼굴이 당장 터질 것처럼 달아올랐다. 곧 한결이 그녀에게서 몸을 떼고 씨익 입술을 말아 올렸다.

"자, 가요."

"어. 어딜 가!"

여전히 제 농담에 적응하지 못하는 새벽의 모습이 귀엽다. 진정한 '부부'의 모습으로 거듭난 저와 새벽의 모습에 행복했다. 빠르게 뛰는 가슴을 꼭 부여잡은 한결이 새벽의 손을 세게 잡아 주었다.

"신혼여행."

한결의 낮은 목소리에 새벽이 입술을 꾹 눌렀다. 정말 야비하다. 있는 대로 들었다 놨다 하며 혼란스럽게 하는 것도 모자라, 이젠 제 긴장마저도 목소리 하나로 풀어 버린다. 어쩌면 생각보다 더 많이 한결을 사랑하고 있는지도 모른다.

"갈까요, 여보?"

한결의 사랑스러운 물음에 새벽이 고개를 끄덕였다. 그의 물음만큼이나 사랑스러운 미소를 그리고 있었다. 또 다른 출발점에서의 시작이었다. 너와 나에서 우리로 변화한 두 사람의 얼굴에는 그 어느 때보다 더 충만한 행복이 그려져 있었다.

밤하늘의 별빛이 반짝반짝 빛나는 밤이었다.

외전1. 첫눈

세 번째 이사.

한결에게 이사란 그리 이상한 이야기가 아니었다. 첫 이사는 그가 막 유치원을 졸업했던 때였다. 그러니까 이제 막 초등학교에 들어가야 할 나이. 유치원을 같이 다니던 친구들과 헤어지는 건 싫었지만, 어쩐지 이사라는 단어가 어린 한결의 마음을 두근거리게 했다. 그리고 두 번째 이사는, 아마도 한결이 중학생이 될 무렵. 질풍노도의 시기였지만, 한결은 말없이 부모님의 결정에 따랐다. 아니, 따를 수밖에 없었다. 가장 중요한 시기를 지나는 형도, 이제 막 태어난 여동생도 그랬으니까. 저라고 의견을 낼 수 있는 처지가 아니었다. 그리고 마지막 이사는 한결이 고등학생이 되었을 때. 첫 번째 질풍노도의 시기는 잘 넘어갔지만, 고등학생 때의 시기는 넘기지 못했다. 직격탄으로 맞다 못해, 그 속에 휘말렸다고. 미래의 한결은 과거의 저를 그리 추억했다.

모든 이사의 원인은 아버지 때문이었다. 정확히 말하자면 할아버지의 회사에서 점점 직급이 올라가고 있던, 아버지 때문에. 장남이 아니었던 아버지는 할아버지의 눈에 띄려 무던히도 애썼다. 그리고 마침내 연달아 계약을 따내고, 커다란 프로젝트를 몇 개나 성사시키고 난 뒤에야 후계자로 발탁됐다.

자연스레 큰아버지의 자리를 차지했다고 할까. 덕분에 더욱 큰집으로, 더욱 좋은 동네로 이사를 했지만 한결은 그 또한 못마땅했다. 그래서일까. 이후, 한결은 착한 둘째 아들, 바른 아들의 모습에서 벗어나기로 했다.

첫 번째 반항은 아마도 부모님의 지시를 무시하고, 일반고에 진학한 것.-당시 친구들은 웃었지만, 한결에게 그 반항은 아주 큰 의미였다.

-쟤야, 그 소운동 산다는 애.

-그렇게 좋은 동네 사는 애가 뭐 아쉽다고 저러고 다녀?

그리고 두 번째 반항은 번듯한 도련님의 모습에서 벗어나는 것. 그는 부모님에게 보란 듯 반항했다. 전학을 간 첫날부터 그는 불량한 친구들을 찾아다녔다.

전학을 갔던 첫 주는 주먹다짐으로 보냈다. 학교에서 주먹을 꽤 쓴다는 남학생들을 찾아다녔고, 곧 그들과 친구가 되었다. 부모님이 어떻게 키웠길래, 혀를 쯧쯧 차는 소리가 들렸지만 개의치 않았다. 어차피 관심도 없어요. 그렇게 말하려다 입을 몇 번이나 다물었다.

그리고 두 번째 주에는 담배를 배웠다. 세 번째 주에는 술집에 몰래 갔다 잡혀 경찰서에도 갔지만. 그를 찾으러 온 건 아버지가 아닌, 아버지의 비서였다.

깔끔한 철제 뿔테안경을 쓰고 머리를 반듯하게 넘긴, 보는 것만으로도 숨이 막히는 윤 비서 아저씨. 덕분에 한결과 한결의 친구들은 경찰서에서 벗어 날 수 있었다.

집으로 돌아가는 길, 윤 비서가 백미러를 통해서 했던 말을, 한결은 기억하고 있었다.

"사장님께서 걱정이 많으십니다."

한결은 웃었다. 지나가는 네온사인이 제 웃음에 더욱 반짝이는 착각이 들었다.

"걱정이요?"

"도련님."

"걱정하는 사람이, 아저씨를 보냈어요?"

윤 비서는 입을 닫았다. 바빠서 그랬다는 상투적인 말도 하지 않았다. 아마, 스스로 알아채기를 바라지 않았을까 라고. 미래의 한결은 또다시 생각했었다. 아주 나중의 이야기지만.

*

이후로도 한결의 방황은 끝나지 않았다. 다른 학교 학생들과 주먹다짐을 하는 건 기본이었고, 흡연하다 선생님에게 걸려 학생부에 끌려간 것도 몇 번이나 됐다.

다를 것 없는 하루가 지나갔다. 겨울이 찾아와 으슬으슬 몸이 떨리던 그 날. 한결은 근처에 살고 있는 친구와 함께 집으로 돌아왔다. 한결의 주차장에 오토바이를 세워 놓기 위함이었다.

"야, 진짜 괜찮아? 우리야 매번 고마운데."

"됐어. 신경도 안 쓰는걸."

아버지가 바빠지고 난 뒤, 어머니도 덩달아 바빠졌다. 아버지가 원래 주도하던 의류사업이 어머니에게 돌아간 탓이었다. 그러니 더 정확히 말하면 한결이 오토바이를 샀는지, 주웠는지도 모를 것이라는 사실이었다. 뱉고 나니 씁쓸해졌다. 신경도 안 쓴다는 말이 이렇게 속상한 일이었나 싶어 흠, 기침했다.

"야, 아무튼 고맙다. 가서 담배나 한 대 피우자. 나도 그러고 가야 겠다."

으, 추워. 몸을 떨던 친구가 키득키득 웃으며 바지 주머니에 손을 집어넣었다. 한결은 고개를 끄덕이며 그와 함께 걸음을 옮겼다. 평소였다면 숨어서 담배를 피웠겠지만, 지금은 이야기가 달랐다. 집 주차장 앞에서 당당하게 담배 한 대를 물었던 그때였다.

"야! 거기 꼬맹이들!"

어디선가 쩌렁쩌렁한 목소리와 함께 쾅! 문이 닫히는 소리가 들렸다. 깜짝 놀란 한결과 친구가 몸을 벌떡 일으켜 주변을 돌아 보았다.

"요 며칠 계속 근처에서 담배꽁초가 보인다 했더니 너희였구나?"

잔뜩 화가 난 채 걸어오는 건, 한결의 옆집에 사는 새벽이었다. 어릴 때는 종종 함께 지냈었다. 물론 그건 모친끼리 왕래가 잦았던 유치원 때 정도였지만. 중학생이 되고부터 소원해졌는데, 세 번째 이사 온 집이 우연히 그녀의 옆집이었다. 어머니는 출근하시기 전, 새벽에게 공부를 봐 달라고 말이라도 할까, 몇 번을 물었었다.

떼려야 뗄 수 없는 사이. 부모님으로 인해 새벽과 한결은 그런 사이가 되었다. 물론 한결은 어릴 때의 일이니 이젠 크게 신경 쓸 것 없는 사이가 아닌가, 생각하고 있었다.

"뭐야, 너 한결이니?"

그런데 왜, 놀란 듯 다가오는 새벽의 모습에 마른 침이 꿀꺽 넘어 가는 걸까. 한결은 자기도 모르게 주춤 뒤로 물러났다.

"누구세요?"

모르는 척 물었다. 모르는 사이가 되고 싶었다. 지금 이 순간만 큼은.

"뭐야, 아는 사람이야?"

곁에 있던 친구가 불량한 목소리로 물었다. 실상 싸움박질을 할 때는 앞서 나오지도 않으면서, 막상 분위기를 험악하게 만드는 데에는 일가견이 있는 친구였다. 분위기가 험악해지기 전에 자리를 떠야겠다 싶어 친구의 어깨를 툭툭 두드렸다. 아니야, 그렇게 말하며 돌아서려던 찰나였다.

"한결아."

그를 부르던 새벽이 손을 뻗어 한결의 손목을 붙잡았다. 놀란 듯 눈이 휘둥그레진 그녀의 모습이 노란 가로등 아래에서 빛났다. 커다란 눈에 까만 머리칼. 그리고 어딘가 모르게 반짝반짝 빛나는 모습이 꼭 저와 멀리 있는 사람 같았다.

"한결이 맞네. 왜 누나 모르는 척해? 아니, 그것보다 너 담배 피우니?"

새벽의 말에 친구가 미간을 잔뜩 찌푸리며 앞서 나갔다. 일그러진 얼굴이 그의 기분을 말해 주고 있었다.

"아, 그쪽은 뭔데 이래라저래라 신경을 쓰세요. 네? 보아하니 한결이 옆집에 사시는 분 같은데."

하지만 그렇다고 새벽이 주눅 들 사람은 아니었다. 되레 눈을 동그랗게 뜬 채 그를 위아래로 훑었다.

"넌 왜 끼어드는 건데? 보아하니 나랑 아무 관련 없는 사람 같은데."

"이봐요, 아줌마."

"아줌마 아니고 누나."

"하, 진짜 기가 차네. 기가 차. 야!"

호칭까지 고쳐 주는 새벽의 모습에 친구는 하, 헛웃음을 쳤다. 머리를 벅벅 긁던 그가 새벽에게 성큼 다가갔던 그때였다.

"누나가 뭔데?"

한결이 친구를 붙잡은 채 새벽에게 다가갔다. 부모님끼리 얽혀 있는 사이라 웬만하면 부딪치고 싶지 않았지만. 괜히 친구까지 얽혀 이러니저러니 말이 나오는 것보다 낫다고 생각했다.

잔뜩 인상을 쓴 그가 새벽을 위아래로 훑었다.

"뭐? 너 지금 나한테 내가 뭐냐고 물었어?"

"그래. 네가 뭔데 내가 담배를 피우든, 뭘 하든 신경 쓰냐고 물었다. 왜?"

새벽은 웃었다. 눈을 동그랗게 뜬 채 달려드는 한결의 모습을 보며 코웃음을 쳤다. 하, 깊게 한숨을 터트리던 그녀가 긴 머리칼을 머리 뒤로 넘기며 그에게 성큼 다가왔다.

"넌 지금 네가 잘하고 있다고 생각해? 아니면, 멋있어 보여?"

"아니, 그러니까 그걸 왜 당신이 신경 쓰냐고. 내 인생인데, 내 마음대로 살게 놔두라고 제발!"

어째서 부모님이 아닌 새벽에게 제 본심을 쏟아낸 건지 알 수 없었다. 악 소리를 지르자, 새벽의 얼굴이 딱딱하게 굳어 버렸다.

"당신 동생 아니니까, 가던 길 가. 들어갈 거면 들어가든가."

씨발, 작게 욕설을 뱉던 그가 새벽을 흘겨보며 뒤를 돌았다. 가자, 친구에게 넌지시 건넨 말과 함께 새벽의 큰 목소리가 뒤로 들려왔다.

"아주 배가 부르지? 이런 짓이나 하고 다니려고 너희 부모님이 뼈 빠지게 사업하시는 줄 아니? 돈이 많은 집이라고 그냥 쉽게 돈을 버는 줄 아나 봐?"

결국, 한결의 걸음이 우뚝 멈추었다. 숨을 깊게 들이마시고 내뱉던 그가 목을 한차례 돌린 뒤, 친구에게로 시선을 옮겼다.

"너 먼저 가."

"뭐?"

"가라고."

한결의 묵직했던 한 마디에 친구는 몸을 움찔거렸다. 곧 새벽과 한결을 번갈아 보던 그가 고개를 끄덕였다. 내일 보자, 한 마디를 남긴 채 저 멀리 사라졌다. 그의 뒷모습을 지켜보던 한결이 크게 한숨을 쉬었다. 뜨거운 입김이 차가운 공기와 맞닿아 하얗게 피어올랐다.

"너 진짜 왜 그러니?"

"뭐가?"

공기만큼이나 차가운 목소리였다. 하지만 새벽은 흔들리지 않았다. 허리를 꼿꼿이 세운 채 한결을 위아래로 훑다가 하, 코웃음을 쳤다. 허리에 얹은 손이 유독 새하얗다.

"김한결. 너 지금 되게 당당하다?"

"당당하지 못할 건 또 뭔데?"

어깨를 쫙 편 한결의 모습에 새벽은 어이가 없다며 헛웃음을 쳤다. 어릴 적 모습과 똑같으리라고 생각조차 하지 않았지만, 이렇게 변할 줄은 꿈에도 몰랐다. 새벽은 다시 크게 한숨을 뱉으며 팔짱을 꼈다. 고등학생인데 키가 제법 컸다. 저 역시도 어디에 가서 키가 작다는 소리는 듣지 않는데, 시선이 조금 위로 올라가 있었으니까.

"하나. 아직 학생의 신분으로 담배 핀 거."

"봤어?"

"손에 들린 건 봤지."

곧 새벽이 턱짓으로 한결의 손을 가리켰다. 그러자 한결이 담배를 꽉 우그러트렸다. 짜증나, 중얼거리는 입 모양이 보였으나 새벽은 별다른 말을 하지 않았다.

"너, 면허는 있니?"

"알아서 뭐하게."

"없어? 그럼 둘. 무면허로 겁대가리 없이 오토바이 탄 거."

"아, 짜증나. 진짜."

결국 한결의 입에서 거친 소리가 터져 나오고 말았다. 머리를 벅 벅 긁던 그가 신경질적이게 다른 곳으로 시선을 돌렸다. 왜 친구를 보내고 혼자 새벽에게 붙잡혀 있는지 알 수가 없었다. 원래 계획대 로라면 대충 친구를 보낸 뒤, 집에 돌아가 몰래 맥주라도 마실까 했 었는데. 이루지 못한 꿈에 신경질이 마구 올라왔다. 덕분에 미간이 잔뜩 일그러졌다. 차마 크게 소리 내지 못하는 욕설을 잇새로 마구 던져내고 있었다.

"또 뭐 있어?"

"아니, 없어."

"그럼 나도 좀 말하자. 하나. 나한테 신경 쓰지 마. 골목에 담배꽁 초 있는 거 싫으면, 알아서 다른 곳 가서 필 테니까."

눈이 튀어나올 만큼 힘을 준 채 말하는 한결의 모습에도 새벽은 꿈쩍하지 않았다. 고개를 천천히 끄덕이며 그의 말을 듣고 있었지 만, 표정은 무덤덤했다.

"그리고 둘."

검지와 중지, 두 개를 활짝 편 한결이 매서운 눈으로 새벽을 바라 보았다. 당장에라도 질펀하게 욕설을 날릴 것 같은 표정이었지만, 제법 잘 참는 것 같았다.

"아무것도 모르면서 배가 부르느니 마느니, 그딴 말 하지 마. 우 리 집 사정 아무것도 모르는 그쪽한테 듣고 싶지 않으니까."

이제 더는 신경 쓰지 않겠지 싶었다. 만족스럽게 새벽을 지나치 려 하는데, 그녀의 목소리가 한결의 걸음을 붙잡았다.

"되게 웃긴다. 너. 지금 네가 하는 행동이 배가 부른 거지, 아니야?"

"뭐?"

"맞잖아. 솔직히 너, 지금 누리는 것들 전부 어디에서 나와? 너희 부모님 지갑에서 나와. 그 잘난 담배, 오토바이 전부. 누가 준 용돈으로 사는 건데?"

할 말이 없었다. 차라리 왜 말을 듣지 않냐, 왜 반항하냐. 그런 시시껄렁한 잔소리를 시작했다면 받아칠 말이라도 있었을 텐데. 현실적인 문제를 지적하니 말문이 막힐 수밖에. 무슨 상관이냐 묻는 건 너무 유치하다. 상관이 있어서 묻는 게 아니라는 걸, 저 역시도 잘 알고 있었다.

"그리고 뭐? 아무것도 몰라? 모르지, 내가 어떻게 알아. 네가 어떻게 지냈는지, 그 애교 많던 꼬맹이가 왜 이렇게……."

새벽의 표정이 영 떨떠름해졌다. 어릴 적 한결의 모습과 너무 달라져서 괴리감이 느껴진다는 것이 여실히 드러났다. 아휴, 됐다. 고개를 젓던 그녀가 다시 한결을 위아래로 훑었다.

"왜 이렇게 덜떨어진 애가 됐는지."

"뭐?"

"맞잖아. 덜떨어진 애. 너희 집 못 사는 편 아니지? 넌 원하면 하고 싶은 일 언제든 시작할 수 있어. 마음만 먹으면 너희 부모님 원조 원 없이 받을 수 있고, 세상을 보고 싶다면 당장에라도 유학 가라고 통장 내밀 분들이 너희 부모님이야. 모르는 거 아니지?"

한결은 아무 말 하지 않았다. 여전히 짜증이 터질 것 같은 표정으로 아휴, 아휴 한숨을 연신 내뱉고 있을 뿐.

"네가……."

"아, 진짜 더럽게 시끄럽네."

하지만 더 들어 줄 생각은 없었다. 잔소리나 듣자고 주야장천 여기에 서 있던 것도 아니고. 그렇다고 해서 욕을 사발로 내뱉으며 꺼지라고 할 만큼 먼 사이도 아니었으니, 적당히 짜증을 내며 끊는 게 이로울 것이다. 부모님끼리 안면이 있는 사이이니만큼, 저 또한 적정선을 지키는 게 맞겠지. 한결은 귀를 후비적거리던 새끼손가락을 빼냈다. 후, 입김을 불어 털어 낸 그가 미간을 좁힌 채 새벽을 마주했다.

"그래서, 돈이 다냐? 돈이 다여서 애새끼들 다 내팽개치고 자기들 사업하는 데 혈안이 되어 있어? 그게 부모야?"

"야, 김한결."

"아니, 생각해 보라고. 부모라는 게 말이야. 낳았다고 다가 아니거든. 자식이랑 교감하고, 적어도 내가 하고 싶은 거 하기 싫은 거 정도는 알아줘야 하는 거 아니야?"

"네가 먼저 말이나 해 봤니?"

"내가 왜?"

한결의 대답은 간단명료했다. 그럴 이유가 없다는 듯 어깨를 으쓱이던 그가 하하, 웃음을 터트렸다.

"내가 왜 그래야 하는데?"

새벽의 얼굴 또한 점점 굳어졌다. 짜증 어린 표정으로 한결을 가만히 쳐다보다가, 짙은 탄식을 내뱉었다.

"아니, 사고를 치든 말든 비서를 보내는 사람들한테 내가 무슨 말을 해야 해. 안 그래?"

그만하자는 말이 나올 때도 됐는데 새벽은 꿋꿋했다. 여전히 한결을 죽일 듯 노려보는 눈이 꽤 날카로웠다.

"참나, 이럴 거면 뭐하러 낳았지? 어차피 이렇게 내버려 두고 키울 거면."

짝.

한결의 말이 채 끝나기도 전이었는데, 뺨을 스치는 마찰음이 날카롭게 들렸다. 반쯤 돌아간 그의 얼굴을 내리친 건, 새벽의 손이었다. 곧게 뻗은 하얀 손바닥이 불그스름해졌다.

"야, 너 지금."

당황한 한결이 맞은 뺨을 감싸며 새벽을 노려보았다. 하지만 그녀는 되레 자신이 인상을 구기며 한결에게 성질을 냈다.

"그 말, 오늘 들어가서 똑바로 반성해. 할 말이 있고 하지 않을 말이 있는 거야."

"아니, 야."

"뭐? 뭐하러 낳았냐고? 그래 말 잘했다. 너희 부모님이 진짜 그런 생각 한다고 하면, 너 정말 좋겠다. 그치? 이렇게 사고만 치고 말 더 럽게 안 듣는 아들 내가 왜 낳았지, 그러면서 가슴 두드릴 생각 하면 참 좋겠다고!"

말문이 막혔다. 새벽의 말마따나 부모님이 그런 상상을 한다고 생각하니, 괜히 가슴 한구석이 꽉 메어왔다. 매일 왜 낳았냐, 이럴 거면 낳지나 말지. 그렇게 노래를 부르던 마음이 순식간에 사라졌다.

"네가 부모님이랑 말을 하든 말든, 담배펴서 폐가 다 썩든, 오토바이를 타다가 어디서 자빠지든 내가 알바 아냐. 그럼, 내가 무슨 상관이래? 어차피 옆집 철없는 꼬맹인데."

"야!"

"뭐, 꼬맹이란 말은 싫은가 봐? 싫으면 제발 철 좀 들어. 부모님 밑에 있는 게 싫어? 그럼 사고 치지 말고 공부 열심히 해서 독립해. 그래서 네가 원하는 삶 살아! 너 혼자 살아 보라고! 지금은 손 안 벌리면 아무것도 못 하는 주제에, 뭐? 왜 낳았어? 이럴 거면 뭐하러 낳았냐고?"

바락바락 소리를 지르며 혼내는 새벽의 모습에 한결은 눈만 껌

삑일 수밖에 없었다. 화가 막 차오를 것 같았는데, 이상하게도 아무렇지 않았다. 아니, 오히려 저를 혼내는 새벽이 조금 멋있어 보이기까지 했다.

단 한 번도 누군가 저를 바로잡으려 한 적이 없었다. 선생님들은 한결의 집이 가진 권력에 눈치를 보기 시작했고, 친구들은 그런 한결에게 아양을 떠느라 바빴다. 무슨 일을 하든 한결은 멋있고, 잘난 친구였다. 부모님 또한 마찬가지였다. 언젠가 제 자리로 돌아올 수밖에 없다며 자신을 내버려 두었으니까. 사실 담배도 오토바이도 모두 알고 있을 것이다. 그저 조용히 흐르다 돌아오길 바라고 있는 것뿐이지.

"아니면 너, 관심받고 싶어서 괜히 되지도 않는 나쁜 짓 하니?"

새벽의 말에 한결이 눈을 크게 떴다. 깜짝 놀란 그가 잔뜩 인상을 쓰며 고개를 저었다.

"아닌데?"

"맞네. 너, 이렇게 삐뚤어지기 시작한 거 부모님이 바빠지신 뒤부터지?"

아니라고. 목 끝까지 부정의 말이 차올랐지만, 한결은 끝끝내 뱉지 못했다. 애꿎은 손만 몇 번을 쥐었다가 펴며 속을 달랬다. 정곡을 찔렀다. 조금만 더 엇나가면, 조금만 더 나쁜 짓을 하면 부모님의 관심이 돌아오리라 생각했다. 그렇다고 혼나거나 맞고 싶지는 않았지만, 예전처럼 신경을 써줄 것 같아서. 어린 마음에 치기 어린 행동이라는 건 너무 잘 알고 있었다. 그걸 자기합리화하며 숨겨 놓았던 것뿐이지.

"뭐, 그래. 그럴 수 있어. 나도 그랬으니까."

자기도 그랬다며 고개를 끄덕이는 새벽의 말에 한결이 급히 고개를 들어 올렸다.

"그런데 이건 아니야. 네 몸 상하면서 하는 반항은, 아무 도움 안 돼. 그리고 이건 관심이 아니라, 부모님이랑 더 멀어지는 일이라고. 그래. 뭐, 관심을 받고 싶었던 건 안쓰러워. 하지만, 그렇다고 네 나쁜 짓들이 모두 정당화되지 않아."

그럼 뭘 어떡해야 하는데. 차마 던지지 못하는 말을 입안에서 몇 번이나 곱씹으며 다시 고개를 돌렸다. 새벽의 눈을 바라보고 싶지 않았다. 괜히 자신이 코딱지만큼 작아지는 기분이 들었으니까. 새벽은 고개를 돌린 한결을 빤히 바라보았다. 끊이지 않고 터지는 그의 자그마한 한숨을 마주하다가, 그에게 성큼 다가갔다.

"너는, 네 인생을 부모님에게 보여 주기 위해 살아?"

물음은 직설적이었고, 한결은 그에 아주 빠르게 반응했다. 화들짝 놀라는 어깨가 눈에 띄게 떨렸다. 놀란 눈으로 새벽을 돌아본 한결의 눈이 묘하게 일렁이고 있었다.

"누가 그렇대?"

"그럼 왜 반항하는 건데?"

"그야."

"부모님이 널 보면서 느꼈으면 하는 게 있어서?"

또, 말문이 막혔다. 아니라고 하면 거짓말이다. 느꼈으면 하는 것보단, 이런 자신을 잡아주었으면 했다. 관심을 조금 더 가져주었으면 하는 마음이 없었다면 거짓말이다. 처음엔 그러한 마음들을 모조리 부정했다. 이제껏 부모님만을 위한 삶을 살았으니, 자신을 위한 삶을 살아 보겠다는 생각으로 포장했다. 자신의 일탈은 단순한 갈망으로 시작되었다는 걸 재차 깨달았다. 그 순간이 얼마나 부끄러웠는지, 훗날의 한결은 떠올릴 때마다 부끄러움을 곱씹고는 했다.

"아니야?"

"맞아."

단번에 고개를 끄덕이는 한결의 모습에 새벽이 작게 한숨을 뱉었다. 좀 전과 다른 게 있었다면, 입가에 머무른 잔잔한 미소였다.

"한결아."

한결의 눈에 경계가 풀렸다. 아니, 그보다는 소용돌이치는 혼란에 휩싸인 것 같았다. 새벽은 그런 한결의 마음을 충분히 이해했다.

틀린 길이라는 사실을 모르진 않았을 것이다. 다만, 그것을 정당화하기 위해 수십 번이고 자신을 합리화하는 바람에 잊은 것뿐. 그래서 지금 한결은 나락으로 떨어지는 기분일 테다. 자신의 선택이 틀렸다는 두려움과 결국 아무것도 이루지 못했다는 좌절감에 한없이 가라앉고 있겠지. 자주 보았던 모습이었다. 사춘기 시절의 친구들이 겪던 모습을 하도 본 탓인지, 한결을 이해하는 건 그리 힘들지 않았다.

"사람은 누구나 실수해. 나도 그렇고, 너희 부모님도 마찬가지고."

표정은 전혀 와닿지 않는 듯했다. 물론 새벽 역시 한결이 당장 받아들이길 원해서 한 말은 아니었다. 자책의 시간이 조금이라도 짧았으면 하는 마음에서 내어 준 이야기였다. 잘못을 반성하는 시간이 길어지면, 곧 자신을 자책하는 시간으로 돌아가고는 하니까.

"실수의 종류가 중요한 게 아니야. 언제 깨닫고, 어떻게 바뀌는지에 따라 다른 거야."

새벽이 때린 뺨이 화끈거렸다. 새벽의 조곤조곤한 이야기에 왜 이렇게 마음이 사르르 녹아내리는지 모르겠다.

"그러니까 깨달아. 그리고 잘못한 건 반성하고 바뀌. 그게 지금 네가 해야 할 일이야. 부모님이 널 돌아봐 주길 기다릴 시간에, 너 자신을 먼저 돌아보고 아껴 한결아. 그게 가장 첫 번째야. 지금 네가 하는 행동은, 스스로를 좀먹는 행동들뿐이야. 알잖아."

몇 번이나 듣던 이야기였다. 너를 아껴, 네가 바로 서야 해. 수도 없이 들었던 이야기는 언제나 저를 질책하는 목소리와 표정으로 다가왔다. 그럴 때마다 늘 궁지로 몰리는 기분이 들었다. 그래서 더욱 도망치고 싶었다. 자신을 옭아매는 족쇄에서, 이 상황에서 더 멀리 벗어나길 원했다. 하지만 지금은 달랐다. 자신이 비뚤어지든 말든, 어쩌면 가장 상관없는 사람이 새벽일 텐데. 그 누구보다 더 진심으로 자신을 설득하고 있었다. 잘못을 바로잡아 주기 위해서 온 마음을 다하는 새벽의 모습에, 괜히 생각이 많아졌다.

"뭐, 내가 아무리 이렇게 말해도 네가 모르면 그만이겠지만."

한결은 어깨를 으쓱이며 웃는 새벽을 보며 입을 벙긋거렸다. 조금은 알 것 같다고 말을 해야 하는데, 모자란 머리는 바로 말을 내어주지 않는다. 입술은 결국 한 마디도 떼지 못하고 닫힌다. 목을 타고 넘어오려는 몇 가지 이야기마저도 속으로 가라앉았다.

"뺨 때린 건 미안해. 많이 아프지? 내가 안 그래 보여도, 욱하는 기질이 좀 있어. 괜찮아?"

걱정스럽게 물으며 다가오는 새벽의 모습에 한결이 자기도 모르게 뒷걸음질 쳤다. 새벽은 그런 한결을 보며 씁쓸하게 웃었다. 하긴, 뺨까지 때린 자신과 얼굴을 맞대고 싶을 리가 없지. 새벽은 조심히 뒤로 물러났다. 한결과의 적정한 거리를 위한 행동이었다.

"난 이만 들어갈게. 담배 피더라도 숨어서. 오토바이는 되도록 타지 말고. 타더라도 보호장비 잊지 말고. 알았지?"

"어."

"대답은 잘해."

새벽은 픽 웃으며 뒤돌았다. 아으, 추워. 중얼거리는 새벽의 붉은 입술에서 하얀 입김이 새어 나왔다. 몸을 잔뜩 움츠린 새벽이 종종걸음으로 문 가까이에 다가섰다. 벨을 누르려던 찰나, 뒤쪽에서 한결의 목소리가 들렸다.

"저기."

새벽이 고개를 살짝 돌리자, 한결이 재차 우물쭈물했다. 한참 말을 잇지 못하다가 겨우 입을 열었다.

"왜…… 그러니까 왜 나한테 이런 말을 한 거야?"

엉망진창이다. 묻고 싶은 요점은 담겼지만, 제대로 전달할 수 있는 단어들이 조합되지 않았다. 역시나 새벽 또한 알아듣지 못한 건지 한참 생각하다 어색하게 웃었다.

"무슨 말인지 모르겠는데?"

"그냥 옆집 꼬맹이라며. 담배펴서 폐가 썩든, 오토바이 타다 자빠지든 상관없는 꼬맹이. 그런데 왜."

"아, 왜 잔소리하고 혼냈냐고?"

한결이 고개를 끄덕였다. 그에 새벽은 또 고민을 이어가야 했다. 왜 그랬을까. 고개를 갸웃거리며 한참 생각하던 그녀가 한결을 보며 아무렇지 않게 대답했다.

"어른이잖아. 어른이 할 수 있는 일을 한 것뿐이지, 큰 이유는 없어. 아, 좀 다른 이유가 있다면 여러 가지 있을 것 같은데. 하나는 우리 집 옆에 저렇게 담배꽁초 쌓이는 거 싫었고, 너는 모르겠지만 오토바이 타고 들어올 때 엄청 시끄럽거든. 소음 너무 견디기 힘들었어. 그리고 좀 아깝잖아."

아까워? 뭐가? 던지지 못하는 물음이었지만 눈에 적나라하게 담겨 있다는 걸 한결만 모르고 있었다.

"그렇게 잘생긴 얼굴, 인상 써가며 구기는 거. 그리고 담배 피면 피부도 빨리 삭는데. 그게 좀 아까웠어."

쿵.

심장이 말도 안 되게 빠르고, 큰 소리를 내며 뛰었다. 자기도 모르게 가슴을 쥐어짜듯 잡았다. 그리고 커다란 대문으로 사라지는 새벽을 가만히 바라보았다.

"아무튼, 다음에 볼 땐 좀 어른스러워지자. 꼬맹이!"

잘 자! 손을 흔든다. 대문을 닫고 돌길을 걸어가던 새벽의 뒷모습이 어느새 집 안으로 사라졌다. 쾅- 커다란 소리와 함께 한결의 눈동자가 파르르 떨렸다.

"아……."

중얼거리던 한결이 바닥에 털썩 주저앉고 말았다. 두 손으로 머리를 감싸 쥔 채 앓는 소리를 냈다. 언젠가 흘러들었던 이야기가 있었다. 사랑이라는 건, 별 것 아닌 이유로 단숨에 빠져버리는 감정이라고. 혹자는 눈을 깜빡거리는 모양새로 사랑에 빠지고, 혹자는 생선 살을 잘 바르는 곧은 손가락을 보고 사랑에 빠진다고 했다.

그 언젠가 보았던 영화에서는 눈을 마주하는 것만으로도 사랑을 느꼈다던데. 지금 한결의 심정이 그랬다. 기억도 나지 않는 어린 시절의 기억을 공유하던 옆집 누나에게. 그것도 뺨까지 때려가며 정신 차리라며 혼낸 당황스러운 사람에게 묘한 감정을 느끼고 있었다. 아니, 당황스러운 사람이 아니었다. 너무 멋진 사람에게 마음을 빼앗긴 기분이 들었다. 이제껏 꿈쩍하지 않던 마음이 조금씩, 조금씩 움직이고 있었다.

"정신차리자. 김한결."

가장 먼저 담배를 끊고, 오토바이를 처분해야겠다고 생각했다. 공부를 당장 열심히 하는 건 힘들 테니까, 노력이라도 해봐야지. 바꾸어야 할 것들을 하나둘 떠올렸다. 꼬맹이에서 탈피해야 하는데, 중얼거리던 한결의 손등으로 차가운 감촉이 느껴졌다. 깜짝 놀라 고개를 들어보니, 하얀 눈송이가 톡, 톡 손등을 두드리고 있었다. 어느새 초롱초롱 빛나던 한결의 눈동자가 하늘을 올려다보고 있었다. 그해 첫눈이었다.

첫눈이 내리는 날, 처음으로 마주한 사랑에 한결의 가슴은 쉴새 없이 떨리고 있었다. 새벽, 한새벽. 새벽의 이름이 아주 오랫동안 입에서 떠나지 않는 밤이었다.

*

그로부터 2년 후. 고등학교 3학년이 된 한결은 제법 어른스러워져 있었다. 담배를 끊고 오토바이를 처분한 뒤부터는 2년 전 과거의 모습은 나오지 않았다. 코피를 터트리며 공부했고, 남들보다 배로 노력했다. 그러지 않고는 따라가지 못하는 이유도 있지만, 나름의 목표가 생겼기 때문이었다.

-옆집 새벽이가 과외 해주는 건 어때? S대 갈 실력이었는데도 안정권으로 J대 넣었다는데. 엄마도 다른 사람한테 맡기는 것보다 새벽이가 더 마음이 편할 것 같은데. 한결이 너는 어떠니?

거울을 통해 묻는 엄마의 물음에 한결은 잠시 말을 잃을 수밖에 없었다. 똑똑할 것 같다는 생각은 했고, 똑똑하다는 말도 자주 들었지만 그게 진짜일 줄은 몰랐지. 저 역시 머리가 나쁜 편은 아니라고 생각했다. 분명 배우는 만큼 따라가리라 자신했지만, 가르치는 사람이 새벽이 아니기를 바랐다. 한심한 모습을 보여 정이라도 떨어질까 봐 걱정된 탓이었다.

-학교에서 스터디그룹 만들기로 했어요. 걱정하지 마세요.

거짓말까지 동원하며 새벽의 과외를 막았다. 그리고 공부를 잘하던 친구들만 모아 진짜 스터디그룹을 만들었다. 간식거리와 음료수, 심지어 장소까지 모두 한결이 제공했다. 장소는 무조건 한결의 집이었다. 오며 가며 새벽을 만나기를, 그래서 자신이 이렇게 달라졌다는 걸 보일 수 있기를 바라는 마음이었다. 하지만 기대만큼 따라주지 않는 게 현실이라고 했다. 한결이 오가는 시간에는 새벽이 보이지 않았고, 그나마 맞는 시간에 보인 새벽은 혼자가 아니었다. 행복하게 웃게 해주는 다른 누군가와 함께 서 있었다. 그럴수록 한결은 이를 악물고 공부에 매달렸다. 포기하지 않고 노력, 또 노력했다. 지금 당장 한결이 할 수 있는 건 그것뿐이었으니까.

지옥 같은 입시를 끝내고 난 뒤, 한결은 기다렸다는 듯 집 앞을 서성거렸다. 때로는 새벽이 다니는 대학의 앞을 찾아가기도 했는데, 그럴 때마다 한결은 좌절해야 했다. 누군가의 곁에서 행복하게 웃고 있는 새벽을 보았으므로. 물론 그 뿐만이 아니었다. 자신의 집 앞에 멀뚱히 서 있을 때도 있었고, 편의점을 다녀온단 핑계로 몇 번이나 들락거리기도 했다. 평소처럼 마시지도 않을 우유를 잔뜩 사 들고 집으로 들어왔다. 오늘도 못 봤네, 투덜거리던 그때 부엌에서 누군가와 통화를 하는 엄마의 목소리가 들렸다.

"그래서 내가 그랬잖아. 되도록 학교는 사립에 보내라고. 새벽이 걔가 겉으로 보기엔 당차지, 속은 여려서 엉뚱한 애들한테 휘둘릴 거라니까?"

새벽의 얘기여서, 한결은 자기도 모르게 걸음을 우뚝 멈추어섰다.

"어쩔 수 없지 뭐. 그냥 놔둬. 어차피 대학 졸업하면 새벽이 아빠가 정해주는 대로 결혼해야 할 텐데, 언제까지 그렇게 뒤꽁무니 쫓아다닐 거야? 지금 아니면 지 인생 즐기지도 못할 텐데. 네가 더 잘 알잖아."

정략결혼 이야기가 생각보다 늦게 나왔구나 싶었다. 저야 장남인 형이 있으니 조금 늦을 수 있다지만, 새벽은 외동딸이라고 알고 있는데. 한결은 그 자리에 서서 한참이나 엄마의 통화를 엿들었다. 전화를 끊는 소리가 들리자마자 이제 막 들어온 척 인사를 했다.

"다녀왔습니다."

올라가기 전에 슬쩍 물어볼까, 했는데. 한결의 의중을 알아챈 엄마가 의자를 뒤로 젖히며 물었다.

"뭘 그렇게 엿들어?"

깜짝 놀라 자리에 우뚝 멈추어섰다. 비닐봉지의 미끌미끌한 촉감이 왜 이렇게 또렷하게 느껴지는지 모르겠다.

"네?"

엄마는 더 묻지 않았다. 그저 어서 대답하라는 눈빛으로 한결을 쳐다볼 뿐.

"아, 그냥 뭐……."

한결이 머리를 긁적거리자 엄마가 픽 웃으며 자리에서 일어났다. 그에게 성큼성큼 걸어오더니, 비닐봉지를 받아들었다.

"우유는 마시지도 않으면서 매일 사러 나가고, 안 하던 아침저녁 운동을 조깅으로 하지 않나. 한결이 너 좀 이상해?"

"아니에요. 뭐, 우유는…… 아빠 드시라고 사 오는 거고."

"아빠도 우유 안 먹잖아."

말문이 막혔다. 봉지를 슬쩍 내려보다가, 어깨를 으쓱거렸다.

"이모님이 드실 수도 있죠, 뭐."

하지만 엄마는 쉽게 넘어가지 않았다. 믿을 수 없다는 눈초리로 한결을 쳐다보다가, 의미심장한 미소를 지었다. 무언가를 더 물어보려던 엄마가 고개를 끄덕였다. 여전히 입가에는 미소가 걸려 있었다.

"잠깐 기다려봐. 엄마 심부름 좀 해."

공부해야 한다는 말이 목 끝까지 나왔지만, 엄마는 한결의 말은 듣지도 않았다. 방으로 성큼성큼 걸어가더니, 이내 무언가를 들고 한결의 앞으로 돌아왔다.

"자, 이거."

"이게 뭐예요?"

"네 형 약혼식 초대장."

"저도 초대장 갖고 가야 하는 거예요?"

한결이 웃자, 엄마가 고개를 도리도리 저었다. 문밖을 가리키는 손가락이 유독 돋보였다.

"아니, 옆집 새벽이한테 좀 가져다주라고."

"네?"

당황스러웠다. 놀란 건 확실했는데, 이걸 좋다고 해야 할지 영 타이밍이 좋지 않다고 해야 할지 알 수 없었다. 물론 새벽을 만난다는 사실로도 매우 기뻤지만, 지금 제 꼴이 말이 아니었는데. 물론 혹시나 마주칠까 싶어서 자연스럽게 꾸미기는 했다만. 적어도 이것보다는 더 멋진 모습을 보이고 싶었었다.

"그냥 꽂아 놔도 되잖아요."

자기도 모르게 퉁명스럽게 대답했다. 속으로는 가기 싫은 게 아니라며 좌절했고, 조금만 더 예쁘게 입을걸 후회했다. 옷 좀 갈아입고 가겠다고 하면 이상하게 보일 테니까.

"너는, 이런 초대장을 어떻게 그냥 꽂아놓니? 적어도 얼굴 보고 줘야지."

얼굴을 본다는 말에 하마터면 웃음이 비죽 흘러 나올뻔 했다. 흠흠, 헛기침하며 목을 가다듬던 한결이 못 이기는 척 초대장을 받았다.

"아, 귀찮은데."

"귀찮으면 됐어. 엄마가 갈게."

"아니에요. 제가 갈게요. 엄마 귀찮잖아요."

역시 사람은 어지간히 튕겨야 한다. 한결은 휙 피하려는 엄마의 손에서 초대장을 낚아챘다.

"안 간다면서?"

"갑자기 가고 싶어졌어요. 이거 냉장고에 좀 넣어주세요."

한결은 들고 있던 봉지를 바닥에 내려놓으면서 뒤를 돌았다. 엄마를 향해 씨익 웃더니, 잽싸게 신발장으로 향했다. 새벽을 본다. 그날 밤 이후 제대로 마주하는 건 처음이라 어지간히도 떨렸다. 무슨 말을 먼저 해야 할까 고민됐다. 정신 차리고 공부를 열심히 했다는 말? 아니면, 원하는 대학에 합격하길 기도해달라는 말.

아니, 그게 아니면. 집 대문에 다다랐을 때, 걸음이 우뚝 멈추었다. 누나를 좋아하는 것 같아요. 그 말이 목까지 차올랐다가 다시 속으로 쏙 들어갔다. 고작 딱 한 번 말을 섞은 것뿐인데, 다짜고짜 좋아한다니. 저 같아도 싫을 것 같았다.

"안 돼. 다른 말을 생각해."

한결은 고개를 빠르게 저으며 대문의 손잡이를 만지작거렸다. 무슨 말이 좋을까 한참 고민했지만, 적당한 말이 떠오르지 않았다.

"정신 차렸으니까, 밥이나 사달라고 할까."

그것도 어지간히 갑작스럽네.

"너 빨리 안 갈 거야?"

고민하며 망설이던 사이, 뒤쪽으로 엄마의 외침이 들렸다. 뒤를 슬쩍 돌아본 한결이 어색하게 웃으면서 대문을 나섰다. 아직 머릿속은 정리되지 않았는데, 걸음은 저절로 움직였다. 한결의 집을 둘러싼 담은 제법 높고, 길었다. 곰곰이 생각하며 걷는데, 익숙한 목소리가 들렸다.

"뭐라고 했어?"

새벽이었다. 그날 밤 처음으로 들은 목소리였는데, 얼마나 오래 귀에 박힌 건지 듣자마자 알아들을 수 있었다.

"뭐라고 말했냐고 묻잖아!"

한결의 걸음이 우뚝 멈추었다. 더 나아가지도, 물러나지도 못한 채 멀찍이서 그 광경을 지켜보았다.

"헤어지자고 말했어."

담담하게 말하는 그 남자는, 새벽을 활짝 웃게 만들던 장본인이었다. 매일 매일 새벽과 대학 앞을 누비고, 그녀를 집 앞까지 데려다주던. 적어도 한결만큼은 익숙하게 보아오던 사람.

비단 새벽만이 큰 충격을 받았다고 할 수 없었다. 한결 또한 새벽만큼 충격을 받고 둘을 번갈아 보았다. 한결이 당장 새벽에게 자신의 마음이 이상하다고 말하지 못했던 건, 그 남자와 너무나 행복한 모습을 보여주었기 때문이었다. 그래서 더더욱 좋아하는 게 아니라고 최면을 걸었는지도 모르겠다. 그저 자신의 눈을 뜨게 해주었기에 멋있어서, 그래서 자꾸 시선이 가고 마음이 갔다고. 새벽의 행복을 깨고 싶지 않았다. 확신하지 못하는 제 마음으로 새벽을 흔들고 싶지 않았는데.

"누나는 볼 게 돈밖에 없잖아."

이어지는 남자의 말에 모호했던 마음이 명확해졌다. 돈만 가졌다면 자신이 이런 마음을 가질 리 없다고 반박하려다가, 조용히 뒤로 숨었다. 새벽의 매력을, 그 강점을 아는 건 저 하나면 족했다.

"뭐?"

떨리는 목소리를 들으며 눈을 질끈 감았다. 하- 깊게 숨을 내뱉는 소리가 거슬렸지만, 당장에라도 뛰쳐나가고 싶었지만. 한결은 있는 힘껏 참았다.

"솔직히 부담스러워. 어디 갈 때마다 내가 더 내야 하는데 미안한 마음 가지는 것도. 학생 신분인데 비싼 선물 아무렇지 않게 받는 것도. 분명 학생의 연애를 하고 있는데도 누나의 세계가 너무 높아서, 내가 어떻게 다가가야 하는지 모르겠어."

"야, 권성혁."

"알아. 비겁한 거 아는데, 나는 누나. 그냥 평범한 사람이 좋은 것 같아."

담담하게 대답하는 성혁의 목소리에 새벽이 기가 찬다는 듯 코웃음을 티트렸다. 아, 짧게 새어 나오는 숨소리 끝에 앓는 소리가 섞여 있었다.

"그래서 헤어지자고?"

"응."

담담한 대답이었다. 더하지도, 덜하지도 않은 아주 담백한 대답. 그래서 더 할 말이 없었는지, 새벽은 부산스러웠다. 머리를 쓸어넘기고, 한숨을 뱉고. 입술을 꽉 누르다가 눈에 힘을 준 채 눈물을 삼키고. 그런 새벽을 쳐다보는 성혁이 짧게 한숨을 쉬며 물었다.

"이제 가도 돼?"

"잠깐만."

돌아서려는 성혁을 잡는 새벽이 바보 같았다. 당장에라도 나가서 그만해! 소리를 지를까 했지만, 그럴 처지가 아니라는 걸 잘 알고 있었다.

"언제부터였어?"

새벽의 물음에 한결은 괜히 제 다리에 힘이 풀리는 것 같았다. 그러면서도 성혁의 물음에 귀를 기울였다.

"뭐가요?"

"그런…… 마음먹은 거."

그게 왜 중요해요, 누나! 속으로는 이미 새벽에게 달려나가 외치고 있었다. 이런 놈, 생각도 하지 말라며 새벽의 손을 붙잡고 어디라도 가는 제 모습이 떠올랐다. 하지만 그건 모두 꿈일 뿐이었다.

현실의 김한결은 내세울 것 하나 없는 예비 졸업생이었다. 더불어 옆집에 사는 평범한 동생 그것 하나. 당장 새벽의 앞으로 나아가 저를 좀 봐달라며 울고불고할 입장이 되지 않았다. 자신의 처지를 한탄하던 때, 성혁이 기다렸다는 듯 입을 열었다.

"누나랑 만나고 일주일 뒤부터요."

"알았어."

단호하게 대답하는 새벽의 목소리가 듣기만 해도 아팠다. 기운을 차리라고 속으로 외치고 있었지만, 들리지 않겠지.

"알았으니까, 가."

새벽은 성혁을 쳐다보고 있지 않았다. 고개를 푹 숙인 채 그에게 가라는 말만 반복했다. 그리고 한결은 담에 숨어서 그런 새벽을 한참 쳐다보았다. 마음이 아팠다. 무언가 가슴을 콕콕 찌르는 기분이 들었다.

"잘 있어요."

아휴, 거칠게 한숨을 쉬던 그가 머리를 벅벅 긁었다. 어떡해야 하지 한참 고민하는 듯했지만, 걸음은 망설이지 않았다.

"갈게요, 누나."

마지막 인사마저도 새벽은 받아주지 않았다. 하지만 그보다 성혁이 괘씸해서, 한결의 날선 시선이 그에게 닿았다. 그리고 새벽을 다시 돌아보려던 성혁과 한결의 시선이 마주했다. 하지만 그는 걸음을 멈추지 않았다. 아직은 앳된 한결을 보며 픽 웃더니 제 갈 길을 성큼성큼 걸어 나갈 뿐.

무시당한 기분이 들었다. 딱히 귀에 들리는 말은 없었는데, 눈빛으로 느껴진다고 하면 누군가는 웃을까. 한결은 멀어지는 성혁을 죽일 듯 노려보았다. 드디어 그의 모습이 골목에서 사라지고 나서야, 천천히 담장에서 걸어 나올 수 있었다. 새벽은 벽에 기댄 채 망연자실한 표정을 짓고 있었다. 붉게 물든 눈가에 가슴이 덜컹거렸다.

"누나."

곧 새벽이 고개를 돌려 한결을 쳐다보았다.

"아, 오랜만이네?"

새벽은 곧 울 것 같은 목소리로 대답했다. 애써 웃으면서 손까지 흔들었다. 그런 모습을 모르는 바 아니기에, 한결은 괜히 짜증이 났다. 왜 저렇게 아무렇지 않은 척을 하는 건지.

"어쩐 일이야? 아니, 언제 왔어?"

후자의 질문을 생각하다 보니 당황한 건지, 눈이 동그래져 있었다. 놀라 묻는 새벽이 귀엽기도 하고, 조금 골려주고 싶기도 했다. 아까부터 쭉 서 있었다고 할까 하다가.

-뭐라고 했어?

이별에 흔들리던 새벽의 모습이 떠올랐다. 그렇게나 굳건해 보이고, 그저 멋져 보이기만 하던 새벽이 흔들리던 모습이. 그래서 그만두기로 했다. 그냥 아무것도 보지 못한 척, 곁을 지키리라는 생각이 강해졌다.

"조금 전에요."

"아, 그래."

다행이다. 안도의 한숨을 쉬고 있을 것이다. 뻔히 다 보이는 행동에 한결은 푸, 웃음을 터트렸다.

"어쩐 일이야?"

"이거, 우리 형 약혼식 해요."

"형이? 벌써?"

놀란 듯 묻는 걸 보면, 아직 정략결혼에 관한 생각은 크게 없는 것 같았다. 저절로 안도의 한숨이 나왔다.

"그래서 초대장 주는 거야?"

"엄마가 가져다주래요."

"아, 응. 고맙다고 전해드려. 꼭 가겠다고도."

"네."

한결은 대답한 뒤에도 멀뚱히 한 자리에 서 있었다.

"아직 할 말 남았어?"

그 말인 즉, 울고 싶으니 어서 제 앞에서 가 달라는 이야기일 테다. 모르는 바 아니었으나, 한결은 쉽게 자리를 떠나지 않았다. 가만히 서서 침묵을 지키다가, 새벽이 재차 한숨을 쉴 때 다시 입을 열었다.

"나 이제 담배 안 태워요."

곧 놀란 눈을 한 새벽의 시선이 돌아왔다.

"그리고 나, 오토바이도 팔았어요."

깜빡거리는 그녀의 예쁜 눈을 보다가, 자기도 모르게 고개를 숙였다. 심장이 요동치기 시작한 탓에. 당장 입 밖으로 튀어나올 만큼 설레고 있던 탓에.

"요즘은 공부도 열심히 해요."

"잘됐네. 잘했어. 거봐, 하면 되잖아."

기뻐하고 있었지만, 그 속에 울음이 섞여 있었다. 그 사실이 어지간히 못마땅했다. 왜 당신이, 어째서 그 사람 때문에 울어야 하는 걸까.

"대학은? 어디에 넣었어?"

새벽은 그런 한결을 다시 내치지 않고 친절하게 되물었다.

"K대? 아니면, S대?"

새벽의 물음에 한결이 고개를 들었다. 가슴에 숨을 잔뜩 불어넣은 채, 담담하게 대답했다.

"J대요."

"어? 우리 학교? 내 후배 되는 거야?"

"그건 그런데, 저는 입학하자마자 군대 갈 거라서 누나랑 같이 학교 못 다녀요."

"아, 그렇구나."

고개를 끄덕이는 새벽의 모습을 보며 한결이 재차 주먹에 힘을 쥐었다.

"그런데 왜 J대야? 더 좋은데 많잖아."

처음엔 그 질문에 어떻게 대답해야 할지 도저히 떠오르지 않았다. 어떤 말로 자신이 J대에 가는 이유를 합리화해야 하나 도통 알 수 없어서 그저 가깝다는 핑계를 댔다. 하지만 지금은 달랐다. 새벽이 앞에 있는 이 순간, 입이 움직이는 건 자연스럽고 당연한 일이었다.

"누나 때문에요."

"나?"

놀란 새벽이 묻자, 한결이 재차 고개를 끄덕였다.

"그 날, 누나가 그렇게 혼쭐내고 난 뒤에 거짓말처럼 정신 차렸어요. 죽어라 공부하고, J대 목표 잡고 나니까 내가 왜 이렇게까지 했나 생각해 봤거든요."

한결이 새벽과 눈을 마주했다. 까맣지만 깊은 어둠만을 담고 있지 않은 그녀의 눈을 한참 바라보다가, 숨을 가다듬었다. 하고 싶은 말은 많고, 전하고 싶은 마음은 크다. 하지만 들썩이는 마음을 온전히 전할 수는 없었다. 아직 저는 새벽에게 꼬맹이, 그 이상도 이하도 아닐 것이다.

"그러니까, 나는."

말을 쉽게 잇지 못하는 한결의 모습이 답답할만도 한데, 새벽은 꽤 오랫동안 그의 대답을 기다려주었다. 마음이 엉망이 되어 있음에도 묵묵히 침묵을 지켰다. 그런 새벽에게 미안해서라도 빨리 자신의 이야기를 전해야 했다. 아직 이르다고 생각하는 마음은 전하지 않되, 언젠가 꼭 해주고 싶은 진심만 전하면 되겠거니 생각했다.

"나를 바로 잡아 준 누나가 다니는 학교에 가고 싶었어요. 그저, 그 뿐이었어요."

바보. 멍청이. 속은 시원했지만, 어쩐지 한 구석이 찝찝했다. 애써 웃던 그가 고개를 푹 숙였다.

"누나를 따라가고 싶었어요."

마음을 잡고 싶었으니까. 전하지 못하는 이야기는 속으로 꾹꾹 눌러 담으면서 어렵게 마지막 말을 뱉었다. 이게 아닌데. 정말 이건, 아닌데. 새벽은 한참 멍하니 한결을 지켜보다가, 픽 웃으며 그의 머리를 쓰다듬어 주었다. 곧고 여린 손가락이 머리칼을 쓰다듬는 느낌에 온몸이 오싹했다. 너무 설레서 눈물이 왈칵 쏟아질 것만 같았다.

"고마워."

한결이 고개를 숙이고 있어도 새벽과 시선은 마주할 수 있었다. 아직 성장기인 덕분에, 새벽보다 훌쩍 자란 탓이었다.

"고작 내 한 마디로 이렇게까지 바뀌어줘서 고맙고. 그 시기 잘 견뎌내서 멋지게 졸업하는 것도 고맙고. 다, 고마워."

"누나."

"내가 더 이야기해 주고 싶은 건 많은데, 오늘 컨디션이 영 별로야. 미안. 다음에 만나도 괜찮을까? 그때, 맛있는 거 사줄게. 어때?"

다음은 없을 것 같았다. 이대로 가고 나면 새벽과의 접점은 더 이상 찾을 수 없으리라고 마음이 외치고 있었다. 하지만 그렇다고 새벽을 붙잡고 있을 수만은 없었다. 당장에라도 울 것 같은 표정을,

더는 보고 있기 힘들었다.

"좋아요. 형 결혼식 때 봬요."

한결의 대답에 새벽 또한 웃으며 고개를 끄덕였다. 그렇게 그녀가 뒤돌아 대문으로 사라지려던 찰나, 한결이 손을 뻗어 문을 잡았다.

"왜?"

가슴이 쿵쾅거리며 뛰고 있었다. 왜 그러냐 묻는 새벽에게 그는 아무 말도 하지 못했다. 한참 망설이다가 겨우 뱉은 말에 떨림이 가득 묻어 있었다.

"다음번에 만났을 땐, 조금 더 멋진 남자가 되어있을게요. 그러니까…… 꼭, 기다려줘요. 누나."

햇살이 가득 들어오는 오후였다. 대문을 사이에 둔 첫 고백이었음을, 그때의 새벽은 전혀 알지 못했다.

외전2. 알콩달콩 신혼일기

오전 여섯 시.

알람시계가 시끄럽게 울렸다. 일어나라는 짤막한 비명에 가느다란 팔이 허공을 휘저었다. 하지만 갈 곳 없이 방황하느라, 정작 소리가 나는 원인은 찾아내지 못했다.

한 번. 그리고 두 번. 세 번째 헛손질하고 난 뒤에야 하얀 손은 자명종 시계를 끌 수 있었다. 둔탁한 소리와 함께 하얀 방은 정적으로 물들었다. 커튼 사이로 새어 들어오는 햇빛이 찬란하게 부서져 곤히 잠든 그들의 머리 위로 떨어졌다. 그리고 잠시 후, 침대 속에서 곤히 잠을 자던 새벽이 몸을 벌떡 일으켰다. 어느새 어깨를 훌쩍 넘어버린 머리칼이 가슴께에서 찰랑거렸다.

"하암……."

입을 쩍 벌리고 하품하던 그녀가 팔을 곧게 뻗어 기지개를 켰다. 그러다 금세 입을 닫고 두 손으로 감쌌다. 혹시나 제 옆에서 잠을 자는 한결이 깨어 버릴까 걱정이 된 탓이었다. 새벽은 조용히 이불을 걷어 침대에서 걸어 나왔다. 그리고 발끝을 세워 조심조심 방을 나섰다. 그녀가 가장 먼저 향한 곳은 역시 아침 햇살로 범벅이 된 부엌이었다. 콧노래를 부르며 냉장고에 앞에 섰을 때, 네모반듯한 한결의 글씨체로 메모 한 장이 붙어 있었다.

[아침밥 절대 하지 말 것.]

고개를 갸우뚱 하며 메모를 쳐다보던 한결이 메롱, 혀를 내밀었다.

"빵은 밥이 아니에요."

흥얼흥얼, 노래가 절로 새어 나왔다. 전날 미리 사두었던 빵과 잼을 꺼내고, 한결이 좋아하는 원두커피를 내리기 시작했다. 은은한 향기가 부엌에 퍼질 때, 새벽은 기다렸다는 듯 빵을 준비했다. 토스터기에서 빵이 튀어나올 때마다 웃음이 비죽비죽 새어 나왔다.

-또 했지, 또.

언젠가부터 한결은 새벽에게 말을 놓기 시작했다. 하지 말라는 아침을 꼭 이렇게 준비하면 어이가 없다는 듯 웃다가 자리에 앉는다. 혼내려고 또, 또. 같은 말을 반복하다가 결국 수저를 든 채, 혹은 커피잔을 들고 허탈한 웃음만 뱉는다.

-하, 이렇게 예쁜데 어떻게 잔소리를 해.

그리고 결국 마지막은 고개를 도리도리 저으며 하는 우스갯소리. 순간순간마다 와닿는 한결의 진심을 사랑했다. 아침에만 볼 수 있는 당황한 한결의 모습 또한, 새벽에게는 일상의 즐거움이나 마찬가지였다.

따끈따끈한 빵에 버터를 바르고, 잼을 바른 뒤 보기 좋게 겹쳤다. 그리고 냉장고에서 잠들어 있던 여러 채소를 꺼내어 색색의 샐러드까지 준비했다.

"자, 이제 끝."

예쁘게 차려진 식탁을 본 뒤, 새벽이 부랴부랴 세면대로 달려갔다. 나란히 꽂혀 있는 칫솔을 보며 흐뭇해하다가, 양치와 세수를 했다. 아침에 한결을 만나기 전, 꼭 거치는 습관이었다. 혹시라도 입 냄새가 날까 봐, 눈곱이 낀 자신의 모습이 미워 보일까 봐.

모든 준비를 끝마치고 나면, 한결이 잠든 방으로 들어간다. 문을 열면 이불을 머리끝까지 덮고 있는 한결이 보이는데, 이 또한 속임수라는 것을 새벽은 모두 알고 있었다.

"사장님, 아침 준비 끝났는데 일어나시죠?"

방실방실 웃으며 말했지만, 한결은 꿈쩍도 하지 않았다.

"사장님?"

"싫어요."

단호하게 말했지만, 그 어투는 꽤 부드러웠다. 새벽은 자기도 모르게 킥킥 웃음을 터트리며 그에게 한 발자국 다가갔다.

"그럼, 누굴 줘야 하나?"

뒷짐을 진 채 앞으로 벌어질 상황을 생각했다. 웃음소리가 끊이지 않고 연이어 터져 나왔다.

"누굴 줘야 맛있게 먹을까?"

한 발자국 앞으로 걸어 나갔을 때, 하얀 이불을 박차고 한결이 튀어나왔다. 그는 재빠르게 새벽에게 손을 뻗었고, 이내 자신의 품으로 그녀를 끌어안았다. 그에게서는 노을을 잔뜩 머금은 햇살 냄새가 났다. 한결은 늘, 저에게서 이슬을 머금은 새벽 냄새가 난다고 했다.

"나를 줘야지, 누굴 줘."

"싫다며?"

"아침 준비를 하는 게 싫은 거야. 조금만 더 잤으면 좋겠는데, 맨날 일찍 일어나서 고생하잖아."

"그게 왜 고생이야?"

"고생이지."

단호하게 고생이라고 말하는 한결의 모습에 새벽이 고개를 저었다. 반듯하게 접힌 눈매가 예쁘게 휘어 있었다.

"아니야."

새벽의 가느다란 두 손이 한결의 두 볼을 감싸 쥐었다. 햇볕을 잔뜩 머금은 한결은 사랑스럽다. 연하가 싫다는 둥, 한결과는 그저 비즈니스 결혼이라는 둥. 그런 정떨어지는 소리를 왜 했나 싶을 정도로 사랑스럽고, 또 사랑스럽다. 눈에 담는 이 순간조차 빠르게 지나가는 게 아쉬울 정도로.

"내 사랑이 듬뿍 담겼는데도 고생이야?"

"······그건 아니지."

"봐, 그럼 고생 아니네?"

매일 같은 말로 이야기를 나눈다. 때론 사랑이 아니라 정성이라고 말할 때도 있었고, 고생이 아니라 수고라고 말할 때도 있었다. 또 가끔은, 당분간 빵은 먹고 싶지 않으니 아침은 됐다고 거절할 때도 있지만. 그럴 때마다 새벽은 기가 막히게 밥을 준비한다. 어느 때가 되면 밥을, 또 어느 때가 되면 빵을 원하는지 알 수 있는 시기까지 왔다며 조금은 으쓱해졌다.

"나는 한새벽을 이길 수가 없어."

"어머, 이기는 게 어디 있어?"

새벽의 말에 한결이 웃으며 이마를 콩 찧었다. 대답하는 목소리에 새벽을 향한 사랑스러움이 잔뜩 묻어 있었다.

"서로 지탱하는 거지. 이기고 지는 건 없어."

한결에게서 비누 냄새가 났다. 늘 이런 식이다. 새벽이 일어나면 함께 일어나 잠에서 깬다. 양치와 세수를 하는 것 또한 새벽과 같은 생각이었다.

"빨리 일어나. 오늘 커피가 끝내줘."

"난 조금 더 끝내주는 걸 받고 싶은데."

능글맞은 한결의 말에 새벽이 눈을 흘겼다. 정말, 중얼거리는 목소리가 제법 들떠 있었다.

"눈."

짧은 한마디에 한결이 눈을 감았다. 새벽은 그의 목을 꽉 끌어안은 채 이마에 입술을 마주했다. 다음으로는 콧방울과 양쪽 볼이었고 가장 마지막으론 한결의 부드러운 입술이었다. 쪽, 입술이 마찰하는 소리와 함께 두 사람의 입술이 닿았다가 떨어졌다. 서로를 잠시 쳐다보던 둘은 약속이라도 한 듯 다시 입을 맞추었다가 떨어트렸다.

"얼른."

"한 번만 더."

"안 돼."

한결이 고개를 살짝 숙였다. 아랫입술을 비죽 내민 모습이 꼭 버려진 강아지 같다.

"안 돼?"

새벽을 끌어안은 두 팔에 힘이 들어갔다. 안 된다고 하면 놓아주지 않을 요량이었다. 새벽의 허리를 있는 힘껏 끌어안은 그가 다시 한번 가까이 다가갔다. 그런 한결의 모습에 웃고 넘어가는 건 새벽 쪽이었다. 푸, 그의 강아지 같은 눈을 보며 웃음을 터트렸다.

"정말, 못 말려."

그리고 입술을 포갰다. 두 손으로 한결의 양쪽 볼을 잡았다가, 목을 와락 끌어안았다. 살덩이가 얽혀드는 느낌이 제법 부드럽다. 서로의 숨결이 입안을 가득 채울 때마다 행복이라는 단어가 머리에 퐁퐁 떠다닌다. 누군가 저에게 행복하냐 묻는다면, 망설이지 않고 그렇다고 대답할 수 있었다. 새벽은 지금, 그 누구보다도 행복했다. 한 차례의 길고 긴 입맞춤이 끝나고 나자, 한결이 아쉽다는 표정으로 새벽을 바라보았다.

"아쉬운데."

"뭐가?"

"그냥, 이대로 아침을 넘기는 게?"

가만히 한결을 보며 생각하던 그녀가 이마를 콩 찧었다. 푸, 웃는 모습이 제법 화사하다.

"쓸데없는 소리 하지 말고, 나오세요. 오늘도 지각하면 아버님한테 정말 혼나는 거 알지?"

이럴 땐 누나 같다니까. 한결은 목으로 새어 나오려는 말을 꾹꾹 눌러 삼키며 네, 조용히 대답했다. 새벽이 먼저 자리에서 일어나고, 한결 또한 그 뒤를 따라갔다. 다리 사이가 잔뜩 성이 나 있었지만, 밤을 기대하자며 한껏 어르고 달래본다.

"아아, 또 이거 봐. 잔뜩 준비했네."

"이게 뭐가 잔뜩이야? 빵에 샐러드에 과일이 끝인데."

결국은 아무런 말도 하지 못하고 자리에 앉았다. 새벽이 그렇다니 그런 거지, 고개를 끄덕이며 미소지었다. 빵에 버터를 바르던 한결이 아, 고개를 들어 새벽을 마주했다.

"오늘까지 주문건 처리해야 한다고 하지 않았어?"

"응. 그래서 오늘은 유미 불렀어. 도와달라고."

"유미 누나 화내겠는데."

"괜찮아, 겸사겸사 연애 사업도 좀 들어주기로 했거든."

으음, 고개를 끄덕이며 버터를 바르던 한결이 다시 놀라 새벽을 바라보았다.

"연애? 그 누나 설마……."

"아냐, 연애까지는 아니고…… 짝사랑? 음……."

새벽은 고민했다. 연애라고 하기엔 유미의 일방적인 대시였고. 짝사랑이라고 하기에도 유미가 너무 마음을 드러내긴 하던데. 한참 고민하다가 한결에게 대답했다.

"고백은 했대."

"대단한데?"

역시 오유미. 한결도 새벽과 같은 생각을 했다. 그녀의 친구 중 가장 저돌적이고 솔직한 사람이라는 건 알고 있었는데, 이렇게까지 솔직할 줄이야. 놀랍다는 듯 눈을 크게 뜬 한결이 연신 대단하다는 말을 중얼거렸다. 잼 위에 버터를 덧바른 빵을 한번 접어 한 입 베어 물었다.

"그래서?"

"그래서는 뭐. 생각해 보겠다고 했대."

샐러드를 뒤적거리던 새벽이 영 떨떠름하다는 표정으로 한숨을 푹 쉬었다.

"생각해 보겠다고 한 게 지금까지지만."

흠. 한결은 짧게 숨을 뱉었다. 사실 호재가 그런 생각을 한다고 해서 이상한 건 아니었다. 제 할아버지가 보통 사람이어야지. 결혼할 사람도 자기가 알아봐 주겠다고 하지 않는 게 더 신기할 정도였으니까. 아직은 자신이 그 곁을 떠나 울타리를 만드는 것조차 이르다고 생각할지 모른다. 답답했지만, 그 또한 이해할 수밖에 없었다.

"뭐, 알아서 하겠지."

새벽이 대충 말을 끝냈기에, 한결 또한 더 이야기를 꺼내지 않았다. 사실 두 사람의 일이니만큼, 저 또한 더는 간섭할 수 없다고 느끼기도 했고. 알아서 잘 하겠거니 싶기도 하고.

"오늘 빵 잘 구워졌다."

그의 칭찬에 새벽이 웃었다. 반듯하게 접히는 눈매가 한결의 마음을 또다시 뒤흔든다. 만약 중요한 미팅이 잡힌 날만 아니었어도, 당장 침대에 눕혔을지 모른다. 시시콜콜한 이야기로 식사를 끝냈다. 잘 먹었다는 짧은 인사와 함께 한결과 새벽이 몸을 일으켰다. 접시를 치우던 새벽이 한결에게 물었다.

"오늘 늦게 들어와?"

"흠⋯⋯. 글쎄. 잘 모르겠는데. 왜?"

"그냥 물어보는 거야."

"일찍 들어 오도록 하겠습니다."

각을 잡고 대답하는 한결의 말에 새벽이 푸, 웃음을 터트렸다. 어서 씻으러 가기나 하라는 목소리에도 행복이 담뿍 묻어 있었다. 듣는 사람마저 흥얼거리게 만드는, 기분 좋은 목소리였다. 반짝반짝 빛나는 하루의 시작이 순식간에 지나갔다. 출근하는 한결을 마중 나간 뒤, 새벽 또한 공방으로 향했다.

*

하루는 순탄했으나, 그 어느 날보다 더 길게 느껴졌다. 무사히 단체 주문의 수량을 맞추고, 배송까지 끝마치고 나니 그제야 하루의 끝을 마주할 기운이 생겼다. 비록 일하는 내내 유미의 연애 상담을 들어주느라 입안에서 단내가 날 지경이었지만.

"이제 네 이야기 좀 해봐."

하마터면 막 구운 쿠키를 바닥에 떨어트릴 뻔했다. 오후에 출근하는 이모님의 도움을 받아 만든 것이기는 해도, 어쨌든 제법 노력한 건데. 맛 한 번 보지도 못하고 떨어트릴 위기에 처했던 쿠키를 조심히 테이블 위에 올려놓았다.

"무슨 이야기? 내 이야기 중에 그렇게 재미있는 게 있나?"

"아니 뭐, 고민이라든가. 하다못해 자랑질이라든가."

오도독. 금세 쿠키를 베어먹는 소리가 들렸다. 음, 맛있네. 작게 칭찬하는 목소리를 들으며 새벽은 알게 모르게 미소를 그렸다. 한결에게 해주면 좋아하겠네, 생각하며 유미의 맞은편에 앉았다.

"뭐가 듣고 싶은 건데?"

"듣고 싶다기보다는, 계속 내 이야기만 하니까 미안해서 그러지."

치. 웃던 새벽이 고개를 도리도리 저었다.

"그런 거 없어. 자랑할 만큼 커다란 일도 없었거니와, 지금 내 일상 자체가 행복이라서 그런 일이와도 부담스러울 것 같아. 근데 그렇다고 해서 너한테 자랑하면서 내 행복을 뽐내고 싶지는 않아. 그렇게 하지 않아도 난 행복하니까. 내보이는 것만이 행복은 아니잖아."

그렇지. 유미는 고개를 끄덕였다. 이런 새벽의 모습을 좋아했다. 오래도록 남아도 되겠다고 생각했던 건, 자신의 행복보다 상대방의 행복을 더 존중해주는 사람이기 때문이었다. 물론 그렇다고 해서 자신의 행복에 안일하진 않았지만. 상대방의 행복을 존중해주는 사람과, 그 행복을 위해 자신의 것을 내던지는 것은 다르다. 자신의 행복은 행복대로 지키되, 타인의 행복을 침범하거나 음해하지 않는 것. 그게 행복의 존중이 아닐까, 유미는 생각했었다. 그렇기에 더더욱 새벽과 가까이 지낼 수 있었던 거고. 결혼해도 변하지 않은 새벽의 모습에 웃음이 새어 나왔다.

"아이는, 아이는 안 가지게?"

달칵. 찻잔을 내려놓은 새벽이 고개를 도리도리 저었다.

"아직은 아닌 것 같아. 언제쯤이 가지기 좋은 건지도 모르겠고. 솔직히 말하면."

말을 하다 만 새벽이 잠시 고민하다가, 이내 생긋 웃어 버렸다.

"이 사람과의 하루가 너무 행복해서, 아직은 즐기고 싶어."

수줍게 말하는 새벽의 모습을 보던 유미도 함께 미소지었다. 이런 모습을 보게 될 줄이야 누가 알았을까. 대학을 다닐 때 만났던 '그놈'으로 인해서 매일 매일 우울하게만 지내던 한새벽이었는데. 그땐, 새벽의 사랑마저 끝나게 될 줄 알았다. 세상의 끝을 마주한 사람처럼 살아가는 새벽에게, 더는 희망의 끈이 내려오지 않겠거니 제가 더 좌절했다. 하지만 보란 듯이 웃고 있는 새벽을 보니 참 쓸데없는 걱정이었구나 싶었다. 사랑을 품은 사람에게는, 사랑을 주려는 사람이 다가온다. 사랑받기 위해선 스스로 사랑할 줄 아는 사람이어야 한다는 말이, 틀린 말이 아니었다.

"어우, 닭살."

두 손으로 팔을 한없이 비비던 유미가 으으, 앓는 소리를 내며 고개를 저었다. 물론 그렇다고 해서 그 행동이 유미의 진심이 아니라는 건, 새벽 또한 알고 있었다.

"유미 너는, 언제까지 선배 쫓아다니려고?"

새벽의 물음에 차를 홀짝이던 유미가 눈을 동그랗게 떴다. 놀라는가 싶었지만, 찻잔을 내려놓은 그녀의 표정은 매우 덤덤했다. 아니, 당연한 걸 왜 물어보느냐는 천연덕스러운 표정.

"넘어올 때까지."

"역시 오유미."

"당연한 걸 뭘 물어봐? 어떤 방법이든 써서 넘어오게 할 거야. 이제까지 열심히 쫓아다니고 귀찮게 했으니까, 첫 번째 작전은 끝났어. 이제 두 번째 작전에 돌입해야지."

"작전?"

새벽이 놀라서 물었다. 하지만 유미는 자신의 작전을 더 내어주지 않았다. 뜻 모를 미소만이 그 사이를 메꿀 뿐.

"있어, 그런 게. 너한테 알려 주면 분명 새어 나갈 테니까 비밀이야."

유미의 연애 문제에 관해서는 더 이야기가 나오지 않았다. 새벽은 새벽대로 유미가 대단하다고 생각했다. 끊임없이 선을 넘어갔다가 또 다른 선이 그어지는 걸 보는 일은, 생각보다 끔찍하고 힘든 일이니까. 한참 이야기를 나누던 둘은 저녁이 오기 전 헤어졌다. 호재와 저녁 약속이 있다며 자리에서 일어난 유미는 새벽의 옷까지 빌려 입고 나갔다.

"저녁을 먹는 걸 보면, 진전되지 않은 건 아닌데."

의아했지만, 더는 궁금해하지 않기로 했다. 어련히 알아서 잘 하겠지. 그리고 좋은 일이 있다면, 저에게 꼭 이야기해 줄 테고. 콧노래를 흥얼거리며 저녁을 준비했다. 도우미 이모님은 언제나 한결이 퇴근하기 직전 집에서 떠난다. 한결과 새벽의 부탁이었다. 마지막으로 청소기까지 한 번 더 밀고 나니, 어느덧 하루의 끝이 다가와 있었다.

한결이 퇴근하는 시간은 오후 일곱 시 반. 다른 팀원들보다 삼십 분 늦게 나와 뒷정리를 하는 탓이다. 복지를 위해 야근을 없앴다고는 하지만, 새벽은 알고 있었다. 순전히 집에 일찍 돌아오고 싶었던, 한결의 욕심이라는 사실을.

"오늘 하루 어땠어?"

한결은 들어오자마자 새벽의 볼에 입을 맞춘다. 그리고 똑같은 질문을 던진다.

"너무 좋았어."

새벽의 대답에 따라 한결의 표정은 달라질 텐데, 단 한 번도 웃는 얼굴 외엔 본 적이 없었다. 이유는 간단했다. 두 번째 결혼식 이후,

단 한 번도 하루가 좋지 않았던 적은 없으니까. 한결은 들어오기 무섭게 샤워를 하고, 옷을 갈아입는다. 그래야 새벽과 저녁을 보내는 시간이 편하다는 이유에서였다. 저녁을 먹는 내내 한결의 귀는 오롯이 새벽을 향해있다. 새벽의 귀 또한 한결에게 맞추어져 있다. 회사 일은 잘 모르지만, 한결의 고민을 들어주고 함께 머리를 맞대는 건 자신의 일이라고 생각했으니까.

행복한 저녁 시간이 끝나고 나면, 뒷정리는 오롯이 한결의 몫이다. 그 사이에 새벽은 샤워하고, 다음날 한결이 입고 나갈 옷을 슬쩍 앞으로 밀어 놓는다. 그 모든 과정이 끝나고 나면, 은은한 스탠드가 비치는 방 안에 앉아 이런저런 이야기를 나눈다. 때론 집 앞을 산책하는 일도 있었지만, 대부분은 함께 책을 읽거나, 시시콜콜한 이야기를 하는 것으로 시간을 보낸다. 평소와 마찬가지로 독서 스탠드를 위로 올리려는데, 한결이 새벽의 손을 막았다.

"왜? 오늘은 이야기할까?"

"아니, 다른 거 할래."

새벽의 몸 위에 앉은 한결이 실크 잠옷이 덮인 어깨에 입술을 얹었다.

"간지러."

킥킥, 웃는 새벽의 목덜미에 짧은 입맞춤을 남겼다.

"회사에서 내내 참았어."

한껏 크기를 낮춘 한결의 목소리는 매혹적이다. 그리고 새벽은 그의 낮은 음성이 파고드는 순간을 사랑했다.

"오늘 저녁은 우리 새벽이 예뻐할래."

귀 언저리에서 맴도는 한결의 목소리에 새벽은 또다시 미소를 그렸다. 그래, 중얼거리며 두 팔을 뻗어 그의 목을 끌어안았다. 이미 한껏 달아오른 한결의 입술은 새벽의 귓바퀴를 돌며 쪽쪽, 입맞춤을 남겼다. 다시 그 아래로 내려와 목 언저리를 맴돌았다. 짙은 키스를 남기던 그의 손이 새벽의 단추를 하나, 둘 풀었다.

"하……."

새벽의 짙은 숨소리에 그의 입술 또한 바삐 움직였다. 활짝 풀어 헤쳐진 옷깃 사이로 새벽의 봉긋한 가슴이 드러났다. 하얀 피부 위로 노르스름한 스탠드 불빛이 잘게 깨져 흩뿌려졌다.

혹여 깨질까, 부서질까. 한결은 새벽의 몸을 조심스럽게 다뤘다. 이미 그의 촉감에 반응해 바짝 긴장한 가슴을 한껏 달래주다가, 잘록한 허리로 입술을 옮겼다. 유려한 곡선을 뽐내는 새벽의 하얀 몸이 전희로 물들고 있었다. 한결의 입술이 오가며 나누어주는 쾌락에 점점 발갛게 달아오른다. 그의 입술이 허리선을 지나 다리 사이에 맞닿았을 때, 새벽의 허리가 빳빳해졌다. 하지만 그 또한 오래가지 않았다. 몰캉한 느낌이 꼭 허리와 다리를 녹이는 기분이 들었다. 숨을 쉬려고 할 때마다, 아랫배에서 뜨끈한 숨이 올라온다. 꼭 아래쪽에서 애무하는 한결의 숨결이 타고 올라오는 것처럼. 머리마저 다 녹아내릴 것 같은 순간이 지나가면, 한결이 번들거리는 입술을 한 채 올라온다.

이미 표정을 보면 흥분이 극에 달해 있지만, 새벽은 그대로 행위를 끝내지 않는다. 아무 말 없이 한결을 옆으로 슬쩍 밀면, 그는 기다렸다는 듯 침대에 기대어 앉는다.

"언제부터 이렇게 대담해졌지?"

놀라 묻는 것 또한 매번 반복되는 질문이었다. 그럴 때마다 새벽은 웃으며 대답한다. 어깨를 으쓱거리는 것 또한 마찬가지였다.

"김한결 만나고?"

그렇게 대답한 뒤, 새벽은 한결의 하체를 덮은 이불 안으로 슬금슬금 들어간다. 행동은 제법 대담해졌다고는 하나, 아직 눈에 드러나는 건 부끄럽다는 이유에서였다. 한결 또한 강제적으로 드러내라고 말할 생각은 없었다. 그저 이토록 가까워지고, 연결되었다는 사실만으로도 행복했으니까.

이불 속에서 꼼지락거리는 그녀의 가느다란 손길에 몸이 바짝 긴장됐다. 허리가 뻣뻣해지던 찰나, 분신이 새벽의 뜨거운 입속으로 들어가는 게 느껴졌다. 목을 긁는 탄식이 저절로 터져 나왔다. 시트를 꼭 쥔 채, 허리에 힘을 줬다. 그러지 않았다면 당장 절정에 다다랐을지도 모른다. 오늘따라 새벽을 안고 싶어 안달이 난 탓이다. 그러니까, 누가 이렇게 예쁘래. 혼자 새벽의 미모를 탓하며 그녀의 입속을 느긋하게 느끼기로 했다. 혓바닥이 자신의 분신을 휘감아 오르는 느낌. 그녀의 작은 입이 제 분신을 꽉 압박하는 느낌. 그리고 귓가로 들리는 입술의 마찰음까지.

최고조로 차오르는 흥분을 어떻게 가라앉혀야 할지 알 수 없었다. 발가락을 잔뜩 세워도 보고, 숨을 크게 들이마셔도 봤다. 고개를 뒤로 바짝 젖힌 채 눈을 질끈 내려 감기도 하며 참고, 참고, 참았다. 흥분이 극에 달한 한결이 이불 속으로 손을 쑥 넣어 새벽의 어깨를 쥐었다.

"새벽아, 그만."

그의 말은 신호였다. 이제 본격적인 행보에 들어가고 싶다는 신호. 새벽이 이불에서 나오면, 한결은 기다렸다는 듯 그녀를 침대에 눕힌다.

목부터 시작된 한결의 입맞춤은 새벽을 달아오르게 만들기에 충분했다. 재차 점화된 새벽의 쾌락을 확인한 한결은 기다렸다는 듯 그녀의 안으로 파고들었다. 바짝 솟은 한결의 분신은 새벽의 안을 거칠게 밀어 올렸다. 별다른 말을 하지 않았음에도, 둘은 그 시간 속에 흡족하게 물들었다. 살갗의 마찰음과 두 사람의 달뜬 신음이 스탠드 불빛 아래로 내려앉았다. 땀으로 범벅된 두 사람의 몸은 한참이나 위아래를 오가며 격렬한 움직임을 반복했다.

세 번의 절정을 맞이한 뒤에야 그들의 행위는 마침표를 맺을 수 있었다. 언제나 이런 식이었다. 한 사람이 만족하지 못하면 다음이 시작되었고, 아쉬울 것 같을 때 다시 불이 붙고 만다. 기진맥진한 두 사람은 침대에 누워 거친 숨을 몰아쉬었다. 한결의 팔 위로 새벽이 누워 있었다. 길게 흐트러진 머리칼도 격렬한 행위에 지쳤는지 잔뜩 풀이 죽어 있었다.

"새벽아."

한결의 부름에 대답 대신 단단한 가슴팍을 톡톡 두드렸다.

"사랑해."

귀를 간질이는 달콤한 말에 새벽이 미소를 그렸다. 두 눈을 감으며 그에게 파고드는데, 따뜻한 온기에 그만 녹아내릴 것 같았다.

"나도…… 사랑해."

속삭이는 고백에 한결의 얼굴 위로 함박웃음이 그려졌다. 작은 어깨에 얼굴을 묻은 채, 하루를 정리하며 눈을 감았다. 행복한 삶을 살아간다는 건, 어쩌면 생각보다 더 쉬운 일이었을지도 모르겠다. 새벽도, 한결도 같은 생각을 머리에 싣고 꿈나라로 향하는 배에 올라탔다.

사랑으로 물들어가는 그들의 밤이 또한번 저물어가고 있었다. 부디 내일도, 내일의 내일도 서로에게 기댄 채 거뜬히 넘어갈 수 있기를. 마음에 이름 석 자를 남기는 것만으로도 행복해하고 설레하며 미소지을 수 있기를. 간절히 바라는 그들의 염원은 별이 되었고, 별이 된 염원은 이내 그들의 하늘을 아름답게 비추어 주고 있었다.

작가 후기

안녕하세요, 김선정입니다.

처음 담는 인사도 아닌데 언제나 어색하고, 떨리고, 감회가 새롭습니다. 전자책으로도 충분히 큰 사랑을 받았다고 생각했는데, 종이책으로도 독자님들의 사랑을 듬뿍 받을 생각에 가슴이 설렙니다.

사랑을 하고 사랑을 받는 이야기를 쓰고 싶었습니다. '너와 나'였던 사람들이 '우리'가 되는 과정을 써 내려가고 싶었습니다. 저또한 부족한 사람인지라, 새벽이와 한결이의 이야기를 적는 내내부족하진 않을까 걱정이 많이 되었고요. 눈에 띄게 훌륭한 이야기도 아니고, 보기 드문 수작도 아니지만, 그저 독자님들의 마음에잔잔히 남아 몇 번이고 들여다볼 수 있는 이야기. 문득 길을 걷다가 떠오르는 한결이와 새벽이의 모습에 웃음 지을 수 있는 이야기. 더불어 두 사람의 결말로 독자님들이 함께 따뜻해질 수 있는 이야기이기를 소망합니다.

맨 처음 〈늑대, 토끼를 유혹하라〉를 집필할 때부터 지금까지 언제나 변함없이 저를 도와주셨던 연필 출판사 편집부 여러분들께, 이 이야기가 종이책으로 나올 때까지 많은 사랑을 주셨던 독자님들께, 한결이와 똑같이 변함없는 사랑을 쏟아 주시는 신랑 이동근님께, 언제나 곁에서 힘이 되어 주시는 동료 작가님들께.

고맙습니다. 변함없이 작가 김선정의 이름으로 우뚝 설 수 있도록 도와주셔서, 너무 감사합니다.

서늘한 가을, 한결이와 새벽이의 이야기로 당신의 곁이 조금은 따뜻해졌으면 좋겠습니다.

다시 한번, 감사합니다.

-김선정 드림